KB121680

울지 마,
상
지로

옮긴이 김욱

언론계 최일선에서 오랫동안 활동했다. 현재는 인문, 사회, 철학, 문학 등 다양한 분야의 서적을 탐독하며 사유의 폭을 넓히고 있다. 지은 책으로는 《가슴이 뛰는 한 나이는 없다》《희망과 행복의 연금술사》《탈무드에서 마크 저커버그까지》《성공한 리더십, 실패한 리더십》 등이 있다. 옮긴 책으로는 《지로 이야기》《그대들, 어떻게 살 것인가》《인간의 벽》《약간의 거리를 둔다》《지적 생활의 즐거움》《간소한 삶, 아름다운 나이듦》《니체의 숲으로 가다》《동양기행》《노던라이츠》《지식생산의 기술》 등이 있다.

울지 마, 지로 (상)

1판 1쇄 발행 2016년 12월 20일

지은이 시모무라 고진 | **옮긴이** 김욱
펴낸이 조재은 | **펴낸곳** (주)양철북출판사
등록 제25100-2002-380호(2001년 11월 21일)
책임편집 이상경 이정우 | **표지디자인** 하늘·민 | **본문디자인** 육수정
마케팅 조희정 | **관리** 정영주
주소 서울시 마포구 양화로8길 17-9 | **전화** 02)335-6407 | **팩스** 02)335-6408
ISBN 상권 978-89-6372-221-4 03830
       세트 978-89-6372-223-8 03830

카페 cafe.daum.net/tindrum 블로그 blog.naver.com/tin_drum
페이스북 facebook.com/tindrum2001

울지 마, 지로

상

시모무라 고진
김욱 옮김

양철북

지로는 나에겐 잊으려야 잊을 수 없는 소년입니다.

이 소년은 여러 가지 사정이 있어 어렸을 때는 무척 비뚤
어져 있었습니다. 그 때문에 거짓말을 하거나 난폭한 말도
서슴지 않았으며, 여러 가지 못된 짓도 많이 저질렀습니다.
하지만 또 마음 밑바닥에서는 언제나 올바른 것을 사랑하
고, 누구에게도 지기 싫어하는 자존감과 훌륭한 사람이 되
겠다는 소망도 간직하고 있었습니다. 결국 지로는 많은 어
려운 일을 헤쳐 나가면서 끊임없이 노력한 끝에 마침내 훌
륭한 소년으로 자랄 수 있었습니다.

나는 이 소년이 태어난 후 어른이 되어 이 세상을 위해
헌신하게 되기까지의 과정을 《지로 이야기》라는 긴 소설로
펴낸 바 있습니다. 하지만 지로의 소년 시절에 대한 이야기
는 그 책의 일부에 지나지 않았습니다. 물론 그것이라도 청
소년들이 읽을 수 있다면 지로가 또래의 시기에 얼마나 많
은 고통을 겪었으며, 또 그것을 이겨내기 위해 얼마나 힘들

게 노력해 왔는가를 알 수 있겠지요.

하지만 그 소설은 원래 부모와 교사를 대상으로 쓰였기 때문에 아무래도 청소년 독자들에게는 이해하기 어려운 대목이 많을 것이라는 생각이 들었습니다. 나는 그 점이 늘 아쉬웠습니다.

그래서 나는 그 책 가운데 지로의 소년 시절 이야기 부분을 따로 떼어서 다시 고쳐 쓰기로 마음먹었습니다. 그 결과가 바로 《울지 마, 지로》입니다.

물론 나는 청소년들이 읽게끔 다시 고쳐 쓴다고 해서 지로를 착한 모습으로 꾸밀 생각은 전혀 없었습니다. 지로의 장점뿐 아니라 단점도 전혀 숨기지 않고, 있는 그대로의 모습을 그려 내고 싶었습니다. 그래야만 지로의 슬픔과 노력이 청소년들에게 잘 전해질 수 있다고 믿었기 때문입니다.

그래서 나는 이 이야기를 읽는 청소년 독자 여러분에게 꼭 미리 일러두고 싶은 게 한 가지 있습니다. 그것은 지로가 나쁜 짓을 했다고 해서 금방 지로를 경멸하거나, 좋은 일을 했다고 해서 또 바로 감탄하지 말고, 한번쯤 여러분 스스로가 지로가 되어 생각해 보기를 바란다는 점입니다. 즉, 만일 내가 지로와 똑같은 환경이나 입장에 처한다면, 나라면 그럴 때 어떤 기분이 들까, 어떤 말을 하게 될까, 그리고 어떤 행동을 하게 될까, 하고 진지하게 생각해 보길 바라는 것입니다.

만일 청소년 여러분이 그런 마음으로 이 이야기를 끝까지 읽어 간다면 지로가 내뱉는 거짓말이나, 지로가 저지르는 난폭한 행동들조차 여러분의 마음을 한 뼘 더 자라게 하는 디딤돌이 되어 줄 것이라고 확신합니다. 그렇게 될 때 비로소《지로 이야기》를 청소년들을 위해 힘들여 다시 고쳐 쓴 보람이 있게 되겠지요.

시모무라 고진

차례

못생긴 아기

음력 8월 15일 보름밤

지로가 이 세상에 태어나 첫울음을 울었을 때, 날은 마침 음력 8월 15일 보름밤이었다. 커다란 쟁반 같은 둥근 달이 동쪽 하늘에 불끈 솟아오르던 바로 그때, 지로는 세상에 태어났다.

옛날부터 음력 8월 보름날은 중추명월이라고 하여 숱한 시와 노래의 소재가 되었고, 일 년 중 가장 밝고 아름다운 달이 떠오르는 날이었다. 일 년에 단 한 번뿐인 8월 보름에, 그것도 달이 막 떠오르기 시작한 그 순간에 사내아이가 태어났으니 혼다가(家) 사람들이 그토록 기뻐했던 것은 당연한 일이었다.

특히 많은 사람들 중에서도 할머니가 제일 유별나게 기뻐했다. 할머니는 친척들과 이웃사람들이 축하하러 올 때마다 호들갑을 떨면서 똑같은 말을 되풀이하는 것이었다.

"아 글쎄, 이 아이는 보름달이 산마루에 걸치자마자 태어 났지 뭐예요. 그러니 앞으로 얼마나 운이 좋겠어요? 이 다음에 손자 녀석이 커서 출세하는 것까지 보고 죽어야 할 텐데, 벌써부터 걱정이구랴."

그런데 사실 할머니는 새로 본 손자가 내심 마음에 걸렸다. 겉으로는 8월 보름날, 그것도 달이 막 떠오르는 시간에 손자가 태어난 것이 여간 경사스러운 일이 아니라며 호들갑을 떨었지만, 어쩐지 속으로는 은근히 걱정스러운 눈치였다. 왜냐하면 갓 태어난 아기가 너무 못생겼기 때문이었다. 갓난애를 목욕시키며 아이를 자세히 관찰한 할머니는 지로의 생김새가 워낙 못난이라 더럭 근심이 들었다. 할머니는 지로를 새로 지은 포대기에 싸서 눕혀 놓은 후 오이토 할멈을 부엌으로 끌고 가 이렇게 말했다.

"보름달에 맞춰 태어났으니 운이야 좋겠지만……, 근데 생김새가 교이치와는 비교도 안 될 만큼 형편없으니 이걸 어째."

오래전부터 혼다가의 집안일을 돌봐 오고 있는 오이토가 놀란 눈으로 되물었다.

"그래요?"

"가뜩이나 못생긴 판에 코까지 너무 납작해."

"에구머니나."

"거기다 입은 또 왜 그렇게 큰지. 아이구, 이마는 또 어떤

지 알아? 아마도 이만큼은 튀어나왔을걸."

"저런!"

"그 정도면 차라리 다행이지. 피부도 아주 시커멓고, 같은 배에서 난 형제인데 어쩜 그리 다를 수 있는지 모르겠네."

"그야 교이치 도련님은 한창 재롱부릴 나이니까 그렇죠. 방금 태어난 도련님은 고작 몇 시간밖에 더 됐나요? 좀 더 두고 봐야죠."

"아냐, 아냐. 인물이야 다 제각각 타고난다고는 하지만 그 것도 웬만해야 말이지. 저 아인 꼭 원숭이 같아."

"에구머니나, 마님..무슨 말씀을 그리 심하게……."

"휴우, 갓난아기가 어째 귀여운 구석이라고는 한 군데도 없는지, 원. 저렇게 생겼으니 보름달님도 서운하실 게야. 차 라리 다른 날 태어나는 게 나을 뻔했어."

"아유, 그런 말씀 마세요. 아기들 인물이야 얼마든지 변하 잖아요."

지로가 귀여운 얼굴이 아니라는 것은 빈말이 아니었다. 할머니 말마따나 갓 태어난 지로는 누가 봐도 속으로 '무슨 갓난아기가 이렇게 생겼담.' 하고 얼굴을 찌푸릴 정도였다. 드러내 말하지 않았다 뿐이지 오이토 할멈은 물론이고 그날 집에 있던 모든 사람들이 속으로는 다들 그런 생각을 하고 있었다. 엄마인 오타미마저도 지로에게 젖을 물리다가 한숨 을 쉬며 남편인 슌스케에게 이렇게 말했다.

"이 아인 교이치가 처음 태어났을 때랑 너무 다르네요."

오타미는 금방이라도 울 것 같은 표정이었다. 어쩌면 엄마마저도 속으로는 지로가 원숭이를 닮았다고 생각했던 것일까.

하지만 지로의 얼굴이 못생긴 것이 어디 지로 탓인가? 아기들은 다 부모들이 정해 준 대로 태어나게 마련인 것을.

그런데도 태어날 때의 모습이 못생겼다고 해서 그 아이를 미워한다면, 다시 말해서 8월 보름달의 정기를 듬뿍 받고 태어났음에도 불구하고 생김새 때문에 사람들의 사랑을 받지 못한다면, 그것은 전혀 아기의 탓이 아니다.

이튿날은 아기에게 이름을 지어 주는 날이었다. 아버지 슌스케는 이름이란 단지 사람과 사람을 구분하는 표시일 뿐이므로 거창한 것보다는 간단하고 부르기 쉬운 이름이 최고라고 생각하는 사람이었다. 그래서 지로의 형 교이치가 태어났을 때도 그저 첫 번째로 태어난 아들이니까 평범하게 이치로(一郎, 첫째 아들)나 타로(太郎, 큰아들)라고 지으면 된다고 했다가 할머니의 호된 잔소리를 들어야 했다. 결국 온 집안 식구들이 한참을 고민한 끝에 할아버지 이름인 '교스케 (恭亮)'의 '교(恭)'자만 따서 교이치(恭一)라고 정했던 것이다.

슌스케는 첫애 이름을 지을 때의 일이 생각나 지로의 이름을 짓기 전에 미리 할머니와 상의를 했다.

"어머니 생각은 어떠세요? 뭐 좋은 이름 없을까요? 교이치가 태어났을 땐 어머니가 이름을 지어 주셨잖아요."

"글쎄다. 이번엔 특별히 생각나는 이름이 없구나."

"그렇다면 제 이름에서 한 글자 따서 그냥 슌지라고 부르죠, 뭐."

"그것도 나쁘진 않구나. 근데 둘째 아들이 아버지 이름을 이어받는다는 게 어쩐지 좀 그렇지 않니? 이럴 바에야 교이치 때 네 이름을 이어받게 할 걸 그랬다."

"그 말씀도 일리가 있네요. 그럼 이것저것 따질 것 없이 지로(次郞, 둘째 아들)라고 부르는 게 어떨까요?"

"지로? 지로라……. 정 특별한 이름이 없다면 그거라도 써야지 어쩌겠니."

"어차피 이름이야 뭐, 부르기 편하면 좋은 거죠. 특별히 이상한 이름만 아니라면 지로가 제일 무난하겠네요."

"요샌 나도 네 말을 하도 들어서 그런지 좋은 이름, 나쁜 이름이 따로 있다는 생각이 들지는 않는다만……."

"그럼 지로로 결정하신 거예요."

그렇게 해서 단순히 부르기 쉽다는 이유만으로 보름달과 함께 세상에 태어난 아이는 지로라는 이름을 갖게 되었다.

그런데, 물론 그때로부터 이 년 뒤에 벌어진 일이긴 하지만, 하필이면 지로의 동생이 또 사내 녀석으로 태어나는 바람에 아버지와 할머니는 또 한 번 이름을 짓느라 골치를 썩

여야 했다. 슌스케가 대수롭잖다는 표정으로 사브로(三郞, 셋째 아들)가 좋겠다고 말하자 할머니는 몹시 역정을 냈다.

"애, 아범아, 너는 왜 아이 이름을 그렇게 아무렇게나 지으려고 그래? 이름이 좋아야 운도 좋은 법이야. 너한테 맡겼다간, 원, 돌쇠나 마당쇠는 왜 안 나올까 모르겠구나. 두말 말고 '슌스케(俊亮)'의 '슌(俊)'자를 따서 '슌조(俊三)'라고 지어."

그래서 지로의 동생은 슌조라는 이름을 갖게 되었다. 할머니 입장에선 타로라든가, 지로, 사브로 같은 이름은 아무리 생각해도 너무 성의가 없어 보였다. 꼭 아이들끼리 함부로 부르는 별명 같았다. 그래서 굳이 슌스케의 의견에 타박까지 해 가며 첫째와 셋째는 교이치, 슌조라고 지었으면서 왜 둘째 지로의 이름을 지을 때는 그냥 넘어갔던 것일까? 혹시 지로의 모습이 워낙 못생겼던 탓에 '이런 아이한테 좋은 이름이 무슨 소용이겠어?'라고 생각했던 것은 아닐까? 만약 그게 사실이라면 지로는 이름마저도 태어날 당시의 얼굴 생김새 때문에 그렇게 얻게 된 셈이었다.

어머니와 유모

지로가 태어났을 때 형 교이치는 젖먹이 때부터 자기를 길렀던 유모의 집에서 수양아들로 지내고 있었다. 교이치가 유모의 집에서 지내게 된 까닭은 어머니의 젖이 부족했기 때문이었다. 혼다가는 근방에선 상당히 알아주는 집안에다 부자였기 때문에 함께 살면서 아이를 길러 줄 유모를 구하는 건 그리 어려운 일이 아니었다. 하지만 하필 교이치가 태어났을 무렵에는 이상하게도 유모를 구하기가 힘들었다. 결국 교이치는 비슷한 시기에 아이가 태어난 집에 수양아들로 갈 수밖에 없었다.

교이치를 길러 준 수양어머니 이름은 오하마였다. 오하마에겐 교이치와 같은 해에 태어난 오카네라는 딸이 있었는데, 교이치와 오카네에게 번갈아 젖을 물려도 둘 다 배불리 먹일 만큼 그녀는 건강한 아낙이었다. 게다가 오하마는 사리가 분명해서 교이치를 소홀히 대하기는커녕 오히려 자기가 낳은 오카네보다 수양아들을 더 챙길 정도였다. 교이치도 그런 오하마를 친어머니처럼 따랐다. 젖을 뗀 후에도 교이치는 여간해선 오하마 곁에서 떨어지려고 하지 않았다. 그 바람에 혼다가에서는 여러 번 교이치를 데려오려고 했으나 번번이 실패하고 말았다. 유모를 애타게 찾는 교이치가 불쌍해 도저히 데려올 수가 없었던 것이다. 그런 연유로 혼다가에서는 오하마가 오쓰루를 또 낳을 때까지 교이치를 유모 곁에 맡겨 둘 수밖에 없었다.

지로가 태어난 지 두 달쯤 지난 어느 날이었다. 오하마는, 이야기할 게 있다며 언제 한번 들르라는 오타미의 전갈을 받고 혼다가를 찾아갔다. 혼다가에 갈 때면 오하마는 언제나 교이치를 데리고 갔는데, 그날은 오쓰루까지 업고 갔다. 오쓰루는 지로보다 닷새 먼저 태어난 아기였다.

셋이 거실로 들어서자 할머니가 반갑게 교이치의 머리를 쓰다듬으며 말했다.

"아이구, 우리 강아지 왔구나. 어디 이 할미가 한번 안아 볼까?"

교이치는 그때 세 살이었는데, 할머니가 손을 뻗자 가기 싫다는 듯 오하마에게 찰싹 달라붙어 떨어지려 하지 않았다. 멋쩍어진 할머니가 다시 말했다.

"뭐가 갖고 싶니? 과자, 장난감? 갖고 싶은 건 뭐든 말하렴. 이 할미가 다 사 줄게. 할미 손잡고 나가자."

교이치는 여전히 주춤거렸지만 할머니가 억지로 손을 잡아끌자 마지못해 따라 나섰다. 할머니는 밖으로 나가면서 오하마에게 일렀다.

"오늘은 며느리가 자네에게 뭔가 이야기할 게 있나 봐. 아마 지금쯤 아이에게 젖을 먹이고 있을 게야. 어서 들어가 봐."

오하마는 오쓰루를 안고 안채로 향했다. 오타미는 훈기 가득한 방에 모로 누워 지로에게 젖을 먹이다가 오하마가 들어서자 지로를 살며시 떼어 놓고 일어나 앉으며 매무새를 고쳤다.

"어머나, 오늘은 오쓰루도 데려왔네. 태어나고 처음 데리고 나온 거죠? 많이 자랐네. 어디, 얼굴 좀 볼까?"

오하마가 아기를 오타미에게 넘겨주었다.

"어쩜, 크기도 해라. 포동포동 살이 올랐어. 어이쿠, 기운도 센데."

한참 동안 아이를 안고 어르며 환한 미소를 짓던 오타미가 문득 울상이 되어 턱짓으로 지로를 가리키며 말했다.

"유모, 이 애 좀 봐요. 어떻게 된 애가 이렇게 하루 종일 궁상맞은 표정만 짓고 있어요. 게다가 어린것이 얼굴에 주름이 얼마나 많은지 꼭 늙은 영감 같아요. 오쓰루는 이렇게 귀여운데."

아닌 게 아니라 지로의 얼굴에는 온통 주름이 쭈글쭈글 잡혀 있었다. 언제나 오쓰루의 포동포동한 얼굴만 봐 왔던 오하마의 눈에도 처음 보는 지로의 얼굴이 조금 징그럽게 보였다. 하지만 내색은 하지 않고 말했다.

"그야 오쓰루가 며칠 먼저 태어났으니까 그렇죠."

"빨라 봤자 고작 닷샌데요, 뭘. 역시 난 젖이 안 좋아서 그런 것 같아. 유모는 지금도 젖 잘 나오죠?"

"저야 늘 그렇죠. 너무 많아서 탈이에요. 짜서 버릴 때도 있으니까……."

"어머나, 세상에, 너무 아깝다. 오쓰루는 복도 많지. 난 이번에도 젖이 잘 안 나와서 큰일이에요."

"그 정도로 안 나와요?"

"그냥 안 나오는 정도가 아니라니까요. 봐요, 이렇다니까."

오타미는 보기 흉하게 쪼그라든 가슴을 내보이며 말했다.

"정말이네요. 어떡하죠?"

"난 왜 맨날 이 모양인지 모르겠어. 이젠 아이 우는 소리만 들어도 겁이 나요."

오타미는 한숨을 푹 내쉬었다. 그러고는 잠시 오쓰루와 지로의 얼굴을 번갈아 바라보더니 결심한 듯이 말을 꺼냈다.

"그래서 말인데, 부탁할 게 있어서 유모를 보자고 한 거예요."

"부탁이라니, 무슨 일인데요?"

"당분간 지로를 좀 맡아 줘요. 대신 교이치는 집으로 데려올게요."

오하마는 순간 어안이 벙벙해져서 아무 말도 나오지 않았다. 할 말이 이거였던가 싶었다. 그래도 그렇지, 이렇게 갑작스럽게! 오하마가 말없이 방바닥만 내려다보고 있자 오타미가 다시 말했다.

"왜, 무슨 문제라도 있어요?"

오하마는 여전히 입을 다문 채 아무 말도 하지 않았다. 그러자 오타미는 오하마가 무슨 생각을 하는지 다 안다는 듯이 살짝 눈을 흘기며 다그쳤다.

"싫어요?"

"싫고 좋고가 아니라……."

"그럼 내 말대로 해 줘요."

오타미는 이젠 결정됐다는 듯 다부진 말투로 덧붙였다.

"이왕 말이 나온 김에 하루라도 빨리 데려가는 게 좋겠어
요. 이따 갈 때 지로를 데려가도록 해요."

굳어진 표정으로 한참을 뜸을 들이던 오하마가 결심이 섰
다는 듯이 무뚝뚝하게 대답했다.

"오늘 작은 도련님을 데려가는 건 좀 무리일 것 같은데
요."

"어머나, 무리라뇨? 어떤 게 무리예요?"

"교이치 도련님을 지로 도련님이랑 바꿔서 맡아 달라니
전 그런 짓 못하겠어요."

"어머나, 왜 못한다는 거죠?"

"교이치 도련님이 너무 가여워서 그래요."

"오하마, 그건 말이 안 돼요. 아무리 불쌍해도 그렇지, 이
미 젖을 뗀 아이를 언제까지고 남의 집에서 기른다는 게 말
이나 돼요? 게다가 교이치는 혼다가의 장남이잖아요. 하루
라도 빨리 데려와서 제대로 예의범절을 가르쳐야 한다구
요."

오하마는 예의범절이라는 말에 더욱 험상궂은 표정이 되

었다.

"아니, 그럼 제가 교이치 도련님을 아무렇게나 길렀다는
말씀인가요?"

"그런 건 아니고……, 유모도 물론 나름대로 예의범절 가
르치느라 수고한 건 알고 있어요. 하지만 우린 우리 나름대
로 교육방식이 따로 있기 때문에 그런 거죠."

"무슨 말씀인지 잘 알겠어요."

오하마는 고개를 휙 돌리며 말했다.

"하지만 교이치 도련님도 준비가 필요해요. 이렇게 갑자
긴 안 돼요. 보내도 될 준비가 되는 대로 언제든 돌려보내겠
어요."

오타미는 오하마가 잔뜩 화가 나서 그렇게 뻗댄다는 걸
눈치챘지만 일부러 모르는 척, 내색하지는 않고 오금을 박
듯이 말했다.

"어쨌든 되도록 빨리 데려왔으면 해요. 물론 유모도 괴로
운 일일 테고, 교이치도 떨어지는 걸 싫어하겠지만 어차피
언젠가는 겪어야 될 일이니까 너무 그러지 말아요. 또 지로
와 교이치 둘씩이나 기른다는 게 예삿일인가요? 더구나 이
렇게 자기 아이도 있는데."

그러고서 오타미는 어조를 바꾸어 달래듯이 말하며 지로
를 오하마에게 건넸다.

"우선 이 아이한테 젖부터 좀 물려 봐요. 젖배를 잔뜩 곯

왔거든요."

하지만 오하마는 지로를 힐끗 쳐다보았을 뿐, 고개를 외로 꼬며 퉁명스레 대답했다.

"교이치 도련님은 곧바로 보내드리겠어요. 하지만 대신 지로 도련님을 맡겠다고 한 적은 없어요."

이번에는 오타미의 눈빛이 사나워졌다. 그녀는 고개를 외로 꼬고 뚱하니 앉아 있는 오하마의 옆모습을 쏘아보았다. 몹시 화가 났는지, 실룩거리는 입술을 꾹 다문 모습이 금방이라도 오하마를 향해 달려들 것처럼 보였다. 가뜩이나 누구한테도 지기 싫어하는 성격인 데다, 평소 대수롭지 않게 생각했던 오하마가 이렇게 세게 나오는 것이 도무지 경우에 맞지 않는 것 같아 생각할수록 분한 눈치였다.

그러나 오하마 역시 오타미 못지않게 오기가 드센 여자였다. 오타미가 갖은 생색을 다 내며 자신이 애써 키워 준 교이치를 빼앗고, 생기다 만 지로까지 떠맡기려는 심사가 여간 괘씸한 게 아니었다. 오타미가 무슨 말을 하든 시키는 대로 고분고분 따를 생각은 눈곱만큼도 없었다.

둘은 그렇게 한참 동안 말이 없었다. 오하마는 짐짓 벽만 쳐다보았고, 오타미는 그런 오하마의 옆모습을 노려보면서 돌처럼 굳어진 채 앉아 있었다.

그때 오타미의 품에 안겨 있던 지로가 울기 시작했다. 힘이 다 빠져 버린 쉰 목소리였다. 오타미는 우는 아이를 달랠 생각도 하지 않고 여전히 오하마만 노려보았다. 오하마는 아기 울음소리가 자꾸 마음에 걸렸다. 자기도 모르게 눈길이 지로 쪽으로 갔다. 하지만 오타미의 매서운 눈빛과 마주치고는 얼른 고개를 돌려 버렸다.

지로는 계속 울어 댔다. 한참 만에야 오타미가 가슴을 헤치고 젖을 물렸다. 빈 젖을 몇 번 빨다가 아무것도 나오지 않자 지로는 다시 울기 시작했다. 여간해선 그칠 울음이 아니었다. 가냘프게 쥐어 짜내는 듯한 울음소리가 질기게 이어졌다.

"아이가 이렇게 배고파 우는 소리를 들어도 아무렇지도 않나 보죠?"

오타미가 더 이상은 참지 못하겠다는 듯 먼저 입을 열었다. 오하마는 여전히 한쪽 벽에 시선을 고정시킨 채 아무런 대꾸도 없었다. 그 모습에 화가 머리끝까지 치민 오타미가 더는 참지 못하고 오하마에게 퍼붓기 시작했다.

"정말 말귀를 못 알아듣는군요. 내가 젖이 좀 안 나온다고 사람을 아주 우습게 여기는 모양인데, 좋아요, 싫다면 하는 수 없죠. 대신 우리 집과는 이걸로 끝이니 그런 줄 알아요. 그리고 두 번 다시 교이치를 만나는 건 꿈도 꾸지 말아요. 난 당신처럼 고집 세고 배은망덕한 사람하곤 마주 앉아 있기 싫으니 당장 나가요!"

"말씀이 너무 지나치시네요!"

오하마가 울음 섞인 목소리로 소리쳤다.

"너무하긴 뭐가 너무해!"

"너무해요! 그동안 교이치 도련님을 내가 어떻게 길렀는데, 고맙다고는 못할망정 지로 도련님 같은 그런⋯⋯."

오하마는 무슨 말인가를 더 하려다가 퍼뜩 입을 다물었다. 차마 그런 말까지 해선 안 될 것 같았기 때문이었다.

"그런이라니? 분명히 말해요. 대체 뭐가 그런이에요?"

오타미는 지로의 외모에 대한 이야기가 나오자 더욱 흥분해 오하마에게 마구 퍼부었다. 그러자 오하마는 갑자기 무슨 생각이 났는지 오타미의 말엔 아무런 대꾸도 없이 벌떡 일어나 휑하니 나가 버렸다.

원숭이

혼다가를 나온 오하마는 할머니에게 이끌려 간 교이치를 찾아 다녔다. 만나기만 하면 억지로라도 데리고서 집으로 돌아갈 작정이었다.

하지만 두 사람이 어디로 갔는지 도무지 알 수가 없었다. 작은 시골 동네라 장난감이나 과자를 파는 가게라야 고작 두어 군데였고, 또 할머니가 찾아갈 만한 집들도 대부분 오하마도 잘 아는 사람들의 집이라 빠짐없이 들러 봤지만 아무 데도 없었다. 나중에는 마을의 수호신을 모셔 놓은 숲까지 한 바퀴 둘러봤으나 할머니와 교이치의 모습은 온데간데 없었다.

아무래도 이상하다고 생각한 오하마는 다시 혼다가로 되돌아갔다. 살며시 뒷문을 열고 부엌으로 다가간 오하마는 오이토 할멈에게 교이치 못 보았느냐고 물었다. 오이토 할멈은 영문을 모르겠다는 표정이었다.

"그걸 낸들 아나? 무슨 일 있었어?"

할멈은 되레 오하마에게 무슨 일이냐고 물었다.

"감쪽같이 속은 것 같아요. 화가 나서 죽겠어요."

오하마가 조금 전에 있었던 일을 자세히 이야기해 주자 오이토 할멈도 적잖이 놀란 기색이었다.

"쯧쯧, 그런 일이 있었구면. 작은 마님 성격이 오죽해야지. 그래도 이번엔 너무하셨네. 난 그런 것도 모르고."

"공들여 베푼 인정을 짓밟아도 유분수지, 해도 너무한 거 아니에요?"

"맞아, 자네 말이 맞아. 자네 심정이 영 말이 아니겠구면."

"나한테만 그렇게 심하게 나오는 거라면 참을 수도 있겠어요. 하지만 별안간 교이치 도련님을 내놓으라니, 교이치 도련님이 불쌍해 죽겠는 거예요."

"듣고 보니 그렇구면."

"오늘 무슨 일이 있더라도 교이치 도련님을 찾아서 우리 집으로 데려가고야 말 거예요. 그쪽이 정 그렇게 나오겠다면 나라고 가만히 앉아서 당할 수는 없죠."

"그래도 함부로 일을 벌였다간 큰일 날지도 몰라. 자네가 참아야지 어쩌겠누."

"그럼 이대로 순순히 당하고만 있으란 말이에요? 전 그렇게는 못해요."

"자네 기분이 어떤지는 잘 알겠네만, 그렇다고 높으신 양반한테 덤볐다가 무슨 벼락을 맞으려고 그래? 이럴 땐 그저 지는 게 이기는 거야. 교이치 도련님이 누구야? 이 집 장남이라구. 어차피 혼다가로 돌려보내는 게 도리야."

"그걸 누가 모르나요."

"그걸 안다면서 이러나? 뒷일을 생각하라구. 어서 잘못했다고 빌어."

"잘못을 빌라뇨?"

"마음에 들지 않더라도 이번에 태어난 도련님을 맡으라구. 그래야 계속 쌀도 받을 거 아닌가."

"쌀이야 못 받아도 상관없어요."

"하지만 쌀도 못 받고 교이치 도련님도 만날 수 없다면 자넨 아무것도 얻는 게 없잖아."

오하마는 그 말을 듣곤 잠시 생각에 잠겼다.

"지로 도련님을 맡지 않겠다고 버티면 정말 교이치 도련님도 못 만나게 하겠죠?"

"말이라고 하나. 작은 마님 성격에 뻔하지. 자네도 누구한
테 지는 꼴은 못 보는 성격이란 걸 나도 잘 알지만, 작은 마
님에겐 어림도 없어. 한 번 마음먹으면 큰 마님이나 서방님
도 어쩌지 못한다니까."

"그러다가 교이치 도련님도 절 잊어버리겠죠?"

"말해 뭘 해. 두어 달만 지나도 깨끗이 잊어버릴 거야. 그
러니 이왕 이렇게 된 거, 굽히려면 지금 굽혀야 해."

"그래도 그렇지, 교이치 도련님 대신 원숭이 같이 생긴
아이나 맡으라니……."

"큰일 날 소리! 누가 들으면 어쩌려구."

"사실이 그런 걸요. 할머니도 그렇게 생각하지 않아요?"

"교이치 도련님에 댈 수야 없지만, 그렇다고 원숭이라니,
말이 너무 심했어."

"교이치 도련님은 처음부터 귀여웠어요."

"지로 도련님도 키우다 보면 차차 귀여워질 거야."

"원숭이처럼 생긴 얼굴이 귀여워질라구요……."

"그런 소리 함부로 하지 말래두 그러네. 입조심해, 이 사
람아. 혹시라도 마님 귀에 들어갔다간 무슨 험한 꼴을 당하
려구, 쯧쯧."

"들으면 듣는 거죠, 뭐."

"괜히 그러다가 모두 끝장나는 수가 있어. 뭣보다도 교이
치 도련님을 평생 못 만나게 될지도 몰라. 그래도 괜찮다는

거야?"

"그럼 어떡하죠? 화가 나도 못 이기는 척 이번에도 그냥 말을까요?"

오하마의 마음이 흔들리는 낌새를 알아챈 오이토 할멈은 그 마음이 변하기 전에 일을 매듭지으려고 조르르 오타미에게 달려갔다. 오타미는 그때까지도 오하마에 대한 화가 풀리지 않은 표정이었다. 하지만 젖이 잘 나오지 않는 자신의 처지를 생각하면 무조건 오하마를 몰아붙일 수도 없는 노릇이어서 오이토 할멈이 중간에 끼어든 것을 계기로 어쨌든 오하마에게 지로를 맡겨야겠다고 생각하고 분을 삭이는 눈치였다.

이와 같은 우여곡절 끝에 결국 지로는 그날부터 교이치 대신 오하마의 수양아들이 되었다. 못생겼다는 이유만으로 자기에게 젖을 먹여 줄 사람한테까지 환영받지 못했다는 것은 결코 행복한 일은 아니다. 만일 그때 지로가 이런 사실을 알았더라면 지로의 성격상 죽는 한이 있어도 오하마의 집에는 가지 않겠다고 버텼을 텐데.

그런데 다행히도 시간이 지남에 따라 지로가 오하마의 수양아들이 된 것을 불행하다고는 말할 수 없게 되었다. 그 이유는 오하마의 풍부한 모유 덕분에 얼마 지나지 않아 지로도 통통하게 살이 올랐기 때문이기도 했지만 무엇보다 오하마가 지로를 사랑하게 되었기 때문이었다. 그녀도 처음에는 꼭 원숭이 새끼에게 젖을 물리는 것 같아 기분이 묘했으나 그런 마음은 이내 물거품처럼 사라지고 지로에게 사랑을 쏟게 되었던 것이다.

오하마의 애정은 얼마 가지 않아 교이치로부터 지로에게로 완전히 기울어졌다. 오타미는 지로가 둘째 아들이라 그랬는지, 아니면 애가 원숭이를 닮아 그랬는지, 교이치를 맡겼을 때처럼 자주 애를 보러 오지 않았다. 오하마는 그런 오타미의 처신에 은근히 화가 났고, 그럴수록 지로가 가여워서 더욱 애정을 쏟았다.

어느 날 오하마는 지로가 많이 자란 것을 보여 주기 위해 오랜만에 혼다가를 찾아갔다. 오타미는 지로를 품에 안고서 남의 집 아이를 놀리듯이 말했다.

"어이구, 벌써 이렇게 컸어? 이제야 원숭이가 사람 모습을 좀 닮아 가는구나."

"원숭이라뇨!"

오하마는 험악한 표정이 되어 오타미를 노려보았다.

"왜요? 그런 말 하면 안 돼요?"

"아무리 친엄마라도 그렇지, 원숭이라뇨? 좀 심하시네요. 지로 도련님도 작은 마님 배로 낳은 아들 아니었던가요?"

"내가 듣기론 애를 원숭이라고 처음 부른 건 유모라던데?"

"아니, 누가 그런 말을 해요?"

"글쎄, 그건 유모가 더 잘 알 텐데 그러네."

오하마는 속이 약간 켕기긴 했지만, 그대로 물러설 수는 없어 더 큰 소리로 말했다.

"홧김에 오이토 할머니한테 그런 말을 한 적은 있어요. 그건 분명 제 잘못이에요. 하지만 그땐 그때고 지금은 지금이에요."

"그럼 지금은 지로가 사람답게 생겼다는 말이에요?"

"어머나, 어떻게 그런 말씀을……."

오하마는 갑자기 서글픈 생각이 들어 다다미 위로 푹 엎드렸다.

"아니, 지금 우는 거예요? 난 그때 유모가 한 말이 생각나서 농담한 건데, 미안해요."

"농담도 정도껏 하셔야죠. 어떻게 그때 농 삼아 한마디 한 걸 갖고 그런 끔찍한 말씀을 하고 그러세요. 그렇게 지로 도련님이 보기 싫다면 저도 생각이 있어요."

오하마는 갑자기 오타미에게 달려들어 지로를 빼앗아서는 누가 말릴 새도 없이 집으로 돌아가 버렸다. 그 뒤로 오타미가 여러 번 사람을 보냈지만, 오하마는 만나 주지도 않았다. 그리고 혼다가에서 매월 내주는 쌀마저 받으러 오지 않았다.

이번에는 오타미가 손을 들었다. 자신이 직접 오하마의 집을 찾아가 그녀의 기분을 풀어 준 것이다. 물론 이번에는 원숭이의 '원'자도 입 밖에 내지 않았다. 대신 여러 번 이런 말을 했다.

"이 아이는 8월 보름달이 점지해 주신 아이라구요. 아마 교이치보다 훨씬 훌륭한 사람이 될 거예요. 이 아이가 하루 빨리 어른이 되었으면 좋겠네요."

오하마는 그 말을 듣고서야 섭섭했던 감정을 풀고 지로를 더욱 귀하게 보살폈다. 이처럼 지로는 오하마의 수양아들이 된 덕에 배불리 젖을 먹었고, 누구에게도 원숭이라는 소리를 듣지 않아도 되었다.

소꿉놀이

소사실

시간은 흐른다. 지로는 그 시간의 흐름 속에서 오하마의
사랑을 듬뿍 받으며 무럭무럭 자라났다. 지로는 모든 아기
들이 자라면서 보여 주는 눈부신 성장의 징표들을 고스란히
드러내며 탈 없이 자랐다. 꼬물거리며 젖을 빨다가 오하마
를 올려다보며 처음으로 방긋 웃음 지었을 때, 오하마는 얼
마나 가슴이 뛰었나. 쌀알처럼 돋아난 이로 더러 오하마의
젖꼭지를 깨물기도 했고, 어느 날은 몸을 뒤집었다. 배를 밀
며 기어 다니는가 싶더니 문득 비틀거리며 일어섰다. 옹알
이가 한두 마디씩 말로 변하여 차츰 자기 의사를 뚜렷이 표
하게도 되었다.

한 달에 한 번 정도 친가에도 들렀다. 오타미는 마치 남의
아이 어르듯 겨우 이삼 분 정도 지로를 안아 주었고, 혼다가
사람들은 귀엽다느니 많이 컸다느니 입에 발린 소리로 호들

갑을 떨었지만 그때뿐이었다.

하지만 그 모든 일들은 그저 일어났을 뿐, 지로의 기억 속에 남아 있는 것들은 아니다. 지로가 분명한 형태로 기억하는 일은 시간이 훨씬 더 많이 흐른 다음에야 일어난 일들이다. 따라서 지로의 유년을 이야기하려면 그런 일들로부터 시작해야 마땅하리라.

아마도 지로가 다섯 살 무렵이었을 것이다. 어느 날 지로는 오카네와 오쓰루와 함께 멍석 위에서 소꿉놀이를 하고 있었다. 학생들이 모두 돌아간 뒤라 쥐 죽은 듯 조용한 소학교의 운동장 한 귀퉁이였다. 낡은 학교 주변으로 넓게 펼쳐진 들판에는 황금빛으로 물든 벼가 바람에 일렁였고, 오후의 햇살이 따갑게 내리쬐고 있었다. 그날의 광경은 지로의 기억에 남아 있는 가장 오래된 장면이었다.

그런데 지로는 아직 학교에 다닐 나이가 아닌데 왜 학교 운동장에서 소꿉놀이를 하고 있었던 걸까? 그 이유는 오하마 일가가 소사 일을 하면서 학교 안에서 살고 있었기 때문이었다. 오하마네 식구는 오하마 부부와 두 딸인 오카네와 오쓰루, 그리고 예순이 넘은 오하마의 친정 부모 등 모두 여섯 명이었는데, 그 적지 않은 식구가 교무실 바로 옆에 붙어 있는 어두컴컴한 방과, 그 방에 딸린 마루로 이루어진 소사실에서 살고 있었다. 거기에 지로까지 얹혀서 복닥거렸던 것이다.

그럼 지로는 왜 젖을 다 뗀 후에도 그처럼 줍아터진 집에서 수양아들로 지냈던 걸까? 그 이유는 친엄마 오타미의 유별나고, 조금은 생뚱맞은 교육열 때문이었다.

그녀는 맹자의 어머니가 아들 교육을 위해 세 번이나 집을 옮겼다는 맹모삼천지교(孟母三遷之敎) 이야기를 몹시 좋아했다. 맹자가 묘지와 시장 부근에서 살 때는 장례 치르는 흉내나 장사치의 흉내를 내더니 서당 근처에서 살게 되자 매일같이 책 읽는 흉내를 내며 놀았고, 훗날 위대한 인물이 되었다는 이야기는 오타미에게 깊은 인상을 남긴 모양이었다. 오타미도 맹자의 어머니처럼 되고 싶었다. 그런데 유모인 오하마가 학교 안에 살고 있다는 사실은 오타미로서는 더이상 바랄 수 없는 환경이었다. 젖을 충분히 먹일 수 있을 뿐만 아니라 학교 안에서 생활하면서 갓난아기 때부터 공부와 절로 친숙해질 수 있을 테니 얼마나 좋은 일인가. 그래서 오타미는 처음에는 교이치를, 다음에는 지로를 젖을 뗀 후에도 오하마에게 계속 맡겨 두었던 것이다.

하지만 그것은 어디까지나 오타미 혼자만의 생각이었다. 그녀는 자신의 속내를 오하마에게 한 번도 내색하지 않았는데, 그런 이야기를 해 봤자 맹자가 누구인지 모르는 오하마가 자신의 뜻을 이해할 리 없다고 생각했다. 한편 오하마는 오하마대로 맹자의 어머니처럼 되고 싶은 오타미의 바람에는 아랑곳없이 지로가 책 읽는 흉내를 내든 말든, 밖에서 하루 종일 뛰어 놀든 말든 그저 위험하지만 않으면 그걸로 끝이었다. 오하마는 지로를 그냥 놓아 키웠다. 게다가 지로 역시 맹자와는 완전 딴판이었다. 맹자만큼 머리가 좋지 못한 것인지, 학교 안에 살면서도 지로는 단 한 번도 공부하는 흉내를 내지 않았다. 결과적으로 오타미의 두 아들은 학교 안에서 유년시절을 보냈지만, 안타깝게도 공부와 가까워지지는 않았다.

지로의 놀이상대는 언제나 오카네와 오쓰루였다. 학교 근처에 살림집이 없어 함께 놀 친구가 따로 없기 때문이기도 했고 오카네와 오쓰루를 상대로 놀면 언제나 제멋대로 굴 수가 있어서 지로는 기분이 좋았던 것이다. 그날도 지로는 학생들이 돌아가기 무섭게 오카네와 오쓰루와 함께 운동장 귀퉁이에 멍석을 깔고 소꿉놀이를 시작했다.

올챙이

지로가 멍석 한가운데에 왕처럼 떡하니 앉아 거드름을 피우면 양쪽에 앉은 오카네와 오쓰루가 모래로 빚은 만두라든가 잘게 으깬 풀잎을 접시에 담아 지로에게 주었다. 그러면 지로는 거만한 표정으로 먹는 흉내를 냈다. 하지만 그것도 잠시였다. 지로는 늘 똑같은 소꿉놀이에 싫증이 나서 들고 있던 접시를 내던지며 심통을 부렸다.

"이런 놀이, 이젠 재미없어. 나 안 할래."

지로는 대부분의 여자아이들이 소꿉놀이를 얼마나 좋아하는지 알 턱이 없었다. 오카네와 오쓰루는 지로가 뭐라고 투덜대건 소꿉놀이에만 열중했다. 연신 흙으로 만두를 빚고 풀잎을 잘게 썰어 접시에 담았다. 아무도 자기를 상대해 주지 않자 화가 난 지로는 자리에서 벌떡 일어나 바닥에 널려 있던 접시를 발로 차 버렸다. 멍석 위는 순식간에 엉망이 되고 말았다.

"너 왜 그래? 그럼 안 돼."

오카네가 누나답게 점잖게 지로를 타일렀다. 지로는 잔뜩 골이 난 표정으로 엉덩이를 들이밀어 오카네를 밀어내고는 오쓰루와 마주 앉았다. 지로는 셋이서 소꿉놀이를 하다가 뭔가가 마음에 들지 않으면 늘 이런 식으로 굴었다. 오카네를 따돌리고 오쓰루와 둘이서만 놀겠다는 속셈이었다. 아무래도 자기보다 두 살이나 많은 오카네보다는 오쓰루가 만만했고, 오카네의 생김새가 어린 지로의 눈에도 참 못생겨 보였기 때문이었다. 오쓰루가 생글생글한 눈에다 동그란 얼굴로 귀여운 상이었다면 오카네는 뻐드렁니에다 사팔뜨기, 웃기만 해도 얼굴이 일그러지곤 했다. 지로도 누구로부터 잘났다는 말은 한 번도 들어본 적이 없는 아이였지만(오죽하면 태어나자마자 원숭이처럼 생겼다는 말을 들었겠는가!) 뻐드렁니에 사팔뜨기 눈으로 자신을 쳐다보는 오카네를 볼 때면 괜히 미운 생각이 들었다.

그렇다고 지로가 오쓰루를 상대로 늘 재미있게 놀았던 것도 아니었다. 오쓰루에 대해서도 마음에 안 드는 구석이 있어 신경에 거슬리곤 했다. 오쓰루는 제법 귀엽게 생기긴 했지만, 포동포동한 왼쪽 뺨에 검붉은 반점이 하나 찍혀 있는 게 흠이었다. 이 반점은 자세히 살펴보면 꼭 올챙이처럼 생겼다. 지로는 오쓰루의 얼굴을 볼 때마다 그 반점만 눈에 들어왔다. 간혹 기분이 틀어졌을 때 그 반점을 보기라도 하면 손톱으로 쥐어뜯어 버리고 싶은 충동이 솟구치곤 하는 것이었다.

그날도 오카네를 밀어내고 오쓰루와 마주앉자마자, 아니나 다를까 올챙이 반점부터 눈에 확 띄었다. 오랫동안 햇볕을 받은 오쓰루의 두 볼은 평소보다 유난히 분홍빛으로 물들어 있었다. 그 한가운데 찍혀 있는 반점이 지로의 눈에는 마치 살아서 꼼지락거리는 올챙이처럼 보였다.

지로는 공연히 기분이 근실근실해져 슬그머니 오른손을 들었다. 그러고는 징그러운 벌레라도 건드리듯 오쓰루의 볼에 난 반점을 살며시 만져 보았다.

오쓰루는 지로의 갑작스런 행동에 영문을 모른 채 멍하니 지로의 얼굴을 쳐다보았다. 마치 한 명이 뺨을 쓰다듬어 주자 다른 한 명은 그게 좋아서 가만히 있는 듯한 모습이었다.

그런 모습을 옆에서 멀뚱히 보고 있던 오카네가 끅끅 소리를 내며 웃었다. 화들짝 놀란 지로가 고개를 돌려 보니 오카네의 사팔뜨기 눈동자가 한쪽으로 잔뜩 몰려 있었다.

지로는 마치 무슨 나쁜 짓을 하다가 들킨 것 같은 이상한 기분이 들었다. 사내아이들은 나쁜 짓을 하다가 들키면 쑥스러움을 달래느라 오히려 난폭하게 굴기도 하는데 지로가 꼭 그랬다. 지로는 벌떡 일어나 주위에 어지럽게 널려 있는 소꿉들을 닥치는 대로 오카네에게 집어 던졌다. 오카네는 지로가 던지는 물건들을 연신 피하면서도 여전히 깔깔거렸다.

오카네를 노려보며 씩씩대던 지로는 무슨 생각이 들었는지 멍하니 앉아 있는 오쓰루에게 덤벼들었다. 모든 게 오직 그 올챙이 때문인 것만 같았다. 지로는 오쓰루의 얼굴에 나 있는 까만 반점을 힘껏 꼬집어 비틀었다. 오쓰루가 미워서가 아니라 그놈의 올챙이를 떼어내 주고 싶어서였다. 오쓰루가 불에 덴 것처럼 비명을 지르며 울음을 터트렸다.

"아빠, 아빠!"

오카네가 찢어지는 듯한 목소리로 아빠를 불렀다. 지로는 얼이 쑥 빠질 지경이었다. 오쓰루의 볼을 살짝 만졌을 때에는 오카네가 웃는 바람에 뭔가 나쁜 짓을 저지른 것 같아 기분이 이상했었는데, 이제는 오쓰루를 울렸다고 아빠까지 불러 놓았으니 정말 큰일이었다. 지로는 가슴이 마구 벌렁거렸다.

오카네는 그새 소사실 근처까지 달려가고 있었다. 분명 아빠한테 고자질을 하고 아빠를 데려오겠지. 하지만 지로는 아빠가 그다지 무섭지는 않았다. 오카네 자매처럼 지로도 그를 아빠라 불렀는데 물론 친아빠가 아니라는 건 이미 지로도 잘 알고 있었다. 그의 이름은 칸사쿠였다. 사람이 좀 무능하고 물러서 마누라인 오하마에게 꽉 쥐여 사는 형편이라 지로는 그런 사람이 오쓰루를 울렸다고 꾸중을 해 봤자 별로 겁날 것은 없었다. 하지만 함께 사는 식구들 중에서 자기 말을 제일 안 들어주는 사람인 데다 이 일로 앞으로는 더욱 그럴 것 같아 그게 걱정이었다.

지로는 오쓰루가 우는 것을 내려다보면서 우두커니 서 있었다. 여간해선 울음을 그칠 것 같지 않았다. 지로는 울고 있는 오쓰루가 불쌍하기도 했고, 또 한편으로는 별것도 아닌데 왜 저렇게 울어 대는지 화가 치밀었다. 하지만 아무래도 칸사쿠가 오기 전에 울음을 그쳐 주는 게 좋을 듯해서 어떻게든 달래야겠다고 생각했다. 지로는 오쓰루 앞에 털썩 주저앉았다.

"잘못했어."

그러고는 조금 전에 잡아 뜯었던 볼을 매만져 주려고 손을 뻗었다. 하지만 오쓰루는 지로가 또 꼬집는 줄 알고 기겁을 하고 물러나 앉으며 더 크게 울어 대는 것이었다. 그때였다. 지로의 머리 위로 사람 그림자가 쓰윽 덮쳤다.

"요 녀석, 또 무슨 짓을 한 거야?"

깡통 굴러가는 것 같은 고함을 지르며 칸사쿠가 지로의 양팔을 움켜쥐고 번쩍 들어 올려 마구 흔들어 댔다. 부서진 인형처럼 지로의 두 다리가 공중에서 덜렁거렸다. 양팔이 저리고 당장이라도 어깻죽지가 떨어져 나갈 것 같았다. 지로는 터져 나오려는 울음을 참으며 이를 악물고 버텼다. 벌겋게 달아오른 지로가 용을 쓰며 간사쿠의 가슴팍에 발길질을 했다.

"이 못돼 먹은 놈 같으니라구!"

간사쿠는 지로를 그대로 땅바닥에 내동댕이쳐 버렸다. 설마하니 이렇게까지! 지로는 아픈 줄도 모르고 잠깐 동안 엎어져 있었다. 그러고는 드디어 온 동네가 떠나가라 울기 시작했다. 누군가가 지로의 그 울음소리를 들었다면 집에서 기르던 거위를 목 졸라 죽이는 줄로만 알았을 것이다.

지로의 울음이 터지자 옆에서 잠시 울음을 멈추고 상황을 지켜보고 있던 오쓰루가 이번에는 뒤로 벌렁 드러누워 다리를 버둥거리며 지로보다 더 큰 소리로 울기 시작했다. 지로도 질 수 없었다. 둘은 서로 누가 더 크게 우는지 시합이라도 하듯이 악을 쓰며 울었다.

오하마와 칸사쿠

난감해진 칸사쿠는 어찌할 바를 모르고 우뚝 선 채로 지로를 노려보았다. 그때 오하마가 빗자루를 든 채 달려왔다. 부근에서 청소를 하다가 두 아이의 넘어가는 울음소리를 들은 모양이었다. 오하마는 한눈에 상황을 짐작했는지 칸사쿠에게 덤벼들 듯이 말했다.

"도대체 어떻게 된 거야?"

"아, 이 녀석이 오쓰루 뺨을 꼬집었잖아."

칸사쿠는 오하마의 기세에 눌려 우물쭈물 대답했다.

"이 녀석이라니? 누가 이 녀석이야?"

"누구긴 누구야? 지로지."

"뭐가 어째? 지로 도련님보고 이 녀석이라구? 지로 도련님이 당신 자식이야? 누구보고 이 녀석이래?"

"이 녀석이건 저 녀석이건 무슨 상관이야."

"그래도 이 양반이……."

오하마는 잠시 동안 칸사쿠를 노려보다가 다시 말했다.

"도련님한테 무슨 짓을 한 거야? 설마 하니 땅바닥에 내팽개치진 않았겠지?"

이쯤 되면 간사쿠도 열이 오를 밖에. 그가 버럭 소리를 질렀다.

"그래, 내팽개쳤다, 어쩔래!"

"뭐? 그래? 지금 그래라고 했어? 기껏 애들 싸움에 끼어들어 애를 울려 놓고는, 뭐라? 아무리 놀고먹는 주제라도 그렇지, 이젠 창피한 줄도 몰라?"

오하마가 악을 썼다. 따지고 보면 소사 일이란 오하마와 친정 부모만으로도 충분했다. 그래서 칸사쿠는 공사판을 들락거리거나, 다른 집 농사를 돕는 날품을 팔며 지냈는데 요즘은 그마저도 일거리가 끊겨 집에서 빈둥거리는 처지였다.

"놀고먹다니, 누가 놀고먹어? 그리고 이게 놀고먹는 거랑 무슨 상관이라고 그 따위로 말해?"

칸사쿠는 아픈 데라도 찔린 듯 잔뜩 화난 소리로 대거리를 했지만 주눅이 든 티를 감출 수는 없었다.

"당신 딸이 다른 놈한테 맞았다구. 그런데도 아무렇지 않다는 거야?"

"내 새끼가 맞았는데 아무렇지도 않을 사람이 어딨어!"

"허이구, 자기 자식 귀한 줄 아는 사람이 여기 있었구만."

"무슨 말을 하는 거야? 귀하니까 이렇게 남의 도련님까지 맡아 기르면서 오쓰루랑 우리 식구 모두가 혼다가에서 쌀 타서 먹고 사는 거 아니냐구. 그러는 당신이야말로 아이들을 위해 뭘 했는데? 매일 빈둥거리며 돈 한 푼 못 벌어 오는 게 자랑이야?"

칸사쿠의 얼굴이 시뻘게졌다. 뭔가 반격을 하고 싶은데 딱히 떠오르는 말이 없는지 입술만 실룩거렸다.

울음을 그친 채 어른들의 말다툼을 지켜보고 있던 지로
는 역시나 오하마가 칸사쿠를 끽 소리도 못하게 만들어 버
리는 걸 보고 마음이 놓였다. 든든한 원군이 옆에 있어 거리
낄 게 없어진 지로는 칸사쿠가 좀 더 혼이 나는 걸 보고 싶
었다. 그래서 다시 울음을 짜내기 시작했다. 오쓰루도 지로
에게 질 수 없다는 듯이 덩달아 함께 울기 시작했다.

"이제 그만 울어."

오하마가 먼저 오쓰루를 달랬다. 그러고는 나오지도 않는
울음을 억지로 쥐어 짜내고 있는 지로 곁으로 다가갔다.

"지로, 이제 일어나요."

오하마는 다른 사람들 앞에선 '지로 도련님'이라고 불렀
지만, 지로에게 직접 말을 걸 때는 늘 '지로'라고 부르곤 했
다.

"지로는 다 컸으니까 울면 안 돼요. 어서 일어나요."

지로는 마음껏 어리광을 부릴 기회가 바로 지금이란 걸
알고 이번에는 발까지 구르며 더 큰 소리로 울어 댔다.

"이제 그만 울어요."

오하마의 얼굴에 짜증 섞인 표정이 잠깐 나타났다 사라졌
다. 그녀는 들고 있던 대나무 빗자루를 땅바닥에 내려놓고
두 손으로 지로를 안아 일으켰다. 옷에 묻은 먼지를 털어 주
고 눈물과 흙먼지로 범벅이 된 지로의 얼굴을 닦아 주던 오
하마의 눈이 동그래졌다.

"아니, 도련님!"

지로의 코와 입술 사이에 난 조그만 상처에 피딱지가 져 있었던 것이다. 아까 칸사쿠가 지로를 바닥에 내동댕이칠 때 생긴 모양이었다.

"도련님 얼굴에 상처가 났어!"

오하마는 험악해진 얼굴로 칸사쿠를 돌아보며 낮게 으르렁거렸다. 칸사쿠는 혼자 궁시렁대며 오쓰루를 일으키다가 오하마의 말에 힐끗 고개를 돌려 지로의 얼굴을 쳐다보더니 짐짓 모른 척하며 서둘러 소사실 쪽으로 걸어가 버렸다.

"잠깐!"

오하마가 큰 소리로 칸사쿠를 불렀다. 그러고는 빗자루를 주워들고 달려가더니 칸사쿠의 머리를 힘껏 내리쳤다. 딱, 하는 소리가 지로의 귀에까지 똑똑히 들렸다.

"이 여편네가 미쳤나!"

칸사쿠가 악을 썼다. 하지만 오하마는 더욱 기세등등하게 빗자루를 휘두를 기색이었다.

"감히 남편을 때려?"

"남편? 그래, 남편 잘났다! 남의 집 귀한 도련님 얼굴에 상처나 내는 게 남편이야?"

오하마는 칸사쿠를 향해 빗자루를 휘둘렀다. 칸사쿠는 마구 날아오는 빗자루를 더러는 맞고 더러는 막으며 요리조리 몸을 피했다. 하지만 피하면 피할수록 오하마는 더욱 서슬이 퍼래져서 덤벼들었다.

"에잇, 제기랄! 정말 미친 여편네가 따로 없네."

칸사쿠는 체념한 듯 몸을 돌려 운동장을 가로질러 도망치기 시작했다. 운동장 끝에 흐르는 작은 시냇물도 한걸음에 훌쩍 뛰어넘었다. 그러고는 논둑길 저편으로 휘적휘적 걸어가 버렸다.

"배은망덕한 인간 같으니라구!"

오하마는 소리소리 지르며 뒤를 쫓다가 멈추어 서서 욕을 퍼부었다.

지로와 오쓰루는 울음 따위는 완전히 잊고 오하마가 빗자루를 휘두르며 싸우는 모습을 넋을 잃고 바라보았다. 둘의 얼굴은 꼬질꼬질한 눈물자국으로 얼룩져 있었다. 그 때문에 오쓰루의 뺨에 붙어 있는 올챙이도 알아보기 힘들어졌다. 지로는 올챙이 따위는 더 이상 생각지도 않게 되었다. 둘은 마주 보고 히히 웃었다.

칸사쿠가 논 저편으로 사라지자 오하마는 그제야 아이들 쪽으로 다가왔다.

"저런 아빠 더 이상 집에 못 들어오게 할 테니 두고 보렴. 지로, 내 말 알았지요?"

그렇게 말하면서 오하마는 머리에 쓰고 있던 수건을 벗어 지로의 얼굴을 닦아 주었다. 상처는 살갗이 조금 까졌을 뿐 별로 심하진 않았다. 그 정도의 상처는 지로 혼자 놀다가 생긴 적도 여러 번이었고 그것 때문에 운 적은 한 번도 없었다.

"아프지 않지요?"

오하마가 상처 주위를 닦아 주며 물었다.

"하나도 안 아파."

지로는 힘차게 고개를 가로저으며 대답했다.

"나 아파서 운 거 아냐."

"그래? 그럼 왜 울었어요?"

"칸사쿠 아빠한테 지기 싫어서 그랬어. 나 화 많이 났어."

오하마는 지로의 엉뚱한 대답에 소리 내어 웃었다. 그리고 이번에는 오쓰루의 얼굴을 닦아 주며 말했다.

"도련님 말 잘 들어야 해. 알겠지? 앞으로 도련님하고 싸웠다간 엄마가 가만 안 둘 거야."

오쓰루는 왠지 슬퍼 보이는 눈길로 지로를 흘끔 쳐다보곤 고개를 푹 숙였다. 오쓰루의 얼굴을 마저 닦은 오하마는 하던 일을 끝내러 갔다. 둘만 남게 된 지로와 오쓰루는 한동안 말없이 앉아 있었다. 먼저 지로가 입을 열었다.

"오쓰루, 미안해. 내가 잘못했어."

오쓰루는 고개를 끄덕였다. 그때 또 오쓰루의 뺨에 붙어 있는 올챙이가 지로의 눈에 들어왔지만 어쩐 일인지 아무렇지도 않았다. 둘은 사이좋게 주변에 어질러진 소꿉들을 주워 모아 거적 위에 차곡차곡 쌓았다. 소사실 쪽에서는 오하마의 욕하는 소리와 오카네의 울음소리가 들려왔다. 아마도 칸사쿠에게 일러바친 걸 두고 혼나는 모양이었다. 어느덧 운동장에는 플라타너스 그림자가 길게 누워 있었다.

지로는 단 한 번도 소사실이 좁아서 살기 불편하다거나 칸사쿠 때문에 힘들다고 생각해 본 적이 없었다. 아니 어쩌면 그 시절 소사실에서의 생활이야말로 지로의 인생에서 가장 행복했던 기억으로 남아 있는지도 모른다. 그때의 지로에겐 놀고 싶을 때면 언제든 함께 뛰놀 수 있는 친구가 있었고, 또 지로를 위해서라면 남편한테 빗자루 휘두르는 것도 마다하지 않는 오하마가 곁에 있었으니까.

하지만 그 무렵 지로가 모르고 있는 한 가지 일이 있었다. 그 일은 어느 누구도 입 밖에 내어 말한 적 없으나 기어이 닥치고야 마는 불행처럼, 한발 한발 지로를 향해 다가오고 있었다. 지로가 이 세상에서 가장 믿고 의지하던 유모 오하마와 헤어져야 하는 날이 머지않았던 것이다.

혼다가에 가는 날

짐수레에 몸을 싣고

매화꽃이 막 피기 시작할 무렵의 어느 날이었다. 고구마 죽으로 아침을 맛있게 먹은 지로가 오쓰루와 손을 잡고 운동장으로 놀러 나가려는데 오하마가 둘을 불렀다.

"오늘은 너무 먼 데까지 가면 안 돼요. 집에서 놀아요."

"왜 안 되는데?"

지로는 오하마의 말이 마음에 안 들어 입을 삐죽거렸다. 하고 싶은 걸 못 하게 말릴 때 나오는 지로의 버릇이었다.

"오늘은 지로랑 같이 갈 데가 있어요."

그 말을 듣자 지로는 생각나는 게 있었다.

'맞아. 오늘은 혼다가에 쌀을 받으러 가는 날이야.'

오하마는 이삼일 전부터 쌀이 떨어졌다며 오는 일요일엔 꼭 쌀을 타러 가야겠다고 몇 번이고 혼잣말처럼 중얼거렸던 것이다.

오하마가 혼다가에 가는 날이면 으레 지로도 따라가야 했다. 좋아하는 고구마죽을 실컷 먹은 터라 기분이 아주 좋았었는데 혼다가 생각을 하자 지로는 왠지 힘이 쑥 빠져 버리는 것 같았다. 오하마와 함께 외출한다는 사실 자체는 더할 나위 없이 좋았지만 혼다가에서 머무는 동안의, 뭔가 불편하고 어색한 느낌을 지로는 견디기 힘들었다.

우선 소사실과 비교해서 집이 너무 넓었다. 소사실은 다다미 여섯 장 정도의 크기에 불과했어도 그 안에 재미난 일들이 차고도 넘쳤다. 하지만 운동장처럼 넓은 혼다가에는 마땅히 놀 만한 게 없었다. 그리고 엄마와 할머니를 비롯한 혼다가 사람들은 지로를 보면 "오랜만이네."라고 한마디 툭 던지고는 그만이었다. 지로의 귀엔 괜히 넓기만 한 집의 어딘가에서 메아리가 들려오는 것 같아 그런 인사를 받을 때마다 기분이 으스스해져서 대꾸도 잘 하지 않았다. 그래서 지로는 오하마의 손에 이끌려 혼다가에 가야 할 때면 마음속으로 항상 이렇게 생각하곤 했다.

'오하마 엄마는 볼일이 끝나면 빨리 집으로 돌아오지 않고 왜 늘 꾸물거리는지 모르겠어. 거기만 아니라면 재미있는 일이 얼마든지 있는데.'

그러나 그날따라 지로가 더 우울했던 까닭은 다른 데 있었다. 지난번 혼다가에 갔을 때였다. 모두들 지로에게 하룻밤 자고 가라고 권한 것이었다.

"이제 다 컸으니까 혼자 자고 갈 수 있지?"

"언제까지 오하마 꽁무니만 따라다닐 거야? 사람들이 다 흉본단다."

"순조는 너보다 두 살이나 어려. 그런데도 요즘은 혼자 자. 밤중에 화장실도 혼자 간단 말야."

"지로는 순조 형이잖아. 형이 그렇게 겁이 많으면 동생이 뭐라고 생각하겠니?"

엄마와 할머니가 차례대로 그런 말을 하는데, 지로는 너무 속이 상해서 하마터면 울 뻔했다. 믿었던 오하마마저도 그날은 엄마와 할머니 편을 들며 순조를 칭찬하고 지로를 겁쟁이라고 놀렸다.

그때의 쓰라린 기억이 생생한데 이번에 또 그런 말을 듣지나 않을까 지로로선 여간 신경 쓰이는 일이 아니었다. 지로가 내키지 않는 표정을 짓고 있자 오하마가 말했다.

"지로는 가기 싫은가 보네……. 그럼 그냥 집에 있을래요?"

순간 지로는 오하마가 일부러 자기를 놀리려고 그런 말을 한다고 생각했다. 가기 싫다는 말이 목구멍까지 올라왔다가 도로 쑥 내려가 버렸다. 자기를 겁쟁이라고 놀렸던 오하마 앞에서 못 가겠다는 말은 차마 할 수가 없었던 것이다. 게다가 오하마와 함께 외출하면 틀림없이 가게에 들러 눈깔사탕이나 밥풀과자, 찹쌀떡을 사줄 텐데, 그런 걸 생각하면 당장이라도 따라나서고 싶기도 했다. 하지만 겁쟁이라는 말 역시 두 번 다시 듣고 싶지 않았다.

지로는 여느 때와 달리 마음이 갈팡질팡, 눈을 내리깐 채아무 대답도 하지 못하고 있었다. 그러자 오하마가 또 말했다.

"지로가 집에 있겠다면 오늘은 나 혼자 갈게. 그렇게 할까요?"

지로는 아무래도 따라나서는 편이 더 나을 것 같다고 생각을 굳혔다.

"아냐, 나도 갈래. 근데 또 나보고 자고 가라고 하면 어떡해?"

오하마는 잠시 생각하더니 이렇게 말했다.

"그러게 말이에요. 하지만 지로가 하고 싶은 대로 하면 돼요."

"근데 자고 가지 않으면 또 겁쟁이라고 할 거잖아?"

"겁쟁이라고 부르면 싫어요?"

"싫어!"

"그럼 자면 되지."

"그것도 싫어. 나 혼자 못 자."

"그럼 어떡했으면 좋겠어요?"

지로는 또다시 한동안 눈을 내리깔고 있다가 대답했다.

"오하마 엄마만 겁쟁이라고 부르지 않으면 갈 거야."

"정말요? 나만 겁쟁이라고 부르지 않으면 아무렇지 않다는 거예요?"

"응."

오하마는 지로의 어깨를 와락 끌어안으며 속삭였다.

"이번엔 무슨 일이 있어도 그런 말 안 할게요."

"정말?"

"정말이구말구. 지로도 엄마랑 할머니가 무슨 말을 하든 참아야 해요."

"응. 그리고 오하마 엄마랑 같이 올게."

"아무렴, 같이 와야죠."

함께 방에 있던 오쓰루는 쓸쓸한 눈길을 한 채 꼭 부둥켜안고 서로의 귀에 이런저런 말을 속삭이는 오하마와 지로를 말없이 바라보았다.

오하마는 교무실 청소를 끝낸 다음 뒤편 창고에서 짐수레를 끌고 나왔다. 혼다가에서 받은 쌀을 싣고 돌아와야 하기 때문이었다.

오하마가 짐수레를 끌고 나오는 것을 본 지로는 후다닥 소사실 옆 토방으로 달려가 거적 한 장을 들고 나와 그 위에 깔았다. 지로는 오하마와 손을 잡고 걷는 것도 무척 좋아했지만, 짐수레 위에 큰 대자로 누워 하늘을 올려다보는 것을 더 좋아했다.

짐수레는 낡고 오래된 데다 길도 울퉁불퉁해서 짐수레 위에 누워 있으면 머리가 덜컹거리며 어지러웠다. 그런데 지로는 그게 너무 재미있었다. 입으로 작은 소리를 계속 내고 있으면 머리통이 튀어 오를 때마다 자기도 모르는 사이에 이상한 소리가 튀어나오기도 했다. 그 소리에 놀란 오하마가 지로를 돌아보고는 나무라기는커녕 재미있다는 듯 같이 웃곤 했다.

오하마는 머리에 수건을 둘러쓰고 외나막신으로 갈아 신은 다음 짐수레를 끌고 집을 나섰다. 소사실 앞에 맥없는 표정으로 앉아 있는 오쓰루에게 미안한 마음이 든 지로는 짐수레에 눕는 건 교문을 빠져나간 다음에 하기로 마음먹었다. 대신 열심히 손을 흔들어 오쓰루를 위로하기로 했다. 한번도 기차를 타고 떠나며 작별인사를 해 본 적은 없었지만, 그런 흉내라도 내면 오쓰루가 조금이라도 덜 서운하려나, 생각하면서.

감쪽같이 속이다

혼다가에 도착했을 때는 열한 시가 조금 넘은 시간이었다. 쌀을 타러 갈 때면 언제나 그 무렵에 도착해 점심을 먹고 시간을 보내다가 저녁을 먹기 전에 돌아오는 것이 정해진 순서였다.

낮 동안에는 여느 때와 다를 바 없었다. 지로를 보자 오타미는 늘 하던 식으로 말했다.

"지로 왔니? 별채에 가서 할아버지, 할머니께 인사드리렴."

지로가 오하마와 함께 별채로 가서 문지방에 걸터앉아 인사를 드리자 할머니 역시 늘 똑같은 말로 지로를 맞이했다.

"지로 왔구나. 잘 왔다."

할아버지는 안경 너머로 지로의 얼굴을 멀뚱히 쳐다보다가 오하마에게 무뚝뚝하게 한마디 툭 던질 뿐이었다.

"건너가서 천천히 쉬다 가게."

언제나 똑같은 순서에다 똑같은 말이었다. 그런데 이날 한 가지 평소와 달랐던 것은 아버지 슌스케가 낮인데도 집에 있다는 점이었다. 슌스케는 지로가 안채로 건너오자 먼저 말을 걸었다.

"어, 지로 왔구나. 제법 많이 컸는데? 오늘은 아빠도 한가하니까 천천히 놀다 가라구."

슌스케는 커다란 손으로 지로의 머리를 쓰다듬어 주었다. 하지만 지로는 누가 자기 머리를 만지는 걸 싫어해서 아무리 아빠라고는 해도 썩 마음에 들지는 않았다.

교이치와 슌조는 어디 놀러 갔던 모양인지 점심때가 되어서야 돌아왔다. 오랜만에 함께 밥상 앞에 앉으면서도 지로에겐 제대로 말도 걸지 않았다. 그러나 평소에도 사이가 서먹서먹했기에 그다지 신경 쓸 일은 아니었다.

문제는 그다음이었다. 점심을 먹은 지 한 시간쯤 지났을까, 지로에겐 전혀 뜻하지 않은 상황이 벌어졌다. 지로가 오하마와 함께 뒤뜰 광 앞에서 나오키치라는 젊은 일꾼이 쌀가마 하나를 어깨에 들쳐 메고 나오는 것을 구경하고 있을 때였다. 그 쌀가마만 짐수레에 실으면 곧 돌아가겠거니 안심하고 있었는데, 부엌에서 오이토 할멈이 쫓아 나왔다.

"오하마, 작은 마님이 자넬 찾으셔."

오하마는 지로의 손을 잡고 안채로 향했다. 안채에선 슌스케와 오타미가 화로 곁에서 무엇인가 이야기를 나누는 중이었다. 오타미는 지로를 보자 정다운 웃음을 띤 채 말했다.

"지로는 별채에 가 봐. 할아버지랑 할머니가 아까부터 기다리신단다. 교이치랑 슌조도 거기 있어."

지로는 오타미의 말이 무슨 뜻인지 가늠할 수가 없어 머뭇거리며 눈치를 보았다. 그도 그럴 것이 지로는 혼다가에 오자마자 바로 별채로 가서 인사를 드렸지 않은가. 지로의 생각 속에서 별채란 인사만 하는 곳이었다. 아까 인사를 하고 왔는데 또 하라는 말인가? 지로는 분위기가 심상치 않다는 걸 깨달았다. 지로가 여전히 머뭇거리며 그대로 서 있자 오타미가 다시 말했다.

"어서 가 봐. 맛있는 과자도 많아. 그리고 오늘은 교이치가 동화책을 읽어 준다고 했어."

지로는 점점 더 이상하다는 생각이 들긴 했지만, 아직 어

느 누구도 오늘은 여기서 자고 가야 한다고는 말하지 않았
다. 그런데도 별채에 가지 않겠다고 버티면 나쁜 짓을 하는
것처럼 보일 테고, 한편으론 과자라는 말에 귀가 솔깃했다.
별채에 가더라도 혼자 가지만 않는다면 괜찮을 것 같았다.

지로는 슬며시 오하마의 얼굴을 살폈다. 그때 오하마도
똑같이 지로의 얼굴을 보고 있었는데, 서로의 눈과 눈이 마
주쳤다. 지로는 오하마가 무슨 생각을 하고 있는지 눈만 봐
서는 알 수가 없었다. 오하마의 눈길은 평소와 다름없이 사
랑스럽게 지로에게 쏟아지고 있었으니까.

"혼자선 불편할 수도 있을 거야. 별채에서 놀아 본 적이
없으니까. 그럼 함께 가자. 아빠도 별채에서 좀 놀아야겠
다."

슌스케가 웃음을 띠며 말했다. 그리고 지로의 얼굴을 가
볍게 톡톡 친 후 먼저 방을 나갔다.

지로는 별채 한쪽 귀퉁이에 앉을 때까지도 뭐가 어떻게
돌아가는지를 몰라 얼떨떨했다. 앉긴 했지만 어디가 어딘지
구별이 잘 되지 않았다. 할아버지와 할머니가 지로에게 무
슨 얘긴가를 했지만 무슨 내용인지 귀에 들어오지도 않았
다. 다만 주발 속에 세 조각 정도 남아 있는 양갱과 쟁반 위
에 껍질과 뒤섞여 있는 먹다 남은 귤, 그리고 다구(茶具) 같
은 것들만 눈에 들어왔다.

"지로도 어서 먹어. 이건 네 몫인가 보다."

슌스케가 양갱이 들어 있는 주발을 지로 앞에 내밀었다.

"모두 두 조각씩 먹었으니까 너도 두 개 먹으면 돼."

이번에는 할머니가 말했다.

"마지막에 먹는 사람이 복이 있다는데 지로는 복을 타고 났군. 그렇지, 지로?"

슌스케는 별로 웃기지도 않은 말을 해 놓곤 무안했던지 큰 소리로 웃으며 양갱을 지로 손에 쥐여 주었다. 지로는 우선 먹고 봐야겠다고 생각하며 양갱을 얼른 입에 넣었다. 한 번도 먹어 본 적 없는 달달한 과자는 혀끝에서 녹는 듯했지만 다들 자기만 쳐다보고 있는 것 같아 목에서 잘 넘어가지 않았다.

지로가 양갱을 다 먹자 슌스케가 이번에는 또 귤을 까서 지로 손에 쥐여 주었다. 양갱을 먹어치운 속도로 지로는 귤 두 쪽을 한입에 털어 넣었다. 그것도 여태까지 소사실에서 먹었던 것보다 훨씬 달고 맛있었지만, 모두의 눈길이 부담스러워 채 씹지도 못하고 그냥 삼켜 버렸다. 그 바람에 양갱을 먹을 때보다 더 목이 메었다.

"교이치, 지로에게 읽어 주겠다던 동화책은 어디 있어?"

슌스케가 교이치에게 물었다.

"여기 있어요."

교이치가 작은 목소리로 대답하면서 옆에 있던 동화책 네 댓 권을 지로 앞으로 밀어 주었다. 동화책은 겉표지가 모두

닳았고 더러 찢어진 것도 있었다. 지로는 양갱이나 귤보다 동화책에 훨씬 더 마음이 끌려서 교이치가 펼쳐 주기도 전에 그림책을 낚아챘다. 교이치는 지로가 책장을 넘길 때마다 글자를 읽어 주었다. 교이치는 벌써 학교에 다녔고 머잖아 이 학년이 될 나이였다.

교이치가 지로에게 동화책을 읽어 주기 시작하자 순조도 머뭇거리며 다가왔다. 셋은 동화책을 가운데 놓고 머리를 맞대고 빙 둘러앉았다. 지로는 어느새 처음 보는 동화책에 빠져들었다.

그러는 사이에 한 시간이 훌쩍 지나갔다. 슌스케는 뭐가 그리 좋은지 혼자 싱글싱글 웃거나, 세 아이들 틈에 끼어 말을 걸곤 했는데, 할아버지와 할머니는 어린 손자들이 귀찮다는 표정이었다. 그때 지로가 갑자기 무엇인가 생각났다는 듯 큰 소리로 말했다.

"아, 참!"

지로 앞에 펼쳐진 동화책에는 마침 꽃이 잔뜩 핀 매실나무와 짐수레 그림이 그려져 있었다. 그 그림을 보는 순간 지로는 오하마가 생각났던 것이다.

'아까 나오키치 아저씨가 광에서 쌀가마를 지고 나왔는데 벌써 끝났을 거야. 혹시 오하마 엄마가 혼자 짐수레를 끌고 집으로 간 건 아닐까?'

마음이 급해진 지로는 동화책을 내팽개치고 정신 나간 아이처럼 사방을 두리번거리다가 미닫이문을 부서져라 열어 젖히고 안채로 달려갔다.

안채는 쥐 죽은 듯 조용했다. 화로 위의 쇠 주전자에서 나는 물 끓는 소리만이 크게 들렸다. 지로는 맨발로 부엌을 지나 뒤뜰에 있는 광까지 한달음에 달려갔다. 그러나 광문은 자물쇠로 굳게 잠겨 있었고 서편 하늘로 기운 해의 그림자만이 뒤뜰 가득 들어차 있었다. 아무리 둘러봐도 사람의 모습은 보이지 않았다.

"오하마 엄마!"

지로는 큰 소리로 외쳤다. 대답이 없었다. 마음이 급해진 지로는 대문으로 달려갔다. 거기에도 오하마 엄마의 짐수레는 보이지 않았다. 지로는 휑하니 비어 있는 대문 앞 빈터를 바라보며 우두커니 서 있었다. 배 속에서 뜨거운 무엇이 밀려 올라왔다. 마침내 지로는 울음을 터뜨리고 말았다.

떠나갈 듯한 지로의 울음소리에 나오키치와 오이토 할멈, 오타미가 거의 동시에 쫓아 나왔다. 셋은 지로를 둘러싸고 달래느라 정신이 없었다. 하지만 지로에겐 세 사람이 하는 말이 전혀 들리지 않았다. 지로는 발을 구르며 울기만 했다. 잠시 후엔 슌스케까지 나타났다. 슌스케는 서럽게 우는 지로를 물끄러미 바라보더니 오타미에게 말했다.

"역시 아이를 속여서 될 일이 아냐. 며칠 있다가 오하마를 불러. 지로에게 오하마와 살 수 없다는 걸 이해시키는 편이 낫겠어."

슌스케는 지로에게 다가가 머리를 쓰다듬으면서 부드럽
게 달랬다.

"지로, 이제 그만 울어. 오하마는 또 올 거야. 이렇게 울고
만 있으면 오하마도 싫어할걸? 오하마가 우는 아이를 제일
싫어한다는 거, 너도 알잖아."

슌스케의 그 말에 지로는 울음소리를 내지 않으려고 입을
꽉 다물었다. 하지만 가슴 깊은 곳에서 묵직한 덩어리 같은
게 계속 치밀어 올라왔다. 그 덩어리들은 어떻게 해 볼 틈도
없이 울음이 되어 터져 나오곤 했다.

지로가 간신히 울음을 그친 것은 교이치와 슌조가 어른들
뒤에 숨어 자신을 몰래 훔쳐보고 있다는 사실을 깨달았기
때문이었다. 지로는 둘의 얼굴을 보는 순간 울음을 그쳐야
겠다는 생각이 번쩍 들었다. 교이치와 슌조에게 우는 모습
을 보인 게 창피해서 견딜 수가 없었다. 생각할수록 둘에게
진 것 같은 기분이 들어 우울해졌다.

외톨이

지로는 그 시간 이후로 거의 말을 하지 않았다. 묻는 말에
고개를 끄덕이거나 가로젓지도 않았다. 아무도 없는 곳에서
혼자 가만히 서 있기만 했다. 사람들이 말을 시키면 금방이

라도 울 것 같은 표정으로 피해 달아났다. 넓은 혼다가의 집 구조에 익숙지 못한 지로는 안채와 부엌, 별채의 긴 복도가 아니면 기껏해야 손님방에 숨곤 했다. 손님방 바로 옆에는 폭이 꽤 넓고 튼튼해 보이는 사다리가 있었는데 그 사다리를 올라가면 이 층이 나온다는 건 지로도 예전부터 알고 있었지만, 그랬다가는 나쁜 짓을 한 게 되는 것 같아 올라가지는 않았다.

집 밖으로 나갈 수만 있었다면 지로는 분명 밖으로 뛰쳐 나갔을 것이다. 하지만 지로가 밖으로 나가려 할 때마다 어디서 지로를 보고 있었는지 오타미가 쫓아와서 붙들었다.

"지로! 엄마가 혼자 밖에 나가면 안 된다고 했지?"

상황이 이랬으니 지로로선 밤이 될 때까지 집 안을 배회하는 수밖에 없었다. 집 구석구석을 헤매다가 가끔 슌조와 마주쳤다. 슌조는 지로의 턱밑에서 고개를 쳐들고 얼굴을 올려다보았는데, 그게 여간 불쾌하지 않았다. 지로는 슌조가 그렇게 고개를 빳빳이 쳐들고 자기를 올려다볼 때마다 화를 냈다. 그래도 슌조는 지로만 마주치면 그 동작을 되풀이했다. 나중엔 아예 지로 쪽에서 먼저 고개를 옆으로 돌려 버렸다. 슌조는 오히려 그게 재미있는 모양이었다. 지로가 고개를 돌린 쪽으로 옮겨가 끈질기게 지로를 올려다보는 것이었다. 몇 번 그런 일을 당하자 지로도 도저히 참을 수가 없어서 칸사쿠에게 배운 대로 슌조의 눈을 똑바로 노려보며 주먹을 불끈 쥐고 내리치는 시늉을 했다. 그러자 순조는 겁이 났는지 도망쳐 버렸다. 하지만 조금 뒤에는 다시 지로 곁으로 다가와 얼굴을 찡그리며 말했다.

"야, 원숭이, 원숭이."

지로는 원숭이라는 말에 화가 머리끝까지 치밀었다. 하지만 순조를 두들겨 팰 용기는 없었다. 만일 그때 지로가 '원숭이'라는 별명이 혼다가에서 자기를 부르는 별명이었다는 것을 알았더라면 무슨 일이 있더라도 순조를 때려눕혔을 것이다. 다행히도 그 무렵의 지로는 자기 별명이 원숭이라는 사실을 모르고 있었다.

이윽고 저녁 먹을 시간이 되었다.

"오늘은 지로 도련님이 여기서 처음 자게 된 날이잖아요. 그래서 어머니가 특별히 맛있는 거 많이 만들어 주셨어요. 어서 나와요."

오이토 할멈이 지로를 부르러 왔을 때 지로는 손님방 툇마루에 맥없이 앉아 어두워지는 앞마당의 나무들을 바라보고 있던 참이었다.

지로는 오이토 할멈의 말을 듣고도 대답하지 않았다. 오이토 할멈이 이런저런 말로 지로를 달랬지만 소용없었다. 가볍게 한숨을 내쉰 오이토 할멈이 지로의 팔목을 억지로 잡아끌자 지로가 손톱을 세워 오이토의 손등을 할퀴었다. 오이토 할멈은 지로의 완강한 저항에 혀를 끌끌 찼다. 오이토가 뭐라 중얼거리며 사라지더니 이내 오타미를 불러왔다.

"지로, 이게 뭐하는 짓이야? 사내 녀석이 돼 가지고!"

오타미는 화를 내며 완강한 손길로 지로를 끌고 가 밥상 앞에 앉혔다. 지로는 고개를 푹 숙인 채 꿈쩍도 하지 않았다.

상 위에는 색색가지 음식들이 잔뜩 놓여 있었다. 지로는 냄새만으로도 그게 얼마나 맛있는 음식일지 짐작할 수 있었다. 그러나 먹을 생각은 손톱만큼도 없었다. 그 음식들을 한 젓가락이라도 먹으면 두 번 다시 오하마를 만날 수 없을 거라는 생각 때문이었다. 또 왠지 오카네와 오쓰루한테도 나쁜 짓을 하게 되는 것이라는 생각도 들었다.

지로는 결국 끝까지 젓가락을 들지 않았다. 어른들이 지로를 달래기도 하고 겁도 줬지만, 지로는 그런 말에 겁을 먹는 아이가 아니었다. 결국 어른들은 한숨을 쉬며 지로가 알아들을 수 없는 말로 뭔가를 수군거렸다. 지로는 자신에 대해 무슨 말을 하든 신경 쓰지 않기로 결심했다. 슌스케가 젓가락을 내려놓으며 말했다.

"그럴 수밖에 없어. 음식이 입에 들어가겠어? 오늘밤엔 그냥 놔두라구. 내일 오하마를 불러서 지로한테 잘 설명해 주도록 해."

지로는 '오하마'라는 말에 잠깐 움찔했을 뿐 그대로 앉아 있었다. 결국 상은 물려지고 지로는 그날 밤 저녁도 먹지 않고 자게 되었다.

"오늘밤은 아빠랑 같이 자자."

순스케가 지로를 자기 이불 속으로 끌어당겼다. 아빠의
이불 속은 아주 따뜻했다. 그리고 아빠의 몸도 따듯해서 지
로는 마치 각로(이불 속에 넣는 화로)를 끼고 누운 것 같은 느
낌이었다. 하지만 잠은 오지 않았다. 이런저런 생각이 꼬리
에 꼬리를 물고 이어졌다.

'만약 이 집에서 다른 사람하고 자야 한다면 그래도 아빠
가 제일 낫겠어.'

하지만 그런 생각도 잠시, 이내 다른 생각이 머릿속에 떠
올랐다.

'그래 봤자 아빠도 나를 속였다구. 그때 아빠가 나를 별채
에 데려가지만 않았다면 오하마 엄마랑 집에 갔을 거야.'

지로는 오하마 엄마만 생각하면 마음에 돌덩이 하나가 턱
하니 얹히는 것만 같았다.

'오하마 엄만 왜 날 속였을까? 내가 오쓰루를 괴롭혀서였
을까?'

지로는 몸을 뒤척여 아빠로부터 등을 돌리고 누웠다. 오
하마가 자신을 속였다는 생각에 눈물이 날 것 같아서였다.
아무리 아빠라도 더 이상 다른 사람에게 우는 모습을 보여
주고 싶진 않았다. 순스케는 커다란 손으로 천천히 지로의
등을 쓸어 주었다. 지로는 감정이 더욱 북받쳐서 울음이 터

질 것만 같았다. 지로가 잠에 빠진 건 새벽 한 시가 다 되어서였다.

그날 밤 지로는 밤새 꿈을 꾸었다. 오하마가 끌어 주는 짐 수레를 타고 소사실로 돌아오는 행복한 꿈이었는지, 아니면 오하마는 만나지 못한 채 어린 지로에겐 너무 넓기만 한 혼 다가를 불안스레 헤매는 꿈이었는지는 알 수가 없다.

악몽의 일주일

협공

이튿날 아침, 눈을 떴을 때 지로의 눈에 띈 것은 눈부신 햇살이 툇마루 어귀에 쏟아져 내리는 광경이었다. 다들 어디로 갔는지 넓은 방 안에 자기 혼자 누워 있었다. 간밤에 나란히 누워 잤던 교이치와 슌조의 이부자리도 깨끗이 치워져 있었다. 부산하고 지저분한 소사실의 아침과는 확실히 달랐다. 지로는 먼 산 속에 혼자 버려진 것 같은 기분이 들었다.

일어나기도 뭣해서 그냥 누워 있었지만 마음이 편치가 않았다. 그렇다고 일어나서는 딱히 뭘 해야 할지 막연하기만 했다. 어제 겪었던 일들이 떠올라 다시 울음이 비어져 나오려는 것을 억지로 참으며 얼굴을 이불 속에 파묻고 있는데 방문 열리는 소리가 들렸다. 지로는 이불을 뒤집어쓴 채 자신에게 다가오는 발걸음 소리에 귀를 기울였다.

"지로 도련님, 그만 일어나야죠."

굵은 목소리와 함께 이불이 젖혀졌다. 오이토 할멈이었
다. 그나마 다행이었다. 그래도 오이토 할멈은 오하마와 평
소 거리낌 없이 친하게 지내는 것을 보아 왔기 때문에 지로
도 혼다가 사람들 중에서는 제일 정이 가는 사람이었다. 지
로는 막 잠에서 깨어난 시늉을 하며 일어나 앉았다.

"배고프죠? 어제는 저녁도 굶었는데."

그 말에 화답이라도 하는 듯 배 속에서 꼬르륵 소리가 났
다. 하지만 지로는 밥보다 더 급한 게 있었다.

"오하마 엄만?"

"오늘 올 거예요."

"정말?"

"정말이죠. 어머니한테 한 번 더 물어볼게요. 빨리 일어나
서 아침 먹어요."

지로는 오이토 할멈의 대답이 미덥지 못했다. 간밤에 오
하마 엄마를 부르겠다고 말한 건 아빠였는데, 왜 엄마에게
오하마 얘기를 물어보겠다는 건지 의심이 생겼다. 지로는
인상을 잔뜩 찌푸리며 다시 이불 속으로 파고들었다. 오이
토 할멈이 지로의 등을 가볍게 두드리며 말했다.

"이렇게 게으름을 피우면 오하마가 와도 금방 가 버릴 거
예요."

그때서야 지로는 벌떡 일어났다. 그리고 오이토 할멈이

시키는 대로 세수를 하고 밥을 먹었다. 그러는 동안에도 집 안은 기분 나쁠 정도로 조용하기만 했다.

반찬이라야 식어 버린 된장국과 무짠지가 전부였다. 지로 는 엊저녁에 생전 처음 보는 맛난 음식들이 한 상 가득 차 려졌던 게 생각나면서 괜히 고집을 부렸다고 후회했다. 오 하마 엄마에게라면 어제 음식들이 아직 남아 있는지 물어볼 수 있을 텐데……

지로가 젓가락으로 밥을 깨작거리는 동안 오이토 할멈은 혼잣말처럼 이것저것 이야기를 했다. 그 덕분에 지로는 교 이치가 학교에 갔다는 것과 엄마가 슌조를 데리고 시장에 간 것을 알게 되었다.

"도련님도 일찍 일어났으면 슌조 도련님이랑 같이 시장 에 따라갔을 텐데."

오이토 할멈은 지로가 안 됐다는 듯이 말을 했지만 지로 는 엄마와 함께 시장에 가는 것보다는 혼자 있는 편이 훨씬 좋았다. 그리고 시장 구경보다 교이치가 학교에 갔다는 게 더 중요하게 생각되었다.

'교이치 형은 지금쯤 학교에서 오하마 엄마를 만나고 있 을지도 몰라. 어쩌면 소사실에서 오하마 엄마가 날 주려고 해 놓은 음식들을 대신 먹었는지도 몰라.'

그런 생각이 떠오르자 지로는 견딜 수 없이 집이 싫어졌 다. 평소에 지로는 학교에서 교이치와 자주 마주치곤 했다.

교이치는 학교에 다녔고, 지로는 학교 안에서 살았으므로 당연한 일이었다. 오하마는 학교에서 교이치를 만날 때마다 교이치의 머리를 쓰다듬고 꼭 껴안아 주었는데, 지로가 오하마와 함께 살 때는 그런 모습을 보아도 아무렇지도 않았다. 그런데 상황이 이렇게 되고 보니 학교에 다니는 교이치가 부럽기만 했다.

"오하마 엄만 언제 와?"

지로는 밥을 먹다 말고 또 물었다.

"글쎄, 어머니가 와 봐야 알겠는데요."

"아빤 어디 갔어?"

"아버진 관청으로 출근하셨어요. 새벽녘에 캄캄할 때 나가셨지요."

"언제 올 건데?"

"글쎄? 한 다섯 밤은 자야 오실걸요."

오이토 할멈은 메마른 손가락을 꼽으며 말했다. 지로는 그나마 믿었던 아빠가 다섯 밤이나 지나야 온다는 대답에 밥맛이 싹 달아나는 기분이었다. 지로는 젓가락을 내려놓았다.

슌스케는 마을에서 십오 킬로미터 정도 떨어진 읍내 관청에서 일했는데, 보통은 토요일 저녁에 집으로 돌아와 일요일 저녁 무렵 읍내 하숙집으로 돌아가곤 했지만, 어젯밤엔 지로 때문에 하루 더 머물렀던 것이다. 지로가 그런 것까진 알 턱이 없었다.

"아니, 왜 밥을 먹다 말고?"

오이토가 걱정스럽게 물었다. 지로는 대답도 하지 않고 벌떡 일어나 밖으로 나갔다.

"도련님!"

당황한 오이토 할멈이 지로의 뒤를 따르며 말했다.

"밥 더 안 먹을 거예요? 밥 먹다 말고 어디 가요?"

지로는 대답하지 않았다. 신을 찾았으나 어디다 숨겼는지 눈에 띄지 않았다. 오이토 할멈의 것으로 보이는 나막신 한 켤레만이 보일 뿐이었다.

지로는 신발도 신지 않고 마당으로 뛰어내려 대문을 향해 달려갔다.

"도련님, 지로 도련님!"

오이토 할멈이 다급한 목소리로 불렀지만 지로는 숨도 쉬지 않고 내달렸다. 무거운 대문을 열어젖히고 무사히 밖으로 나간 지로는 잠시 머뭇거렸다. 길이 양 갈래로 나 있었던 것이다. 지로는 숨을 한 번 크게 들이마신 후 왼쪽으로 난 길을 내달리기 시작했다. 학교 쪽으로 가는 길이 맞는지는 생각하지도 않았다. 일단 감옥 같은 혼다가를 빠져나가는 것이 급했다.

하지만 얼마 가지도 못해 지로는 눈앞이 아득해지는 느낌이었다. 맞은편에서 오타미가 슌조의 손을 잡고 걸어오는 게 보였기 때문이었다. 지로는 그 자리에 우뚝 섰다. 어디 숨을 만한 데가 없는지 주위를 둘러보았다. 길 양쪽의 아무 집이나 뛰어들어 숨어 버릴까? 하지만 모르는 사람들 집이라 용기가 나지 않았다.

망설이는 사이에 오타미와 슌조는 점점 가까이 다가왔다. 아직 자기를 알아본 것 같진 않았지만, 우물쭈물할 때가 아니었다. 지로는 할 수 없이 왔던 방향으로 다시 뛰기 시작했다. 가다가 샛길이 보이면 그리로 도망칠 작정이었다.

하지만 지로는 몇 발짝 가지도 못해 다시 멈출 수밖에 없었다. 오이토 할멈이 맞은편에서 손을 내저으며 달려오고 있었다. 게다가 큰 소리로 이름까지 불러대는 것이었다.

지로는 모든 것을 단념하는 수밖에 없었다. 지로는 맥없이 고개를 숙였다. 신발도 신지 않은 채였다. 신발이라도 신고 나왔다면 덜 혼날지도 모르는데. 지로는 앞뒤에서 자기를 향해 다가오는 발자국 소리를 묵묵히 듣고 있었다. 울 생각까진 없었는데 또 괜히 눈물이 났다.

잠자리

지로는 거의 끌려오다시피 혼다가로 돌아왔다. 탈출극은 십 분도 채 안 되어 허망하게 끝나고 말았다. 그 대가로 지로는 오랫동안 오타미 앞에 무릎을 꿇고 앉아 혼이 났다. 지로는 엄마가 이야기를 하는 동안 마음속으로 끊임없이 뭔가를 중얼거리며 일부러 엄마의 말을 하나도 듣지 않았다. 곁에 있던 오이토 할멈이 한마디 거들었다.

"아무래도 이래 가지곤 무리일 것 같아요. 당분간은 오하마를 불러서 하루에 몇 시간이라도 같이 지내게 해 줘야겠어요."

"쓸데없는 소리 말아요! 옆에서 자꾸 그런 말을 하니까 애가 더 응석을 부리는 거 아니냐구요."

오타미가 날카롭게 되쏘았다. 엄마에게 실컷 혼이 난 뒤로도 지로의 행동은 조금도 바뀌지 않았다. 오히려 망설임도 없어지고 더 심해진 듯도 했다. 순조가 다가오면 턱밑에서 올려다보기도 전에 먼저 머리를 쥐어박았다. 또 어제는 겁이 나서 얼씬도 하지 못했던 이 층으로 올라가 오줌이 마려우면 창문을 열고 아무 데나 싸 버렸다.

식사 시간에는 오타미가 직접 데리러 왔기 때문에 마지못해 따라가기는 했다. 그러나 먹는 시늉만 할 뿐, 곧 젓가락을 내려놓았다. 반찬도 거의 먹지 않았다. 누가 더 먹으라는 말만 하면 고개를 옆으로 돌려 버렸고, 젓가락으로 반찬을 집어 입에 넣어 주려고 하면 벌떡 일어나 한참 동안 노려보았다.

가족들을 더욱 난처하게 만든 사건은 그날 저녁 잠자리에 들기 직전에 일어났다. 이부자리를 깔며 오타미가 말했다.

"지로는 어젯밤에 아빠랑 같이 자서 좋았지? 오늘밤엔 엄마가 같이 자 줄게. 이리 오렴."

지로는 오타미의 다정한 말에도 시큰둥하니 앉아 있었다. 엄마가 함께 자 준다는 말이 좋기는커녕 무섭게 느껴졌다. 지로는 자야 될 시간이 훨씬 지날 때까지 방구석에 쪼그려 앉아 버티고 있었다. 오타미는 그런 지로를 보며 한숨을 내쉬었다.

"엄만 여기서 잘 거야. 지로 먼저 누워. 엄마도 곧 잘 테니까."

지로는 여전히 못 들은 척 딴청을 피웠다. 그때 진작부터 이불을 덮고 누워 있던 슌조가 말했다.

"엄마, 지로 형이랑 잘 거야?"

"응. 오늘은 지로 형이랑 잘 거야."

"나 싫어. 내가 엄마랑 잘래."

"오늘은 안 돼. 넌 이제 혼자 잘 수 있잖아."

"지로 형도 혼자 잘 수 있어. 나보다 더 크잖아."

"지로 형은 어제 처음 집에서 잤잖니."

"그래도 싫어."

슌조가 벌떡 일어나 잽싸게 오타미의 이불 속으로 기어 들어갔다.

"어머, 얘가 왜 이래? 너희 둘 다 이럴 거야?"

오타미의 눈썹이 치켜 올라갔지만 슌조에겐 더 이상 아무 말도 하지 않았다. 대신 지로에게 말했다.

"아무래도 오늘은 안 되겠다. 지로가 형이니까 동생에게 양보해야지. 오늘은 슌조 자리에서 자."

지로는 무릎을 감싸고 앉아 꼼짝도 하지 않았다. 조금 전만 해도 엄마와 함께 잔다는 게 몹시도 내키지 않았지만 슌조가 자기 자리를 빼앗았다는 생각이 들자 이번에는 견딜 수 없이 분했다. 지로는 슌조가 덮었던 이불 따위, 절대로 덮지 않겠다고 입을 앙다물었다.

"지로, 추우니까 어서 누워. 슌조 이불이 얼마나 따뜻한 데."

삼십 분 넘도록 오타미는 참을성 있게 지로를 달랬다. 나중에는 자고 있던 오이토 할멈까지 불러 지로를 달래게 했다. 그러나 지로는 무슨 말을 해도 입을 꼭 다문 채 움직이려 하지 않았다. 다만 지로의 마음속에는 한 가지 의문만 맴돌고 있었다. 엄마는 왜 슌조는 나무라지 않는 것일까?

드디어 오타미도 더는 봐줄 수 없다는 듯 화를 내고야 말았다.

"아니, 무슨 애가 이렇게 고집이 세? 오하마와 지내더니 그 못된 성질만 그대로 배웠구나. 할멈, 그냥 내버려 둬요."

오타미는 지로를 한참 동안 노려보았다. 그러다 갑자기 벌떡 일어나 지로의 손을 잡아끌었다. 그러고는 슌조의 이불 속으로 밀어 넣으려 했다. 지로가 버티자 발을 걸어 넘어뜨린 후 이불을 머리까지 뒤집어씌웠다. 물론 옷도 갈아입히지 않았다.

갑작스런 엄마의 완력에 놀란 지로는 더 이상 반항하지 않는 게 좋겠다고 생각했는지 잠자코 있었다. 이불을 들쓰고 미동도 하지 않는 모습이 마치 석상에 이불을 덮어 놓은 것처럼 보였다. 오타미는 또 한숨을 내쉬었다. 지로가 온 후로 한숨의 연속이었고 아이와의 예상치 못한 실랑이에 진이 다 빠진 모습이었다.

하지만 진짜 문제는 다음 날 아침에 벌어졌다. 이튿날 아침 지로의 이불을 정리하던 오이토는 하도 어처구니가 없어 그 자리에 털썩 주저앉고 말았다.

그날 새벽 지로는 아랫도리가 흥건하게 젖은 감촉에 흠칫 놀라 잠이 깼다. 손을 더듬어 보니 옷이며 요까지 푹 젖어 있었다. 시원하게 오줌을 누는 꿈을 꾼 것 같았는데 정말 싸 버린 모양이었다. 지로는 여태껏 잠결에 오줌을 싼 적은 한 번도 없어 이게 꿈인지 생시인지 긴가민가한 기분이었다. 지로는 축축하게 젖은 이불 위에 앉아 방금 전까지 무슨 꿈을 꿨는지 기억을 더듬어 보았다. 너무 오줌이 마려워 나무 뒤에서 바지를 내리고 시원하게 누는데, 갑자기 바람이 불어와 오줌이 날리면서 넓적다리와 배 근처를 적시는 꿈이었다. 정말 큰일이었다. 지로는 자는 척하고 있다가 다들 일어나서 나간 다음 몰래 이불을 개서 벽장에 넣어두는 수밖에 없다고 생각했다. 하지만 오이타 할멈의 등장으로 들통이 나 버린 것이다.

지로가 오줌을 싼 일은 몇 분도 안 되어 모든 식구들이 알게 되었다. 지로는 창피함 때문에 비죽비죽 울고 말았다. 아무리 울지 않으려고 마음을 다잡아도 혼자 낯선 집에 내버려진 듯한 느낌은 더욱 강해져 갔다. 왜 이런 일이 느닷없이 자기에게 일어나는지, 억울하고 분했다.

지로는 자기가 아무와도 이야기를 나눌 수 없고, 밥도 잘 못 먹고, 편안한 마음으로 잠들지도 못하고, 게다가 자면서 오줌까지 싸게 된 것은 모두 오하마 때문이라고 굳게 믿었다.

'그날 오하마 엄마가 날 데리고 돌아갔다면 얼마나 좋았을까. 아니면 엄마 혼자 가지 말고 여기 함께 있어 주기만 했어도 이렇게 끔찍한 일들은 벌어지지 않았을 거야. 게다가 벌써 세 밤이나 잤는데도 엄마는 날 데리러 오지도 않아. 엄마 미워…….'

오하마가 금방 올 것이라고 믿었던 지로로서는 이루 말할 수 없이 슬픈 일이었다. 오하마에 대한 그리움이 커질수록 지로의 상태는 더욱 나빠졌다. 지로는 그렇게 매일 밤 오줌을 쌌다. 그리고 다섯 밤이 지나 읍내에서 슌스케가 돌아오는 날이 되었다.

아빠와 엄마

해가 뉘엿뉘엿 저물어 갈 때쯤 황혼을 등지고 슌스케가 대문을 들어섰다. 안채에 들어서기 바쁘게 슌스케는 지로의 안부부터 물었다. 오타미가 하소연이라도 하듯이 그동안 있었던 일들을 하나도 빼놓지 않고 들려주자 슌스케는 처음엔 "아, 그랬어?"라거나 "그놈 참……." 혹은 "흠……." 하며 가볍게 대꾸를 하더니 갑자기 소리를 버럭 질렀다.

"그것 보라구! 내 이럴 줄 알았다니까. 그러게 빨리 오하마를 데려와야 한다고 했잖아! 내가 그렇게 일렀는데 당신은 대체 뭘 한 거야?"

그때 지로는 이 층에 숨어 있다가 아빠가 돌아왔다는 소리를 듣곤 살며시 내려와 안채에 붙어 있는 옆방에 숨어 있었다. 아빠가 엄마에게 무슨 말을 하는지 엿듣기 위해서였다. 지로는 슌스케가 갑자기 큰 소리를 지르는 바람에 하마터면 엉덩방아를 찧을 뻔했다. 그래도 답답했던 가슴이 조금은 후련해지는 기분이었다. 들키지 않으려고 최대한 숨을 죽이고 안채의 동정에 귀를 기울이는데 다시 슌스케의 굵은 목소리가 들렸다.

"지로는 어딨어? 당장 데려와!"

지로는 아빠가 자기를 찾는 걸 알자 가슴이 벌떡거렸다. 엄마 말은 하나도 듣지 않고 매일 밤 오줌까지 싼 것은 자신이 생각하기에도 혼이 날 만한 일이었다. 지로는 다시 이층으로 도망가야겠다고 생각했다. 살그머니 몸을 돌려 사다리 쪽으로 달려가려다가 미닫이문이 닫힌 것을 깜박 잊고는 그대로 부딪쳐 버렸다. 눈앞에 별이 번쩍했지만 아픈 것보다는 들키지 않는 것이 더 중요했다. 지로는 소리 나지 않게 문을 열고 사다리가 있는 곳을 향해 엉금엉금 기기 시작했다. 바로 그때 안채 미닫이문이 드르륵 열렸다. 지로는 그자리에 얼어붙어 버렸다. 우뚝한 그림자가 지로의 눈앞에드리워졌다. 지로는 이러지도 저러지도 못하고 어정쩡하게엎드려 있었다.

"지로, 또 어디로 도망치려고 그러냐? 혼내지 않을 테니까 환한 데로 나와 봐."

지로가 엎드린 채 꼼짝도 않자 슌스케는 지로를 번쩍 안아 들었다. 지로는 창피하기도 하고 아빠가 돌아온 것이 반갑기도 해서 슌스케의 어깨에 얼굴을 파묻었다. 환한 곳으로 나와 지로의 얼굴을 확인한 슌스케는 또 한 번 소리를 질렀다.

"아니, 이 녀석 얼굴이 왜 이래? 당신 눈엔 이 얼굴이 안보여?"

슌스케는 일주일 전보다 훨씬 해쓱해지고 땟국물이 쫄쫄흐르는 지로의 얼굴을 보고는 충격을 받은 것 같았다. 그도그럴 것이 제대로 먹지도 않았고, 잠도 제대로 못 잔 데다 누가 씻기려고만 하면 손등을 물어뜯고 달아난 터라, 지로의 몰골은 아닌 게 아니라 말이 아니었다.

"당신은 겪어 보지도 않고 그런 말을 하시는군요. 그렇게 걱정되면 당신이 좀 신경 쓰시지 그래요?"

오타미가 볼멘소리로 대답하며 지로를 흘겨보았다. 지로는 그 눈초리가 여느 때보다도 더 섬뜩하게 느껴졌다.

"당신이 그렇게 법석을 떨지 않아도 나이가 들면 다 알아서 큰다구."

슌스케의 목소리가 조금 가라앉았다.

"하여튼 지금은 지로가 원하는 대로 해 줘. 당신 욕심 때문에 지로가 상처받는다는 걸 알아야지, 원. 우선 내 말대로 해."

"어떻게요?"

"당분간 오하마를 자주 부르라구. 가끔 오하마와 자게도 해 주고."

"어떻게 오하마에게 그런 부탁까지 할 수 있어요? 소사 일도 바쁜 사람한테."

"토요일이나 일요일은 괜찮을 거 아냐?"

"당신이 집에 오는 날에 맞춰서 오하마를 부르라는 얘기군요?"

"그렇게 해서라도 지로가 마음 놓고 지낼 수 있다면 좋은 거 아냐?"

"그런 식으로 받아 주기만 하면 지로에게도 좋지 않아요. 가뜩이나 버릇이 없는 아이를 더 응석받이로 만들려고 그래요?"

"그러면 좀 어때? 크면 자연히 철이 들 텐데 뭘 그렇게 조바심을 내고 그러나."

"그것만이 아니에요. 지로와 나 사이에 다른 사람이 끼어드는 건 원치 않아요."

"무슨 뜻이야?"

"결국 그렇잖아요. 지로는 오하마와 당신만 따를 거예요. 평일에는 날 엄마로도 생각하지 않을 게 뻔하다구요. 교이치와 슌조와도 서먹해질 거구요. 집안이 아이들 때문에 둘로 나눠지는 건 볼 수 없어요."

"하여튼 바보 같은 소리만 하는군."

슌스케는 어이가 없다는 듯 웃어 버렸다. 지로는 오타미가 하는 말의 뜻을 제대로 알아듣진 못했지만 어쨌거나 아빠가 자기편이라는 건 분명히 알 수 있었다. 오타미와 슌스케는 한동안 말이 없었다. 슌스케가 걱정스러운 눈빛으로 지로를 바라보며 말했다.

"어쨌든 그 일은 천천히 생각해 보기로 하고, 어떻게든 결말을 내야겠어. 이대로 또 일주일을 보냈다간 무슨 일이 벌어질지 모르는 거잖아. 나오키치 좀 오라고 해."

"알았어요."

오타미가 건성으로 대답할 뿐 뭉개고 있자 슌스케는 못마
땅한 눈빛으로 오타미를 힐끗 쳐다보았다. 그러고는 큰 소
리로 직접 불렀다.

"나오키치, 나오키치!"

헐레벌떡 달려온 나오키치에게 슌스케는 오하마를 불러
오라고 시켰다. 오타미가 뭔가 할 말이 있는 것처럼 나오키
치를 바라보자 슌스케는 말을 가로막기라도 하듯이 더욱 서
둘렀다.

"빨리 갔다 와. 그리고 오늘은 여기서 자야 될 것 같다고
말해."

그런 소동이 있은 후 슌스케는 혼자 저녁을 먹었다. 지로
는 그때까지도 안채 구석에 쪼그리고 앉아 있었다. 오타미
가 자신을 흘겨보는 눈빛이 싫어서 이 층으로 숨어 버릴까,
생각했지만 아빠가 곁에 있는 한 이 집에서 자기를 괴롭힐
사람은 없다는 생각에 마음이 든든해졌다.

한 시간쯤 지나서야 오하마가 도착했다. 지로는 진작부
터 문간을 서성이다 발자국 소리가 들리자 대문 밖으로 쫓
아나갔다. 그리고 어둑어둑한 길 저쪽에서 걸어오는 오하마
를 발견하곤 총알처럼 달려가 '픽' 소리가 나게 안겼다. 둘
은 꼭 껴안은 채 한참을 그러고 있었다.

그날 밤 지로가 오하마 품에서 잠든 것은 두말할 필요도
없다. 자다가 오줌을 싸지도 않았다. 이튿날 아침은 밥도 두

그릇이나 먹었고, 이 층이나 창고에 숨어 지내지도 않았다. 지로는 오하마를 놓치지 않으려고 하루 종일 꽁무니를 따라 다녔고, 오하마는 화장실에도 가지 못하겠다며 투덜거렸다.

순스케는 아들 삼형제를 데리고 오랜만에 함께 놀아 보려고 몇 번이나 지로를 불렀지만, 지로는 지난번처럼 또 속을까 싶어 대답조차 하지 않았다. 하는 수 없이 순스케는 교이치와 순조만 데리고 놀 수밖에 없었다. 순스케는 쓸쓸한 웃음을 띤 채 오타미에게 말했다.

"지로 저 녀석, 얼마나 좋아하는지 보라구. 나 같은 건 거들떠보지도 않잖아. 당신 말처럼 내가 지로 때문에 오하마와 한패가 되지 않아서 섭섭하겠어."

저녁이 되자 순스케는 다시 시내로 돌아가야 했다. 순스케는 가기 전에 오하마를 불러 당부했다.

"언제까지 이런 식으로 지낼 수는 없는 거니까, 귀찮더라도 당분간만 지로를 더 맡아 줬으면 해요. 나중 일은 천천히 생각하기로 하고, 아이 입장부터 생각해 줘야 할 것 같아."

"예, 저야 시키시는 대로 해야죠."

오하마는 오타미의 낯빛을 살피며 조심스레 대답했다.

"그럼 그렇게 해 줘요. 난 또 가 봐야겠어. 같이 나갑시다."

이 말을 들었을 때 지로의 속마음을 어떻게 표현해야 할까. 사실 지로는 하루 종일 오하마 곁을 맴돌면서도 마음은 무거운 돌멩이가 매달린 것처럼 답답했다. 오하마가 또다시 가 버리면 어쩌나, 저녁이 다가오는 것이 두려웠다. 하지만 오하마와 함께 소사실로 가도 된다는 아빠의 말을 듣는 순간, 온종일 매달려 있던 마음속 돌멩이가 툭 떨어져 버렸다. 지로는 날아갈 것만 같은 기분이었다.

지로는 오하마의 손을 잡고 슌스케와 함께 혼다가를 나섰다. 오타미가 한없이 쓸쓸한 표정으로 지로의 뒷모습을 바라봤지만, 지로는 오타미와 눈길을 마주치지 않았음은 물론 인사도 하지 않았다. 만일 지로가 자기 뒷모습을 바라보는 오타미의 눈빛이 어땠는지 알았다면 그러지는 않았을지도.

슌스케는 갈림길까지 자전거를 끌고 함께 걸었다. 세 사람의 그림자가 길바닥에 길게 드리워져 있었다. 헤어질 때가 되자 슌스케는 지로의 손을 붙들고 말했다.

"토요일엔 아빠도 다시 오니까 그땐 꼭 집으로 와야 돼, 알겠지?"

지로는 혼다가에서의 지난 일주일을 생각하면 두 번 다시 가고 싶은 마음이 없었다. 그래도 자기를 진심으로 대해 준 아빠의 말에 싫다는 대답은 선뜻 나오지 않았다. 지로는 고개를 숙이고 괜히 돌부리를 툭툭 차기나 할 뿐이었다.

오하마와 교문에 들어섰을 무렵, 어느덧 해는 저물어 텅 빈 운동장엔 어둠이 깔리고 있었다. 바람도 차가웠다. 그을린 전등에서 흘러나온 흐릿한 불빛과 부뚜막 연기가 뒤섞인 비좁은 소사실에는 지로가 떠날 때와 똑같이 오쓰루와 오카네, 칸사쿠가 화롯불을 끼고 앉아 있었다. 지로는 힘든 여행을 마치고 집에 돌아온 것처럼 온몸이 훈훈해지는 느낌이었다. 사이가 좋지 않았던 칸사쿠마저도 껴안아 주고 싶을 만큼.

그렇다고 혼다가에서의 일주일이 지로에게 악몽으로만 기억되는 것은 아니었다. 그곳에는 아빠, 엄마가 있었고, 할아버지, 할머니도 있었다. 또 친형제들도 있었다. 당장이야 비좁은 소사실이 세상 어느 곳보다 편안하고 따뜻했지만, 그곳은 언젠가는 깨어나야 하는 꿈이었다. 어쩌면 지로도 그것을 알고 있었는지 모른다.

목말

눈깔사탕

그 후 지로는 누가 뭐라든지 두 번 다시 혼다가에 갈 생각은 하지 않았다. 오하마는 토요일 오후가 되면 지로를 붙들고 말했다.

"아빠가 벌써 돌아오셨겠네요. 아마 지로를 기다리고 계실지도 몰라요."

하지만 지로는 손가락으로 귀를 틀어막고 아무것도 못 들었다는 듯 딴청을 피웠다. 나중에는 토요일이 되면 점심을 먹고는 오쓰루를 데리고 어디론가 사라졌다가 날이 저문 후에야 슬그머니 나타났다. 누구보다 지로의 성격을 잘 아는 오하마는 그 후 웬만하면 혼다가 이야기를 꺼내지 않았다.

그래도 한 달에 한 번은 어쩔 수 없이 쌀을 받으러 혼다가에 가야만 했다. 그럴 때면 오하마는 지로가 노는 곳으로 짐수레를 끌고 가서는 은근한 말투로 지로의 마음을 떠보곤 했다.

"지로, 난 지금 혼다가에 가야 하는데 같이 갈까요? 아니면 그냥 집에 있을래요?"

지로는 짐수레를 타고 싶은 마음과 자칫했다간 오하마와 헤어질지도 모른다는 불안 사이를 오락가락하다가 결국은 짐수레에 올라타곤 했다. 하지만 교문을 벗어나기만 하면 불안한 마음을 누르지 못하고 짐수레에서 내려 버렸다. 하지만 점차 짐수레 따위, 아예 거들떠보지도 않는 적이 많아졌다.

혼다가에선 가끔 나오키치를 보냈다. 처음에 나오키치는 지로에겐 특별히 얘길 건네는 일 없이 주로 오하마와 몇 마디 얘기를 주고받고는 돌아갔다. 맨 처음 나오키치가 왔을 때 지로는 자기를 데려가려는 줄 알고 얼마나 불안했는지 모른다. 다행히 오하마만 만나고 그냥 가는 걸 보고 지로는 놀란 가슴을 쓸어내렸다. 그는 빨리 돌아가야 마음이 놓이는 그런 손님인 셈이었다.

그렇긴 해도 나오키치가 한 번도 빈손으로 오지 않았다는 점에서는 기다려지는 손님이기도 했다. 그의 손에는 늘 혼다가에서 보낸 선물이 들려 있었다. 대부분 그림책이나 장난감 같은 것이었는데, 전부 새것이었다. 가끔은 캐러멜이나 비스킷도 가져왔다. 나오키치가 선물을 가지고 오는 날이 언제나 일요일 오전이었으므로 지로는 그 선물들이 아빠가 토요일, 집으로 가는 길에 산 것들이란 걸 짐작할 수 있었다. 차츰 지로는 나오키치도 자기편이라는 믿음이 생겼다. 그 믿음이 더욱 굳어지게 된 계기는 나오키치가 지로와 친해지려고 목말을 태워 준 일이었다. 키가 훌쩍 큰 나오키치의 어깨에 올라앉아 바라보는 풍경은 경이로웠다. 지로는 그게 너무 신기하고 재미있어서 나오키치는 확실히 자기편이라는 생각을 굳히게 되었다.

그해 봄이 저물고 여름도 한창 때를 지나 가을로 접어들 무렵이었다. 어느 날 늦은 오후, 지로는 오하마가 준 분필 동가리로 운동장을 굴러다니던 넓적한 돌에 사람 얼굴을 그리며 혼자 놀고 있었다. 언제 왔는지 나오키치가 소사실 앞에서 오하마와 이야기하는 모습이 보였다.

'어? 나오키치 아저씨가 또 왔네.'

지로는 그날따라 약간 이상한 생각이 들었다. 여름방학이 끝나지 않은 때여서 요일을 정확하게 알 수는 없었지만, 나오키치가 그저께 아빠의 선물을 들고 다녀갔으므로 그날이 절대 일요일이 될 수 없다는 건 확실했다. 더군다나 나오키치가 오후에 찾아온 것도 처음 있는 일이라 그것도 이상했다. 하지만 지로는 나오키치를 의심하진 않았다. 누가 뭐래도 그는 목말도 태워 주는 자기편이 아닌가. 지로는 나오키치를 보자 선물이 떠올랐고, 아빠의 얼굴도 생각났다.

지로는 분필을 내던지고 소사실을 향해 쏜살같이 달려갔

다. 지로가 두 사람 앞에 도착했을 때 둘은 막 이야기를 그친 후였다. 두 사람은 동시에 지로를 바라봤다. 그 눈빛이 평소와 달리 왠지 어색해 보였다. 특히 오하마는 무언가 골똘히 생각하는 눈치였다. 지로가 두 사람의 표정을 살피는데 나오키치가 웃으며 말했다.

"지로, 목말 태워 줄까?"

"정말?"

지로는 신이 나서 대답했지만 뭔가가 마음에 걸려 다시 한 번 오하마의 눈치를 살폈다.

"어차피 한 번은 겪어야 될 일이지."

오하마가 지로의 얼굴을 바라보며 중얼거렸다.

"그럼요."

나오키치가 지로에게서 눈길을 거두지 않은 채 오하마의 말에 맞장구쳤다.

"그렇게 정해졌다면 빨리 해 버리는 게 낫지."

"그야 그렇지만, 괜찮겠어요?"

"어쩔 수 없는 일 아냐? 오늘은 무슨 일이 있어도 그렇게 해야 해."

"그래요. 잘 생각했어요. 하지만 잘 될지 걱정이네요."

"그때하곤 상황이 다르잖아요."

"도련님이 걱정이네요. 원체 고집이 세서."

"걱정 말아요. 어차피 한 번은 겪어야 될 일이야."

"아주머니만 믿어요."

오하마는 잠자코 지로를 바라보다가 갑자기 생각난 듯이 말했다.

"아, 참, 오늘도 나오키치 아저씨가 선물 가져왔네. 이것 좀 봐요."

오하마가 작은 종이봉투를 내밀었다. 안에는 눈깔사탕이 대여섯 개 들어 있었다. 지로는 그게 아빠가 보낸 선물이 아니라는 것을 대뜸 알아차렸다. 그건 나오키치 아저씨가 대충 손에 집히는 대로 사 온 게 틀림없다는 생각이 들었다. 하지만 아무려면 어때, 지로는 제일 커 보이는 눈깔사탕 하나를 골라 입에 넣었다. 나오키치가 웃으면서 말했다.

"지로, 어서 올라타. 오늘은 어디로 갈까?"

나오키치가 지로 앞에 쭈그리고 앉았다. 지로는 두 사람이 무슨 이야기를 주고받았는지 짐작조차 하지 못했고, 그 이야기가 자기와 관련된 내용이라는 것은 더욱 알지 못했다. 지로는 그저 목말 타는 재미에 신이 나서 익숙한 솜씨로 나오키치의 어깨에 걸터앉았다.

"저수지엔 벌써 개똥벌레가 돌아다녀. 아저씨, 거기 가 봤어?"

"아직 못 가 봤는데. 여기서 멀어?"

"아냐, 하나도 안 멀어. 내가 가르쳐 주는 대로만 가면 돼."

"그래? 그럼 한번 가 볼까? 근데 아직 환한데 개똥벌레가 보이려나?"

"좀 있으면 어두워지잖아. 저번에도 낮에 갔는데 조금 있으니까 보였어."

나오키치는 지로를 어깨에 태우고 교문 밖으로 천천히 걸어갔다. 지로는 눈깔사탕을 입에 문 채 두 손으로는 나오키치의 머리를 꽉 붙들었다. 오하마는 그 자리에 말뚝처럼 서서 말없이 둘의 뒷모습을 바라보았다.

귓불

교문을 나서자 지로는 나오키치의 머리카락을 오른쪽으로 잡아당기면서 말했다.

"저수지는 이쪽이야."

하지만 나오키치는 지로의 말엔 대꾸도 하지 않고 왼쪽으로 걷기 시작했다. 지로는 나오키치가 장난을 치는 것이라고 생각했다. 그러면서도 속으로는 무언가 심상치 않다는 낌새를 느꼈다. 교문을 나와서 왼쪽으로 곧장 가면 혼다가가 나왔기 때문이었다. 지로는 오쓰루와 둘이서 놀 때도 왼쪽 길로는 가지 않을 만큼 혼다가 쪽을 무심결에 경계하는 터였다.

"그쪼이 아이아니까!"

지로가 빽 소리를 질렀지만 사탕을 입에 문 채라 이상한 소리가 되어 나왔다. 지로는 이번에는 나오키치의 뒤통수를 확 잡아당겼다. 하지만 나오키치는 아랑곳없이 계속 혼다가 쪽으로 걸어갔다.

"개똥벌렌 낮에 안 나와. 나랑 더 놀다가 가자."

나오키치의 걸음은 점점 더 빨라졌다. 이제 지로는 나오키치가 장난치는 게 아니라는 것을 확실히 깨달았다.

"시어, 그쪼으오 앙 가. 오하마 엉마! 빠이 와 봐!"

지로는 고개를 뒤로 돌리고 외쳤다. 급한 마음에 사탕 봉지로 나오키치의 머리를 세게 후려쳤다. 봉지가 찢어지면서 눈깔사탕들이 길바닥에 흩어졌다. 지로는 안타까운 심정으로 길바닥에 흩어진 눈깔사탕들을 내려다보았다.

"아야! 지로, 이게 무슨 짓이야. 엄마가 사 주신 건데."

나오키치가 소리를 질렀다. 그 말에 지로는 비로소 왜 이런 일이 벌어지는지 확실히 알게 되었다.

'엄마가 시킨 일이야!'

또다시 자기를 속이려 하다니! 지로는 분한 마음이 솟구쳐 올라 입에 든 눈깔사탕을 퉤, 뱉어서는 나오키치의 얼굴에 문질러 버렸다. 끈적한 침과 함께 눈깔사탕이 그의 얼굴에 달라붙었다.

"이건 또 뭐야?"

나오키치가 소리를 지르며 고개를 마구 흔들었다. 지로의 발을 꽉 붙들어야 해서 손바닥으로 닦아 낼 수도 없었다. 화가 난 나오키치의 발걸음이 더욱 빨라졌다.

지로가 드디어 울음을 터뜨렸다. 울면서 몸을 젖혀 뒤를 돌아보았다. 노을에 묻힌 학교의 모습이 조금씩 희미해지고 있었다. 지로는 두려움과 억울함이 북받쳐 미친 듯이 울면서 나오키치의 머리카락을 잡아 뜯고 머리통을 내리쳤다.

"아야야! 지로, 그만두지 못해!"

나오키치는 고개가 뒤로 젖혀진 채 비명을 질렀다. 지로의 몸이 그의 어깨 위에서 위태롭게 흔들렸다. 놀란 나오키치가 몸을 앞으로 기울이며 그 자리에 멈춰 섰다.

"지로, 뭐 하는 짓이야? 가만히 좀 있어! 떨어지면 어쩌려고 그래!"

나오키치가 고개를 돌려 지로를 노려보았다. 표정이 험악했다. 지로는 그 서슬에 슬그머니 머리카락을 놓고 말았다.

"집에 가서 또 오줌을 싸라구. 그러면 오하마가 금방 데리러 올 거 아냐."

나오키치가 놀리듯이 내뱉었다. 지로는 그 와중에서도 창피해서 견딜 수가 없었다. 지로는 몸을 뒤로 젖히면서 소리쳤다.

"내려 줘, 빨리 내려 줘! 오하마 엄마!"

나오키치는 쌀가마도 번쩍 들 수 있는 억센 두 팔로 지로의 가느다란 양다리를 단단히 움켜쥐고는 놓아주질 않았다.

"그러지 마, 위험해! 잘못하면 다쳐!"

나오키치는 지로가 발버둥치자 더 세게 끌어안고는 다시 걷기 시작했다.

"안 가, 안 가! 안 갈 거야!"

지로는 나오키치의 머리카락을 다시 움켜쥐었다. 나오키치가 얼굴을 찡그리며 비명을 지르더니 아예 뛰기 시작했다. 아무리 머리카락을 잡아당겨도 나오키치의 발걸음이 느려지지 않았다. 지로가 이번에는 나오키치의 귓불을 옹그려 쥐고는 있는 힘껏 비틀었다.

"아야얏!"

나오키치의 목에서 돼지 멱따는 소리가 났다. 머리카락을 잡아당길 때와는 전혀 다른 비명이었다. 얼마나 아팠던지 지로의 발을 붙잡고 있던 손도 얼떨결에 놓치고 말았다. 그 바람에 지로의 몸이 중심을 잃고 뒤로 크게 휘청거렸다. 지로는 떨어지지 않으려고 닥치는 대로 나오키치의 귓불을 움켜잡았다. 하지만 한껏 뒤로 기울어진 몸을 지탱하기엔 역부족이었다. 하늘과 땅이 자리를 바꾸는가 싶더니 길가의 나무들이 물구나무를 섰다. 결국 지로는 자갈투성이의 땅바닥에 거꾸로 처박히고 말았다. 눈앞에 별이 번쩍하며 머리가 띵해졌다. 하지만 그런 아픔도 문제가 아니었다.

'지금 도망쳐야 해!'

그것은 찰나에 불과한 짧은 시간이었지만 지로의 인생에

서 어쩌면 가장 중요한 순간일지도 몰랐다. 지로는 어질어
질한 눈을 비비며 간신히 일어섰다. 그러고는 있는 힘을 다
해 왔던 길로 달려가기 시작했다.

손가락에 묻은 피

발바닥이 아픈 줄도 몰랐다. 오직 한 가지, 나오키치가 뒤
쫓아 오는 것만이 걱정이었다. 지로는 정신없이 달리다가
뒤를 힐끗 돌아보았다. 나오키치는 그 자리에 우뚝 선 채 지
로를 노려보고 있었다. 다시 달렸다. 두 번째로 지로가 돌아
봤을 때 나오키치는 구부정하게 상체를 숙이고 옷소매로 귀
를 닦고 있었다.

지로는 그제야 한숨을 돌렸다. 그러고는 '대체 저 아저씨
가 왜 저러고 있지?' 하는 궁금증이 생겼다. 아무래도 뭔가
나쁜 짓을 저지른 것만 같았다. 지로는 달리기를 멈추고 걷
기 시작했다. 나오키치한테서 벗어났다는 안도감이 들자 이
제는 왠지 서러운 느낌이 밀려왔다. 게다가 까닭을 알 수 없
는 죄책감도 더해져서 지로는 울음을 터뜨리고 말았다. 어
서 빨리 오하마 엄마의 품에 안기고 싶었다. 교문 앞에 오하
마가 서 있는 게 보였다. 그 모습을 보자 더욱 서러워져 더
큰 소리로 울었다.

오하마는 말없이 몸을 숙여 지로를 끌어안고 볼을 비볐

다. 둘은 오랫동안 그렇게 끌어안고 있었다. 아무런 말도 하지 않았다. 지로의 울음은 나지막한 흐느낌으로 바뀌어 있었고, 오하마는 눈을 감은 채 눈물만 흘렸다. 이윽고 오하마가 지로의 뺨을 닦아 주며 말했다.

"오하마 엄마도 여기서 다 봤어요. 지로, 아주 잘했어요. 나오키치 아저씨도 이기다니 아주 대단하던데요. 아까 떨어졌을 땐 얼마나 놀랐던지…….."

오하마는 하염없이 지로의 머리를 쓰다듬었다.

"어디 다치진 않았죠?"

지로는 고개를 흔들며 오하마의 가슴에 얼굴을 파묻었다.

"나오키치 아저씨가 쫓아오면 어떡하지?"

"이젠 괜찮아요. 지로가 무서워서 못 쫓아올 거예요."

오하마가 웃으면서 대답했다. 지로가 "그래도 무섭단 말이야."라고 칭얼거리자 오하마는 확인이라도 해 보여 주듯이 교문 밖으로 얼굴을 내밀고 길을 훑어보았다.

"걱정 마요. 아무도 안 쫓아와요. 나오키치 아저씨도 지로는 못 이겨. 아마 집으로 갔을 거예요."

지로는 고개를 들고 눈물이 잔뜩 고인 눈으로 오하마를 바라보며 말했다.

"오하마 엄만 왜 가만히 있었어?"

오하마의 얼굴에 잠깐 난처한 표정이 떠올랐다 사라졌다.

"나오키치 아저씨가 지로를 놀리는 줄 알았거든요."

"그렇게 멀리까지 갔는데도?"

"그렇게 멀리 간 것도 아녜요. 여기서도 다 보였는데, 뭘."

"내가 불렀는데 왜 대답 안 했어? 안 들렸어?"

"다 들렸죠. 그래도 지로가 이길 줄 알았어. 그래서 안 쫓아간 거예요."

지로는 거짓말이라는 걸 안다는 듯이 고개를 홱 돌렸다. 오하마는 가슴이 철렁하는 기분이었다.

"오하마 엄마가 잘못한 건가요? 잘못한 거라면 용서해 줘, 알았죠?"

오하마는 지로의 몸을 가볍게 흔들어 지로의 얼굴을 자기 쪽으로 돌려놓고 말했다.

"지로, 누가 뭐라고 해도 오하마 엄마에겐 이 세상에서 지로가 제일 훌륭한 사람이에요."

지로는 오하마의 얼굴을 똑바로 올려다보았다. 그리고 심각한 표정으로 물었다.

"정말이야?"

"그럼 정말이구말구. 오하마 엄만 지로가 누구한테도 지지 않는다고 믿어요."

지로는 말없이 오하마의 가슴에 몸을 기대었다. 오하마는 더욱 힘을 주어 지로를 꼭 껴안아 주었다. 지로는 마음속으로 오하마를 잠깐이라도 의심한 것이 미안했다. 다른 사람은 몰라도 오하마 엄마만은 언제까지나 자기편이 되어 줄 것만 같았다.

지로는 오하마의 품속으로 더욱 파고들며 얼굴을 비볐다. 정든 체취가 지로의 마음을 푸근하게 감싸 주었다. 오하마도 그런 지로가 불쌍했는지 더 힘껏 끌어안았다.

마음이 편안해진 지로는 그때서야 손가락에 남아 있는 끈적거림에 생각이 미쳤다. 눈깔사탕을 만진 탓인가 생각하며 손을 살펴보았다. 놀랍게도 거무칙칙한 피가 말라붙어 있었다. 자기 손에서 난 피인가 싶어 더듬어 봐도 상처는 나 있지 않았다. 그렇다면 피는 나오키치한테서 묻은 게 틀림없었다. 지로는 뭔가 상대를 때려눕힌 듯한 뿌듯한 느낌이 들었다. 손을 오하마의 코앞에 들이밀고 자랑을 하고 싶었다. 하지만 아무래도 피까지 나게 한 것은 나쁜 짓이라고 혼이 날 것 같았다. 지로는 오하마가 눈치채지 못하게 손가락을 오하마의 등에 조심스레 문질렀다.

그날 나오키치는 귓불이 조금 찢어지는 상처를 입었다. 물론 지로는 나오키치가 자기 때문에 귓불이 찢어졌다는 것은 까맣게 몰랐다. 나오키치가 피를 철철 흘리며 혼다가로 돌아가자 사람들은 믿기지 않는다는 표정으로 고개를 절레절레 흔들었다. 오타미만이 무슨 결심을 굳힌 듯 입술을 지그시 다문 채 학교 쪽을 언제까지고 쏘아볼 뿐이었다.

어둠 속을 걸어서

엄마가 찾아오다

지로가 나오키치의 귓불을 찢어 놓은 지 며칠 지났을 때였다. 저녁에 오타미가 기별도 없이 불쑥 소사실에 나타났다. 지로는 그때 이미 잠자리에 누워 있었다. 잠자리래야 돗자리 한 장 깔아 놓은 것과 여기저기 터진 곳을 작은 천 조각으로 꿰매 놓은 누더기 같은 모기장이 전부였다.

지로는 오하마의 친정아버지인 야사쿠 할아버지와 나란히 누워 있었다. 야사쿠 할아버지는 재미난 옛날이야기와 수수께끼를 아주 많이 알고 있었다. 지로는 야사쿠 할아버지의 옛날이야기를 들으며 잠드는 게 큰 즐거움이었다.

야사쿠 할아버지는 이야기를 하면서도 가끔씩 하품을 했다. 입을 쩍 벌리고 하품을 할 때마다 슴벅거리는 눈가에서 끈적끈적한 눈물이 흘러내렸다. 눈물은 광대뼈를 지나 귓가에 모였다가 베개 위로 똑 떨어졌다. 지로는 눈물을 할아버지의 합죽한 입속으로 흘러들게 하여 할아버지가 그것을 맛보고 어떻게 하는지 보고 싶었다. 지로는 그 장난에 흠뻑 빠져서 손가락 끝으로 광대뼈 근처에서 눈물을 막았다가 입쪽으로 흘려보내려고 안간힘을 썼다. 하지만 생각만큼 쉽지 않았다. 사실 요 며칠간 해 떨어지기 무섭게 야사쿠 할아버지와 함께 잠자리에 드는 이유도 그 장난 때문이었다. 지로는 할아버지를 졸라 얘기를 시켜 놓고는 듣는 둥 마는 둥, 어서 하품을 하기만을 기다리고 있는데 오타미가 들이닥친 것이었다.

오타미는 안으로는 들어오지 않고 밖에 있는 평상으로 오하마를 불러내 무슨 이야기인가를 한참이나 주고받았다. 지로는 덜컥 불안해졌다. 나쁜 짓을 한 것도 없는데 가슴이 마구 두근거렸다. 할아버지의 눈물을 가지고 놀 때가 아니라는 생각도 들었다. 지로는 일단 눈을 감고 자는 척하면서 귀를 곤두세웠다.

"나오키치를 보고 얼마나 놀랐는지 알아요? 귓불이 반이나 찢어졌지 뭐예요."

"어머나, 그렇게 많이 다쳤어요?"

"아이가 좀 극성스러워야지. 이건 무슨 짐승도 아니고, 어떻게 저 어린것이 사람 귀를 뜯어 놓을 수가 있어요, 글쎄."

"도련님도 오죽 급했으면 그랬겠어요."

"직접 본 것처럼 말하는군요?"

"예, 교문 뒤에서 보고 있었어요."

"설마 지로에게 그러라고 시키진 않았겠죠?"

"아이구 참, 무슨 말씀을 그렇게 하세요? 제가 미치지 않고서야 어떻게 도련님한테 그런 짓을……."

"그럼 두 번 다시 그런 행동을 하면 안 된다고 타일렀겠군요?"

"예, 다시는 그러면 안 된다고 얘기했어요."

"정말 그랬는지 누가 봤어야 말이지. 혹시 잘했다고 칭찬한 건 아니에요?"

오하마는 아무 대꾸도 하지 않았다. 모기장 안에서 두 사람의 대화를 엿듣던 지로는 아무래도 오하마가 걱정되었다. 잠시 침묵이 흐르더니 또 오타미의 목소리가 들렸다.

"언제까지 이런 데서 아이를 기를 순 없어요. 우리가 나서긴 힘들어진 것 같고, 오하마가 나서야 될 것 같아요."

"저도 요즘은 하루라도 빨리 보내드리고 싶어요."

"지로가 문제라는 뜻인가요?"

"네……, 그렇죠. 교문 밖으로 데리고 나가기만 하면 금방 울상을 짓고 떼를 쓰니 저도 어쩔 수가 없어요. 도련님이 얼마나 불쌍한지."

"불쌍하다는 말을 하는 것부터가 잘못이라구요. 늘 오하마가 그런 식이니까 아이 버릇만 나빠지잖아요. 지로를 응석받이로 키운 결과를 보라구요. 어떻게 저 나이에 사람 귀를 찢어 놓을 수 있단 말이에요.”

오타미의 말 한 마디, 한 마디가 지로의 가슴을 짓누르는 것 같았다.

‘내가 나오키치의 귀를 찢었다! 그래서 피가 났던 거야.’

지로는 그날의 일이 생생히 기억나 더욱 겁이 났다. 이윽고 오타미가 일어서는 기척이 들렸다.

“오늘은 무슨 일이 있어도 지로를 데려가야겠어요. 아직 자진 않겠죠?”

오타미가 앙칼지게 쏘아붙였다. 지로는 마른침을 꿀깍 삼키고 야사쿠 할아버지 쪽으로 몸을 돌려 일부러 코 고는 소리를 냈다. 눈꺼풀이 바들바들 떨렸다.

“벌써 잠든 것 같은데요.”

“잠들었다면 깨워요.”

“이미 자고 있는데 하루 더 재우면 안 될까요? 이 밤중에 데려 가신다면 너무 불쌍해요.”

“또 불쌍하다는 말……, 불쌍하긴 뭐가 불쌍하다는 거예요? 갓난아기도 아닌데. 밤중이라도 상관없어요.”

“깨워서 얼굴이나 보시고…….”

“기어이 내일 데려가라 이 말인가요?”

“네, 길도 캄캄한데……. 이왕이면 낮에 데려가시는 게 좋을 것 같아서요.”

“그런 건 나도 다 알아요. 하지만 난 나대로 사정이 있어요. 내일 또 올 수 있는 형편도 아니고."

"내일은 틀림없이 제 손으로 지로 도련님을 데려갈게요."

"그 말을 어떻게 믿어요? 내일 당장이라도 데려올 수 있는 걸 그동안은 왜 못 데려왔죠?"

"아니에요. 이번엔 저도 마음을 단단히 먹고 있어요. 내일 도련님이 알아듣게 잘 이야기해서 데려갈 테니 염려 마세요. 제발 부탁이에요. 오늘밤만은……."

"그렇게는 못 해요. 내 손으로 직접 데려가야겠어요."

문지방을 밟는 소리가 거칠게 들렸다. 당황한 지로는 코고는 소리를 내야 한다는 것도 잊어버렸다.

"아이구, 작은 마님이 예까지 어인 일로 오셨대유. 이 시간에 혼자 오셨나유?"

야사쿠 할아버지가 쭈글쭈글한 몸뚱이를 천천히 일으키며 말했다. 야사쿠는 지로의 어깨를 흔들었다.

"도련님, 일어나요. 어머님이 오셨어요."

"응, 응."

지로는 잠투정하는 소리를 내며 오타미에게 얼굴을 보이지 않으려고 몸을 뒤척였다.

"주무시는데 소란을 피워서 죄송해요. 지로를 데리러 왔어요. 얘 벌써 잠이 들었나 보죠?"

"지금 막 잠이 들었나 봐요. 이 나이엔 잠드는 게 워낙 빨라서……. 도련님, 어머님이 오셨다니까."

야사쿠 할아버지는 다시 한 번 지로의 어깨를 흔들었다. 지로는 여전히 자는 척.

"지로, 엄마 왔어. 어서 일어나. 너 지금 안 자는 거 엄만 다 알아."

쌀쌀맞은 목소리가 들려왔다. 지로는 꼼짝도 하지 않고 눈을 감고 있었다. 한동안 침묵이 이어졌다. 아무런 말소리도 들려오지 않자 지로는 더럭 겁이 났다. 무슨 일인지 눈을 떠보고 싶은 마음이 꿀떡 같았지만 엄마가 내려다보고 있을지도 몰랐다. 그때 갑자기 누가 자기 발목을 붙든다 싶더니 지로의 몸은 순식간에 모기장 밖으로 끌려나왔다.

"어머, 그러다 다치기라도 하면 어떡해요!"

문지방에 서 있던 오하마가 다급하게 외쳤다. 화가 난 목소리였다. 엉겁결에 알몸으로 모기장 밖으로 끌려나온 지로는 마루에 멍하니 앉아 눈을 껌벅이며 이제 막 잠에서 깨어난 것처럼 어리둥절한 표정으로 몸을 긁적였다.

"작은 마님, 어떻게 하시려구……."

야사쿠 할아버지도 모기장 밖으로 나와 지로에게 덤벼드는 모기를 부채로 쫓으며 말했다. 오하마는 험상궂은 표정으로 문 앞에 우뚝 서 있었다. 바깥에 나가 있던 할머니와 칸사쿠, 오카네, 오쓰루도 무슨 일인가 싶어 우르르 몰려 들어왔다. 하지만 다들 아무 소리도 내지 않고 오타미의 얼굴만 바라볼 뿐이었다.

논두렁길

오타미는 두서없이 지로에게 뭐라고 한참 동안 이야기를 퍼부었다. 하지만 지로의 귀엔 한 마디도 들어오지 않았다. 지로는 오하마의 얼굴을 애타게 바라보았다. 오하마 엄마는 나를 이대로 보내려는 걸까. 만일 그럴 생각이 아니라면 무슨 말이든 했을 텐데. 지로는 오타미가 뭐라고 떠들든, 오하마가 무슨 생각을 하고 있는지 그것이 궁금해서 견딜 수가 없었다. 오하마는 화가 잔뜩 난 표정으로 오타미를 싸늘하게 노려볼 뿐, 입을 굳게 다물고 있었다.

"엄마가 하는 말, 무슨 뜻인지 알겠지?"

오타미는 마지막으로 다짐을 받아 내듯 말했다. 지로는 얼떨결에 고개를 끄덕이면서 오하마를 다시 힐끗 쳐다보았다. 오하마는 여전히 미동도 하지 않은 채 문간에 서 있었다. 저럴 리가 없을 텐데, 지로는 마음속으로 오하마 엄마도 더 이상 내 편이 아닐지도 모른다는 생각이 문득 들었다. 그러자 마음속으로부터 뭔가가 쓸려 나가는 듯한 안타까움이 밀려왔다. 하지만 그런 쓸쓸함과 함께 마음의 안달이 가라앉으며 뭔가 편안해지는 느낌이 드는 것은 지로도 알 수 없는 일이었다.

"발가벗은 채로 데려가라는 거예요? 어서 입힐 것 좀 줘요."

오타미가 문간에 서 있는 오하마에게 표독스레 말했다. 오하마는 대답도 하지 않고 험상궂은 얼굴로 오타미의 얼굴만 노려볼 뿐이었다. 지로는 오하마가 더 이상 자기를 바라보고 있지 않다는 것을 알고는 완전히 포기하는 심정이 되었다. 지로는 한숨을 내쉬며 자리에서 천천히 일어섰다. 그러고는 모기장 한쪽에 둥글게 말아 놓은 땀내가 물씬 나는 옷을 가져다 걸치고 허리띠까지 대충 돌려 맸다. 지로의 동작은 찰랑거리는 슬픔을 넘치게 하지 않으려는 듯 차분하고 침착했다.

"그래, 그래. 지로, 아주 잘했어. 엄마랑 집으로 가는 거야."

오타미가 반색을 하며 말했다. 지로는 짚신도 찾아 신었다. 울고 싶은 마음을 이를 악물고 간신히 참아 냈다. 오타미는 서둘러 초롱에 불을 댕기고 야사쿠 할아버지에게 말했다.

"영감님, 시끄럽게 굴어 죄송해요."

오타미는 지로의 등을 떠밀며 밖으로 나갔다. 오하마는 꼼짝하지 않고 서서 둘의 모습을 물끄러미 지켜만 보았다. 지로는 오하마에게 마지막으로 인사를 하고 싶었지만, 오하마와 눈길이 마주치면 참았던 눈물이 쏟아질 것 같았고, 또 오하마가 끝내 자기에게 아무 말도 하지 않는 것이 생각할수록 서운해서 고개를 푹 숙인 채 말없이 밖으로 나갔다. 막 교문을 나서려는데 뒤쪽에서 할머니가 소리쳤다.

"작은 마님, 조심해서 가셔요. 도련님도 잘 가요. 자주 놀러 와요. 오쓰루가 늘 기다리고 있을 테니 아무 때나 와요."

지로의 눈에서 마침내 참았던 눈물이 왈칵 쏟아졌다. 지로는 울음소리를 내지 않으려고 이를 악물었다.

오타미와 지로는 나란히 밤길을 걸었다. 짐수레가 하도 많이 지나다녀서 길이 패여 울퉁불퉁했다. 낮이었다면 그럭저럭 괜찮았을 텐데, 컴컴한 밤이라 걷는 게 무척 힘들었다. 길이 좁아지자 오타미는 지로가 뒤에서 따라오도록 했다.

지로의 걸음이 계속 뒤쳐졌다. 눅눅해진 짚신은 걸을 때마다 타닥타닥 이상한 소리를 냈는데, 시간이 지날수록 그 소리가 오타미의 귀에서 조금씩 멀어졌다. 오타미는 이러다가 갑자기 지로가 도망치는 건 아닌지 걱정이 되었다.

"뒤에서 따라오려니까 무섭지? 엄마 앞으로 가."

지로는 무섭지는 않았다. 하지만 왜 자기더러 앞으로 가라는 건지 영문을 모르겠다는 표정으로 오타미를 빤히 바라보았다. 오타미는 미적거리며 딴짓을 하는 지로를 자기 앞으로 밀었다.

"앞에 가는 사람이 초롱을 들어야 돼."

오타미는 지로에게 초롱을 건넸다. 대나무로 만든 초롱은 활처럼 굽은 양쪽 끝에 초롱불이 걸려 있었다. 지로의 키는 초롱을 들기에는 너무 작았다. 초롱불이 땅바닥에 닿지 않게 하려고 지로는 손을 가슴 위까지 높이 들어 올려야 했다. 초롱의 무게도 버거웠다. 자연히 초롱이 자꾸 앞으로 쏠리는 바람에 지로의 걸음도 점점 빨라졌다.

"너무 빨리 가지 마. 엄마가 발밑을 잘 못 보잖아."

지로는 오타미의 불평을 들어 줄 처지가 아니었다. 초롱은 점점 더 무거워졌고 팔도 아파 왔다. 그럴수록 걸음은 더욱 빨라졌다. 그런 사정도 모르고 천천히 걸으라고 타박만 하는 오타미가 못 견디게 미워서 지로는 일부러 더 빨리 걸었다.

"천천히 가라니까!"

뒤에서 오타미가 화난 목소리로 빽 소리를 질렀다.

"엄마도 빨리 걸으면 되잖아."

지로가 뒤를 돌아보며 짜증 섞인 목소리로 대꾸했다. 그리곤 초롱을 있는 힘껏 높이 치켜들었다. 그 바람에 초롱불이 그만 꺼져 버렸다. 순식간에 어둠이 두 사람을 덮쳤다.

"뭐야? 왜 불이 꺼졌어?"

오타미가 떨리는 목소리로 물었지만, 지로는 대답하지 않고 길모퉁이에 쭈그리고 앉아 숨소리를 낮췄다. 어둠 속에서도 지로는 오타미가 어디 있는지 금방 알 수 있었다. 지로의 가슴이 또 세차게 방망이질 쳤다. 도망가려면 지금이 기회야!

하지만 지로는 스스로를 타일렀다. 캄캄함 어둠 속을 혼자 걸어가야 되는 게 무서워서가 아니었다. 소사실로 돌아가도 더 이상 자기를 반갑게 맞아 줄 사람이 없다는 생각이 들었기 때문이었다.

무겁게 내려앉은 어둠이 지로를 감쌌다. 지로는 마치 깊고 깊은 어둠 저편으로 빨려 들어가는 기분이었다. 지로는 일어날 생각도 하지 않고 가만히 쭈그려 앉아 오타미의 기척에 귀를 기울였다.

"지로, 어디 있어? 왜 대답 안 해?"

오타미의 다급한 목소리가 울려 퍼졌다. 화가 났다기보다는 겁이 잔뜩 난 목소리였다. 지로는 무슨 꿍꿍이 속인지 오타미가 아무리 불러도 대답하지 않았다. 어둠에 익숙하지 않은 오타미는 거칠게 숨을 몰아쉬면서 주위를 더듬었다. 한참을 더듬거린 뒤에야 그녀는 겨우 지로를 발견하고는 옷자락을 잽싸게 감아쥐었다.

"여기 있으면서 엄마가 부르는데 대답도 하지 않고! 당장 초롱 이리 내!"

다시 초롱이 켜지자 캄캄했던 주위가 둥그렇게 밝아졌다. 잔뜩 굳은 오타미의 얼굴이 보였다. 금방이라도 쓰러질 것처럼 새파랗게 질려 있었다. 오타미는 한 손엔 초롱을 들고 다른 손으론 지로의 손목을 움켜쥐고 걷기 시작했다. 지로의 사정은 안중에도 없는 빠른 발걸음이었다.

지로는 울퉁불퉁한 길을 어른의 보폭에 맞춰 걷느라 몇

번이나 발을 헛디뎌 넘어질 뻔했다. 나중에는 발목 언저리
가 접질린 것처럼 시큰거렸다. 헐떡거리는 지로의 숨소리가
묵직하게 내려앉은 밤공기를 헤치고 메아리처럼 퍼져 나갔
다. 그리고 타박거리는 짚신 소리와 따각거리는 나막신 소
리가 뒤섞여 묘한 화음을 이루었다. 먼 숲에서 '호호'하는
백로의 외로운 울음소리가 들려왔다.

묘지

논두렁길을 지나 마을로 접어들자 오타미는 그제야 걸음
을 늦추며 지로의 손목을 놓아주었다. 작은 마을을 가로지
르는 길 양편으로 막과자 가게, 두부집, 이발소, 생선 가게
등이 차례로 늘어서 있었다. 중간 중간 종유를 짜는 가게 앞
을 지날 때면 구수한 냄새가 코를 찔렀다.

가게마다 환하게 불을 밝혀 두고 있어서 지로는 마치 딴
세상에 와 있는 것 같았다. 알싸한 모깃불 냄새도 안개처럼
자욱하게 퍼져 있었다. 이런 밤거리를 걸어 본 적이 없는 지
로는 땀으로 흠뻑 젖은 얼굴을 이리저리 돌리며 구경하는
데 온통 정신이 팔려 버렸다.

하지만 짧은 마을길은 이내 끝나고 말았다. 길은 다시 어
두워졌다. 조금만 더 가면 절이 나온다는 걸 지로는 알고 있
었다. 그 절을 지나 조금 더 가면 혼다가인 것이다.

집이 가까워지자 지로의 마음은 주변의 어둠처럼 어두워졌다. 정다운 사람이라곤 없는 집에서 그나마 아버지를 기다리며 온갖 눈치를 보며 지내야 하는 생활이란 생각만으로도 가슴 답답한 노릇이었다. 터덜터덜 무거운 발걸음을 옮기던 지로는 절에 딸린 묘지 곁을 지날 때 문득 걸음을 멈추었다. 으스스한 어둠 때문에 걸음을 빨리하고 있던 오타미는 지로의 발자국 소리가 뚝 그치자 갑자기 한기가 느껴졌다.

"지로, 왜 그래?"

오타미가 불안한 음성으로 소리치며 뒤를 돌아봤을 땐 이미 지로는 사라진 뒤였다. 오타미는 초롱을 이마까지 높이 쳐들고 어둠 속을 비춰 봤지만 지로의 모습은 온데간데없었다.

"지로, 지로!"

오타미의 떨리는 음성이 사방으로 퍼져 나갔다. 어둠 속에서 삐죽삐죽 솟아 있는 묘지의 비석들이 불빛을 받아 스산하게 빛났다. 오타미는 등골이 서늘해졌다. 묘지 안으로 들어가 지로를 찾아볼 엄두가 나지 않았다. 지로는 길에서 조금 벗어난 커다란 석탑 뒤에 숨어 허둥대는 오타미를 숨죽이고 지켜보았다. 허둥대는 초롱불이 어지럽게 맴돌더니 어둠 속을 헤엄치듯 앞으로 곧장 나아가는 것이었다.

'엄만 집으로 가 버렸어……'

지로는 한없이 쓸쓸한 기분에 휩싸였다. 오타미에게 자신의 존재는 그다지 대수롭지 않은 게 분명했다. 몇 번 찾아보지도 않고 그냥 가 버리다니. 지로는 어떻게 해야 좋을지 몰라 석탑에 등을 기대고 밤하늘을 올려다보았다.

혼다가에서 사는 건 정말이지 싫다. 그렇다고 소사실로 돌아간대도 오하마 엄마가 예전처럼 자기를 반가워할 것 같지도 않다. 혼다가와 소사실, 둘 다가 아니라면 대체 어디로 가야 한단 말인가. 지로는 문득 자신이 오갈 데 없는 외톨이라는 생각이 들었다. 그동안 알고 지냈던 모든 사람들로부터 버림받은 듯한 느낌은 지로로선 견디기 힘든 것이었다. 세상에서 지로를 반가워하는 건 미친 듯이 덤벼드는 모기떼뿐이었다. 지로는 끌어안은 무릎 위에 턱을 괴고 앉아 하염없이 어둠을 바라보았다.

얼마나 시간이 흘렀을까. 두런거리는 사람 소리에 뒤섞여 어지러운 발자국 소리가 점점 다가왔다.

"여기쯤이었는데……."

오타미의 목소리였다.

"여긴 묘지 근처인데요? 설마 지로 도련님이 이런 데를!"

이번에는 나오키치의 목소리였다.

"분명히 이 근처였어. 여기서부터 발소리가 들리지 않았다고. 분명 여기 어디 숨어 있을 거야. 묘지 같은 데를 무서워할 아이가 아니잖아."

"그야 그렇지만⋯⋯. 그래도 잠깐이라면 모를까, 여태까지 여기 숨어 있진 못할 거예요. 학교로 도망친 건 아닐까요?"

"아냐. 우선 이곳부터 찾아봐요. 내 생각엔 틀림없이 여기 어딘가에 있을 것 같아."

나오키치는 마지못해 묘지 주변을 살피기 시작했다. 초롱으로 이곳저곳을 비추면서 비석 쪽으로 점점 다가왔다. 지로는 나오키치의 목소리를 듣자 가슴이 철렁 내려앉았다. 지난번에 귀를 찢은 일을 아직 사과도 못했는데, 이렇게 만난다면 정말 큰일이 아닌가. 귀는 다 나았을까? 도망가야해! 하지만 아무 데도 갈 곳이 없다는 사실을 생각하자 그대로 주저앉을 수밖에 없었다. 지로는 더욱 몸을 웅크리고 눈을 꼭 감아 버렸다.

"마님, 찾았어요! 여기 있어요!"

나오키치가 외쳤다. 그는 지로에게 성큼 다가서지는 못하고 어정쩡하게 떨어진 거리에서 초롱을 높이 들고 엉거주춤 서 있었다.

"뭘 꾸물거려요. 빨리 데리고 나와요."

오타미가 길가에서 째지는 목소리로 외쳤다.

"지로 도련님, 이쪽으로 나오세요. 그런 곳에 숨어 있지 말고."

나오키치는 여전히 그 자리에 서서 말했다. 지로가 웅크린 채 움직이지 않자 주뼛주뼛 지로가 앉아 있는 곳으로 다가왔다. 나오키치는 마치 위험한 물건에 손을 대는 것처럼 조심조심 손을 뻗어 지로의 손목을 붙들더니 와락 끌어당겼다. 지로는 양손을 두 사람에게 각각 붙들린 채 비칠비칠 끌려가고 말았다.

한바탕 소동 끝에 집에 도착한 오타미는 지로를 손님방으로 데려갔다. 그리고 화를 내는 건지 우는 건지 분간이 안 되는 목소리로 지로에게 한참 동안이나 잔소리를 늘어놓았다. 이야기 도중에 몇 번씩 "엄마 말 알아들었지?"라는 다짐을 섞어가면서. 지로는 일일이 대답하는 것도 귀찮아서 응, 응, 하며 건성으로 고개만 주억거렸다. 오타미의 이야기는 오랫동안 이어졌다.

"지로, 엄마가 이렇게 부탁한다. 내 말 알아들었지?"

"응."

"그럼 이젠 오하마 아줌마에게 안 갈 거지?"

"응."

"엄마랑 약속하는 거야?"

"응."

이야기를 끝낸 오타미는 측은한 눈길로 지로를 바라보았다. 그러고는 억지로 지로를 끌어당겨 품에 안았다. 지로는 엉거주춤 몸을 내맡긴 채 가만히 있었다.

"엄마가 맛있는 거 줄 테니까 조금만 기다려."

오타미는 종이로 포장된 작은 상자 하나를 갖고 와서 지로에게 건넸다. 보나마나 과자일 텐데 과자 따위, 지로는 별로 고마운 생각도 들지 않았다.

밤이 깊어 있었다. 자야 할 시간은 벌써 오래전에 지난 듯했다. 오타미는 지로를 안채로 데려갔다. 모기장 속에는 오타미의 이부자리가 가운데 깔려 있었고, 양쪽에 교이치와 슌조가 잠들어 있었다. 슌조의 자리 옆에 빈 이부자리 하나가 펴져 있었는데 지로의 자리인 듯했다.

"엄마가 재워 주고 싶지만 오늘은 더우니까 따로 자는 게 더 시원하겠다. 어서 누워."

지로는 이번에도 "응." 하고 짧게 대답했다. 지로는 머뭇거리지 않고 띠를 풀고 옷을 벗고는 자리에 기어들었다. 그런 모습을 물끄러미 바라보던 오타미는 비로소 좀 마음이 가라앉았는지 크게 한숨을 내쉬었다.

자리에 누운 오타미는 응, 응 거리기만 하는 지로가 못미더웠다. 난리를 치며 데려오긴 했지만, 나이에 걸맞지 않게 맹랑하기만 한 지로를 앞으로 어떤 식으로 키워야 할지 막막하기만 했다.

지로와 오타미는 실로 오랜만에 나란히 한 방에 누웠지만, 둘 다 서로 다른 걱정을 하느라 오랫동안 잠을 이루지 못했다.

독한 아이

오줌싸개

지로는 새벽녘까지도 잠들지 못했다. 동이 틀 즈음에야 졸음이 밀려와 아슴아슴 막 잠들기 시작할 때 비몽사몽간에 오하마 엄마 옆에 누워 있는 것만 같아서 황급히 눈을 떠 보니 새근거리며 잠든 순조의 얼굴만 보일 뿐이었다.

방 안은 아직 컴컴했다. 선잠이 깬 지로는 몇 번이나 몸을 뒤척이며 한숨을 푹푹 내쉬었다. 잠도 잠이지만 이젠 오줌이 마려웠던 것이다. 전날 밤 하도 엄청난 일들이 벌어져 지로는 오줌 누는 것도 잊을 정도였다. 오타미 역시 지로와 실랑이를 하느라 진이 쏙 빠져서 화장실 다녀오라는 말은 까맣게 잊어버렸다.

가뜩이나 혼다가 사람들은 지로를 오줌싸개라고 생각하고 있는데, 다시 온 첫날부터 오줌을 싸 버린다면 앞으로의 생활이 얼마나 고달파질지 생각만 해도 머리가 지끈거렸다.

지로는 그날의 기억이 아직도 생생했다. 처음 오줌을 쌌던 날 아침, 사람들이 지로를 빙 둘러싸고 이게 도대체 무슨 일이냐며 와글와글 떠들어 댈 때의 그 모욕감이 바로 어제 일처럼 되살아났다.

그나마 다행인 것은 지금은 이미 싸 버린 게 아니라 단지 마렵다는 점이었다. 당장이라도 일어나 화장실에 가야 했지만 도무지 혼다가 화장실은 적응이 되지 않았다. 복도를 따라 한참을 가야 했고, 휑하니 크고 어둑해서 혼자 가기에는 선뜻 용기가 나지 않았다.

엄마를 깨워 데려다 달라고 해야 하나, 혼자서 가야 하나 망설이는 동안 오줌보는 점점 더 빵빵해졌다. 더는 버틸 재간이 없었다. 지로는 엄마를 깨우느니 차라리 혼자 가는 편이 낫다는 생각이 들었다. 이제 일어나야 한다, 지로는 속으로 스스로를 부추겼지만 몸은 생각만큼 쉽게 따라 주지 않았다. 아랫배를 움켜쥐고 혼자 끙끙 앓던 지로 머릿속에 생각 하나가 반짝 떠올랐다. 지로는 절반쯤 몸을 일으켜 곤히 잠든 엄마를 넘겨다보았다. 세상모르게 깊이 잠들어 있음이 틀림없었다. 지로는 다시 자리에 누웠다. 크게 심호흡을 하면서 팽팽해진 아랫배를 쓰다듬었다. 그리고 슬그머니 슌조 쪽으로 몸을 굴렸다.

지로는 오랫동안 참았던 오줌을 슌조의 허리께에다 살금살금 발사하기 시작했다. 그렇게 볼일을 마친 지로는 다시 자기 이부자리로 몸을 굴려 돌아갔다. 그러고는 기분 좋게 잠에 빠져들었다.

얼마나 잤을까. 방 안의 소란스러움 때문에 지로는 다시 잠이 깼다. 슌조의 울음소리, 오타미의 화난 목소리 등이 뒤엉켜 들려왔다. 지로는 사태를 짐작하고는 눈을 꼭 감고 계속 자는 척했다. 환하게 켜진 전등불이 눈꺼풀 위로 쏟아지는 걸로 보아 아침이 되려면 아직 먼 모양이었다. 슌조가 다시 잠이 들었는지 방 안은 잠잠해졌다. 지로도 안심이 되었다. 이제 전등만 꺼지면 아무 일도 없이 아침나절까지는 잘 수 있겠지.

그러나 일은 그렇게 간단히 끝나지 않았다. 오타미가 자리에서 일어나는 기척이 들리더니 머리맡에 무언가 근질근질한 기운이 느껴졌다. 설마 엄마? 지로는 눈을 떠서 확인을 하고 싶었지만 만약 엄마가 보고 있다면 자는 척하는 연기는 물거품이 되고 마는 터라 눈을 뜰 수도 없었다. 지로의 눈꺼풀이 잘게 떨렸다.

"너 안 자는 거 다 알아. 어서 일어나."

오타미의 목소리가 낮게 울렸다. 올 것이 온 건가, 지로는 몸부림을 치는 양 옆으로 돌아누웠다. 오타미는 낮게 깔린 목소리로 한 번 더 지로에게 말했다.

"안 자는 거 다 안다니까! 얼른 못 일어나?"

지로는 이 상황을 도저히 받아들일 수 없었다.

'대체 어떻게 알았을까? 역시 어른들은 잘 속아 넘어가지 않는 걸까? 특히나 엄마처럼 눈치 빠른 사람은 절대 안 속는 걸까?'

하지만 지로는 순순히 일어나 자기가 한 짓을 인정하고 싶지도 않았다. 에라, 계속 자는 척해야지, 지로는 어설픈 연기로 잠꼬대까지 몇 마디 중얼거렸다.

"너 계속 이러고 있으면 엄마한테 맞을 줄 알아."

오타미의 목소리에 화가 잔뜩 실려 있었다. 하지만 그럴 수록 지로는 지로대로 더욱 어쩔 수가 없어져 어설픈 연기를 계속할 수밖에 없었다.

"좋아. 끝까지 안 일어나겠다 이거지?"

오타미가 벌떡 일어섰다. 그러더니 지로의 두 발목을 잡고 거꾸로 번쩍 쳐들고서 모기장 밖으로 끌고나갔다. 소사실에서는 발목을 잡고 질질 끌어내더니 이번에는 거꾸로 들고 나간 것이었다.

이쯤 되자 지로의 어린 마음에도 이대로 순순히 항복할 수는 없다는 오기가 생겨났다. 지로는 거꾸로 매달린 채로도 눈을 꼭 감은 채 뜨지 않았다.

"너처럼 지독한 아인 처음이다!"

오타미가 바닥에 널브러져 있는 지로의 엉덩이를 세차게 내리쳤다. 짝, 하는 소리가 야무지게 났다. 지로는 이를 악물고 아픔을 참았다. 몸을 뒤틀지도, 그렇다고 아야, 소리도 내지 않고 버티는 아이를 보며 오타미는 기가 차는 모양이었다.

"이 녀석이 그래도!"

오타미의 매서운 손길이 두어 번 더 지로의 엉덩이를 내려쳤지만 지로는 여전히 꼼짝도 하지 않았다. 오타미는 필사적으로 버티는 지로에게 질렸는지 길게 한숨을 내쉬었다.

"좋아, 끝까지 자는 척하겠다 이거지. 그럼 여기서 어디한번 자 봐."

오타미는 지로를 남겨 둔 채 모기장 안으로 들어가 버렸다. 전등은 여전히 환하게 켜진 채였다.

사방이 조용해졌다. 지로는 이쯤에서 끝난 게 그나마 다행이라고 마음을 쓸어내렸다. 하지만 적은 따로 있었다. 모기떼의 공격이 시작된 것이다. 분명 엄마가 모기장 속에서 자기를 지켜보고 있을 거라고 생각한 지로는 몸이 가려워 견딜 수가 없었지만 함부로 긁지도 못하고 꿈틀거렸다. 옷도 걸치지 않은 맨살 덩어리가 아무런 움직임도 없이 놓여 있었으니 모기들로서는 잔칫날이 따로 없을 터였다. 엉덩이 몇 대 맞는 것은 아무것도 아니었다. 가려워 미칠 것 같았다.

지로는 눈을 감은 채 몸부림을 치는 척 조금씩 조금씩 모기장 옆으로 다가갔다. 그러고는 발부터 살그머니 모기장 안으로 집어넣었다. 엄마가 눈치채지 못하게 하려면 아주 천천히 움직여야 했다. 오랜 시간 노력한 끝에야 모기장 안으로 몸을 반쯤 집어넣는 데 성공했다. 오타미에게 들키지 않으려고 얼마나 신경을 곤두세웠는지 등이 진땀으로 끈적였다. 천신만고 끝에 모기장 안으로 몸을 거의 다 집어넣은 지로는 손으로 모기장 끝을 들어 올리고 머리를 집어넣기만 하면 되었다. 하지만 자칫 엄마에게 들키기라도 한다면 다시 모기장 밖으로 쫓겨나는 것은 물론, 몇 대 더 얻어맞을지도 몰랐다.

지로는 일단 엄마의 동태부터 살피기로 했다. 실눈을 뜨고 고개를 아주 조금만 들어서……, 하다가 지로는 하마터면 소리를 지를 뻔했다. 엄마가 바로 곁에서 팔을 낀 채 자기를 내려다보고 있는 게 아닌가! 게다가 눈까지 마주쳐 버렸다. 지로는 그 자리에 얼어붙었다.

그 와중에도 모기떼는 아직 모기장 안으로 들어가지 못한 지로의 얼굴과 목에 달려들었다. 더는 참을 수가 없었다. 지금은 엄마보다 모기가 더 무서웠다. 마침내 지로는 모기장을 들치고 안으로 들어가 버렸다.

"지로……."

평소와는 다르게 한없이 낮게 깔린 엄마의 음성에는 짙은 슬픔 같은 게 배어 있었다. 지로는 등골이 서늘해졌다.

"대체 누구한테 그런 걸 배웠니?"

지로는 묵묵부답이었다. 하긴 지로의 입장에서 뭐라 말할 것인가.

"엄만 어이가 없어…… 말이 안 나온다."

오타미는 이 조그만 아이와의 실랑이가 도무지 현실 같지가 않았다. 화가 나는가 하면 서글퍼지기도 했고 아이가 안쓰럽기도 했다. 하지만 어떻게든 초장에 버릇을 잡아야 한다는 생각이 더 강했다. 오타미는 기어이 지로의 양쪽 귓불을 잡고 아이를 일으켜 세웠다.

지로는 며칠 전 나오키치의 귓불에 매달렸던 게 생각났다. 나오키치도 이렇게 아팠을까? 지로는 귀가 떨어져 나가는 듯한 아픔에 소리를 지르며 오타미의 손을 꽉 붙들었다. 오타미는 그 상태로 지로를 모기장 밖으로 다시 끌고 나갔다.

"날이 샐 때까지 여기 그러고 있어."

오타미는 거칠게 숨을 몰아쉬며 모기장 안으로 되돌아갔다.

마침내 지로의 눈에서 눈물이 주르륵 흘러내렸다. 하지만 지로는 끝내 울음소리는 내지 않았다. 지로는 목구멍까지 치밀어 오르는 울음을 꾹꾹 누르며 눈물을 닦아 냈다. 목구멍에서 꾸륵꾸륵 소리가 났다. 모기떼는 사정을 보지 않고 쉴 새 없이 달려들었다. 지로는 소리 없이 흐느끼며 모기떼를 피하기 위해 개미에게 에워싸인 한 마리 나방처럼 미친 듯이 다다미 위를 굴러다녔다.

손으로 집다

날이 완전히 밝았다. 지로는 안채의 덧문이 열리기를 기다리다 지쳐서 아무도 없는 손님방 툇마루 구석으로 가서 시원한 바람을 쐬자 그제야 좀 살 것 같았다. 온몸엔 모기한테 물린 자국들이 울룩불룩 돋아 있었다. 지로는 피가 맺힐 때까지 물린 곳 여기저기를 벅벅 긁었다. 상처가 나든 말든 어찌나 시원한지 속까지 다 뻥 뚫리는 느낌이었다. 한바탕 몸을 긁고 나자 간밤에 못 잔 잠이 폭포처럼 쏟아졌다. 억지로 눈을 비비고 졸음을 쫓아 보았지만 정원석이 자꾸 두 개, 세 개로 겹쳐 보이며 가물거렸다. 지로는 아무도 없는 툇마루에 걸터앉아 꾸벅꾸벅 졸았다. 그때 안채에서 엄마의 목소리가 들려왔다.

"얘들아, 밥 먹어!"

하지만 지로는 냉큼 달려갈 엄두가 도저히 나지 않았다. 간밤의 일도 그렇고 엄마와 얼굴을 마주하고 함께 밥을 먹는 게 창피했고 또한 엄마가 한없이 밉게도 느껴졌다. 지로는 툇마루에서 뭉그적거리며 계속 앉아 있었다.

그릇 나르는 소리, 두런두런 이야기 소리와 함께 밥공기에 젓가락 부딪치는 소리가 뒤섞여 들려왔다. 구수한 된장국 냄새도 풍겼다. 지로도 그 자리에 끼고 싶었다. 함께 이야기를 나누며 밥을 먹고 싶었다. 자기가 빠진 걸 알면 누군

가 데리러 오겠지, 지로는 초조하게 기다렸다. 한 번에 따라
가는 것은 좀 그래. 두 번째 부르러 오면 가야지, 지로는 그
런 생각도 했다.

하지만 십 분이 지나도, 이십 분이 지나도 아무도 부르러
오는 사람이 없었다. 이럴 수가! 지로는 배고픔과 서러움이
밀려와 자꾸만 눈물이 날 것만 같았다.

벌써 밥을 다 먹었는지, 교이치와 순조가 입가를 닦으며
지로에게 다가왔다.

"왜 밥 안 먹어?"

교이치가 지로 곁에 나란히 앉아 걱정스럽다는 듯이 물었
다. 지로는 대답 대신 교이치를 슬그머니 외면하고 말았다.

"엄마 화났어. 빨리 가서 밥 먹어. 내가 같이 가 줄게."

교이치가 다시 말했지만 지로는 정원석만 바라볼 뿐 대꾸
하지 않았다.

"밥도 안 먹고, 이 바보 원숭이."

순조가 조금 떨어진 곳에서 지로를 놀렸다. 지로는 한 걸
음에 달려가서 때려눕히고 싶었지만 꾹 참고 눈길을 다른
곳으로 돌렸다. 가만히 있는 지로가 만만해진 순조는 종종
걸음으로 다가와서는 손가락 끝으로 지로의 볼을 쿡쿡 찌르
며 놀려 댔다.

"바보, 오줌싸개, 원숭이. 어젯밤에 또 오줌 쌌대요. 오줌
싸개 바보 원숭이야."

지로는 용수철처럼 튀어 일어나 팔꿈치로 슌조를 후려쳤다. 정통으로 얻어맞은 슌조가 뒤로 벌렁 나가떨어졌다. 잠시 숨을 헐떡이던 슌조가 찢어질 듯한 소리로 울어 대기 시작했다.

"왜 그래? 무슨 일이야?"

오타미가 안채에서 달려 나와 교이치에게 물었다.

"지로가 때렸어."

"지로가? 왜?"

"슌조가 오줌싸개 바보 원숭이라고 놀렸거든."

오타미는 할 말을 잃고 세 아이의 얼굴을 돌아보았다. 오타미는 험악한 표정으로 슌조를 노려보는 지로를 향해 내뱉었다.

"이젠 주먹질까지 하시는군. 동생이 그럴 수도 있지, 형이 돼 가지고 약한 동생을 때려?"

오타미는 슌조를 일으켜 안채로 데려갔다. 교이치도 머뭇머뭇 오타미를 따라가 버렸다. 지로는 또 혼자 남았다. 우두커니 뜰을 바라보며 엄마가 한 말을 곱씹어 보았다. 분하고, 억울했다.

'엄마는 이번에도 슌조 편만 들었어.'

지로는 가슴이 찢어지는 것 같았다. 오하마 엄마가 보고 싶었다. 온갖 감정이 뒤섞인 채로 우두커니 앉아 있자니 눈꺼풀이 스르르 감겼다. 간밤에 잠 한숨 제대로 못 자고 모기에게 시달리기까지 했던 터라 쏟아지는 졸음을 참아 낼 수가 없었다. 처음엔 앉은 채로 꾸벅꾸벅 졸다가 제풀에 놀라 깨기를 몇 번, 지로는 안채를 한번 흘끔 쳐다본 후 아예 툇마루에 벌렁 드러누웠다. 지로는 침이 흐르는 것도 모르고 세상모르게 잠들어 버렸다.

얼마나 잤을까. 갑자기 한 대 호되게 얻어맞은 것 같은 충격에 퍼뜩 정신을 차리고 보니 땅바닥이었다. 툇마루에서 굴러 떨어진 것이었다. 지로는 그런 모습을 누구에게 들키지나 않았나, 주변을 둘러보았다. 다행히 아무도 눈에 띄지 않았다. 지로는 맨발로 뜰을 가로질러 마당가의 대숲으로 들어갔다. 거기라면 안심하고 잘 수 있을 것 같았다.

무성한 댓잎이 햇살을 가려 대숲 안은 어둑했다. 나무 사이를 휘도는 선선한 바람이 지친 지로의 몸을 달래 주는 듯했다. 지로는 오랜만에 편안한 마음으로 단잠을 잤다.

갈증과 배고픔 때문에 잠에서 깨어났을 땐 해가 중천에 떠 있었다. 배 속에서 연방 꼬르륵 소리가 났고 입안이 쩍쩍 달라붙는 것처럼 목이 말랐다. 엉덩이를 툭툭 털며 일어난 지로는 주위에 누가 없는지 둘러보며 다시 뜰을 가로질러 손님방 툇마루로 살며시 올라갔다. 툇마루 모서리에 흙이 잔뜩 묻은 발바닥을 쓱쓱 문지른 후 안채를 기웃거렸다. 인기척은 들리지 않았다. 지로는 발소리를 죽여 가며 손님방을 지나 안채로 다가갔다. 활짝 열린 창문을 통해 살펴보니 아무도 없었다. 미닫이문을 열면 아무래도 소리가 날 것 같아서 지로는 조심스레 창문을 타 넘었다.

점심 식사도 끝났는지 식탁 위엔 주전자만 덩그러니 남아 있었다. 목이 말랐던 지로는 컵을 찾을 것도 없이 주전자 꼭지를 물고 벌컥벌컥 물을 들이켰다. 살 것 같았다.

갈증을 끈 지로는 이번에는 뭐 먹을 게 없나 주변을 둘러보았다. 한쪽 구석에 가지런히 놓아둔 밥통이 눈에 띄었다. 지로는 까치발로 다가가 살며시 뚜껑을 열었다. 하얀 쌀밥이 소복하게 담겨 있었다. 숟가락이고 뭐고 대뜸 손으로 밥을 막 움켜쥐는데 뒤에서 사람 소리가 들렸다.

"거기 누구야?"

또 엄마였다. 지로는 너무 놀라서 얼른 손을 뺐다. 하지만 손가락엔 이미 밥풀이 잔뜩 묻어 있었다. 허둥지둥 밥풀을 핥으며 창문 쪽으로 달려갔다. 하지만 도망치기엔 너무 늦었다. 창문에 발을 막 걸치기도 전에 오타미에게 목덜미를 붙잡혔다.

"넌 정말……."

오타미가 울음 섞인 목소리로 중얼거렸다. 그러고는 더 이상 아무 말도 하지 않은 채 지로를 밥상 앞에 앉혔다. 지로는 오타미의 눈치를 힐끔거리며 손가락에 잔뜩 묻은 밥풀을 하나씩 떼어 먹었다.

잔소리

지로는 무릎을 꿇은 채 오타미의 길고 긴 설교를 들어야
했다.

"넌 바로 이 방에서 태어났어."

지로는 엄마가 왜 자기만 보면 할 말이 그렇게 많아지는
지 도무지 알 수가 없었다. 오타미는 지난밤 지로에게 했던
얘기를 토씨 하나 안 바꾸고 앵무새처럼 되풀이하는 것이었
다.

"우리가 아무리 시골에 살아도 몇백 년간 이어져 내려온
훌륭한 가문이라는 걸 명심해야 돼."

이미 여러 번 들었던 얘기였다. 하지만 '훌륭한 가문'이라
는 말을 귀에 딱지가 앉게 듣긴 했어도 그게 뭔지 몰랐고,
어디다 써야 하는지 알고 싶지도 않았다.

"몇백 년씩이나 이어져 내려온 훌륭한 가문에서 태어난
네가 하는 짓마다 한심한 짓만 골라 하다니, 대체 넌 누굴
닮은 건지 엄만 정말 이해가 안 돼. 밥 먹으라고 부를 땐 대
숲에서 잠이나 자더니 도둑고양이처럼 몰래 밥이나 훔쳐 먹
고, 그것도 씻지도 않은 더러운 손으로. 엄마가 뭘 어떡해야
되겠니."

그 순간 지로는 미처 떼 내지 못한 채 손가락에 덕지덕지
붙어 있는 밥풀이 몹시 창피하게 느껴졌다.

"엄마가 널 어떻게 생각하는지 네가 조금만이라도 알고 있다면…….."

오타미의 목소리가 조금 부드러워졌다.

"네가 태어난 날은 음력 8월 15일이었어. 보름달이 막 떠오르자마자 태어난 거야. 엄마랑 아빠는 네가 교이치 형이나 슌조보다 훨씬 훌륭한 사람이 될 거라고 믿었는데, 지금 널 보면 정말이지…….."

지로는 자기가 음력 보름날 밤에 달과 함께 태어났다는 이야기를 오하마로부터 여러 차례 들었기 때문에 잘 알고 있었다. 오하마가 그 이야기를 해 줄 때면 진짜 훌륭한 사람이라도 된 듯 뿌듯한 기분이 들고 우쭐했었다. 하지만 지금 엄마가 말하는 아이는 자기가 아닌 것 같았다. 지로는 엄마가 대체 누구 얘길 하고 있는 건지 모르겠다고 생각했다.

'왜 난 오하마 엄마 집에서 태어나지 못한 걸까? 혼다가에서 보름날 밤에 태어나는 것보다는 오하마 엄마 집에서 아무 때나 태어나는 게 훨씬 좋은데.'

지로는 좁고 누추했지만, 세상에서 가장 즐겁고 편안했던 소사실이 몹시도 그리웠다.

"다시는 이런 짓 안 하고 엄마가 시키는 대로 하겠다고 약속해. 그러면 언제든 다시 오하마 아줌마를 만날 수 있어. 이건 엄마가 분명히 약속해. 하지만 그 전에 네가 먼저 약속을 잘 지켜야 해. 한 번이라도 약속을 어기면 오하마 아줌마는 영원히 못 만나. 엄마 말 무슨 말인지 알아들었어?"

지로는 엄마의 말을 들으면서 아무래도 다시는 오하마 엄마를 만날 수 없겠구나, 생각했다. 무슨 수로 엄마가 시키는 걸 모두 다 할 수 있단 말인가. 더구나 엄마는 단 한 번도 자기편을 들어 주지도 않는데…….

지로의 눈에서 자기도 모르는 사이에 굵은 눈물방울이 후두둑 떨어졌다. 지로는 밥풀이 달라붙은 손으로 황급히 눈물을 닦았지만 눈물은 멈추지 않았다.

오타미는 지로가 그렇게 우는 모습이 처음이었다. 지로가 자기 말을 알아듣고 우는 줄로만 생각한 오타미는 마음이 짠해졌다. 이렇게 눈물로 반성하고 있는데 더 이상 타이르지 않아도 될 것 같았다. 오타미는 공기에 밥을 가득 퍼 담고 반찬과 젓가락도 챙겨 상을 차렸다.

"자, 그만 울고 밥 먹어. 배 많이 고팠지?"

지로는 좀처럼 울음을 그치지 못했다. 눈물이 입속으로 흘러들어 밥과 함께 섞였다. 하지만 그러면서도 지로는 밥을 네 공기나 먹어치웠다. 반찬 중에선 고등어와 채소조림이 가장 맛있었다. 연신 눈물을 닦아 내느라 고등어 잔가시를 발라낼 수가 없어서 주로 채소조림으로만 밥을 먹었다.

"지로, 고등어는 왜 안 먹어? 가시 땜에 그러니? 엄마가 발라 줄게."

지로는 갑자기 자상해진 엄마가 영 어색하고 불편했다.

엄마만 곁에 없다면 밥도 얼마든지 더 먹고 고등어는 통째로 손에 들고 마구 뜯어 먹었을 텐데.

하지만 무엇보다 지로의 마음을 불편하게 만들었던 것은 밥 먹는 내내 교이치와 슌조가 안채 툇마루에 앉아 자기가 밥 먹는 모습을 빤히 건너다보고 있다는 점이었다.

"다른 사람이 밥 먹는 걸 그렇게 쳐다보면 못 써. 저쪽으로 가서 놀아."

오타미가 지로의 눈치를 알아차리고 둘을 나무랐지만 교이치와 슌조는 지로가 밥을 다 먹을 때까지 그 자리에서 조금도 움직이지 않았다. 지로가 결국 네 공기로 만족하고 아쉽게 젓가락을 내려놓은 것은 교이치와 슌조 때문이었다. 지로가 상에서 물러나자 오타미는 마지막 다짐이라도 받으려는 듯 이렇게 말했다.

"지로, 이제부턴 아까처럼 나쁜 짓을 해선 안 돼. 그런 짓을 하면 교이치나 슌조도 너하곤 놀려고 하지 않을 거야. 또 교이치와 슌조가 너랑 사이좋게 지내자고 해도 엄마가 함께 못 놀게 할 거야."

엄마의 마지막 당부의 말은 그러나 전혀 효과가 없었다. 지로는 그 말을 듣고는 속으로 코웃음을 쳤던 것이다.

'누가 안 놀아 주면 겁낼 줄 아나.'

지로는 오히려 교이치와 슌조가 함께 놀자고 매달려도 절대로 같이 안 놀겠다고 굳게 다짐까지 했다. 그렇게 결의가 불타오르자 마음이 차분해지면서 자기도 모르게 눈물이 그치는 게 아닌가.

지로는 오타미가 하는 말을 건성으로 흘려들으면서 인상을 잔뜩 찌푸리고 교이치와 슌조를 노려보았다. 만약 오타미가 지로의 그 눈빛을 보았다면 지로가 무슨 생각을 하는지, 자기의 당부가 얼마나 부질없는 것인지 금방 눈치챘을 텐데 다행인지 불행인지 그런 일은 일어나지 않았다.

'어디 한번 걸리기만 해 봐. 절대로 가만 안 둘 거야.'

지로는 교이치와 슌조를 번갈아 쏘아보며 이를 앙다물었다.

겨우 이틀이 지났을 뿐이건만 지로는 혼다가에서 몇 달은 산 것 같은 느낌이었다. 이틀 동안 지로가 생각하기에도 너무 많은 일들이 벌어졌다. 지로는 무슨 일이 있어도 혼다가 사람들과는 한편이 되지 않겠다고 다짐했다. 오타미도 결국은 지로가 자신이 하는 말을 건성으로 들었다는 걸 알아차렸다. 그대로 놔뒀다간 지로가 어떤 아이로 자라날지 암담한 심정이었다. 오타미는 어쩐지 지로가 두렵기까지 했다. 어떻게 해야 나쁜 쪽으로만 비뚤어지려는 지로를 바로잡을 수 있을지 앞날이 막막했다.

하지만 오타미가 생각하는 것처럼 지로가 그렇게 나쁜 아이는 아니었다. 당시의 지로는 누가 보더라도 구제불능의 아이처럼 여겨졌지만, 먼 훗날 그 생각이 잘못되었다는 것을 지로는 스스로 증명해 냈으니까. 따라서 누구든 지로를 통해 한 가지 사실은 깨달아야 한다. 세상에 처음부터 나쁜 사람은 결코 없다는 점을. 아무리 못된 사람일지라도 우리가 그를 착하다고 믿어 주는 순간, 그는 정말로 착한 사람이 된다. 오타미와 오하마의 차이점이 바로 그것이었다. 오하마는 지로가 세상에서 가장 착한 아이라고 굳게 믿었다. 그러자 실제로도 지로는 세상에서 가장 착한 아이가 되었다. 하지만 오타미는 지로가 나쁜 아이라고 생각했다. 그리고 지로는 정말 나쁜 아이가 되어 버렸다.

아빠

해 질 녘 정원에서

지로가 혼다가로 온 후 첫 번째 맞이하는 토요일이었다.

"오늘은 아빠가 오시는 날이니까 다들 정원에 물을 주도록 해."

저녁 식사가 끝나자 오타미가 교이치, 순조, 지로에게 말했다. 천만 뜻밖에도 누구보다 앞장서서 커다란 통에 우물물을 잔뜩 담아 나른 아이는 지로였다.

양동이에 물을 담으면서 지로는 어떤 식으로 아빠를 맞이해야 할지 곰곰이 생각해 보았다. 교이치와 순조가 그동안 아빠를 어떤 식으로 맞이했는지, 또 인사는 어떤 식으로 했는지도 물어보고 싶었다. 혼다가에서 유일한 자기편인 아빠의 마음에조차 들지 못하는 건 생각하기도 싫었다. 지로는 누구보다 먼저 아빠를 마중 나가 가장 그럴듯하게 인사를 하고 아빠에게서 다정한 말을 듣고 싶었다.

물 주기도 다 끝내고 안채 부엌방에서 세 꼬마가 앉아 쉬고 있을 때 마침내 슌스케가 자전거를 밀며 대문을 들어섰다.

"얘들아, 아빠 오셨다."

오타미가 소리쳤다. 그 말을 들은 순간, 지로는 왠지 몸이 굳어지는 기분이었다. 마음은 부리나케 달려가 제일 먼저 인사를 하고 싶었지만 그런 마음은 간데없고 오히려 어디로 숨어 버리고 싶은 심정이었다. 그사이 슌조와 교이치는 차례로 정원을 가로질러 달려 나갔다. 지로는 주뼛거리며 따라가다가 엉거주춤 그 자리에 서 버렸다. 그러고는 뭔가를 잠깐 생각하는 눈치더니 슬그머니 돌아서서 석가산 쪽으로 달려가 버렸다. 그러고는 석가산 뒤편에 몸을 숨긴 채 집 안을 살펴보는 것이었다.

얼마 지나지 않아 목욕을 끝낸 슌스케가 유카타(목욕 후에 집에서 입는 편안한 무명옷) 차림으로 부채질을 하면서 툇마루로 나왔다. 오타미는 술을 곁들인 밥상을 차려 툇마루로 내왔다. 슌스케는 맥주부터 한 컵 가득 따라 단숨에 들이켰다. 교이치와 슌조도 즐거운 표정으로 슌스케의 옆에 앉아 있었다.

"지로는 왜 안 보여? 어디 갔나?"

슌스케의 커다란 목소리가 지로의 귀에까지 들렸다.

"조금 전까지 함께 있었는데……, 얘가 어디 갔지?"

"그래?"

슌스케는 고개를 갸웃거리며 정원을 한 번 힐끗 바라볼 뿐 더 이상 지로에 대해 묻지 않았다. 지로는 가슴이 와르르 무너지는 심정이었다.

'믿었던 아빠마저 나를 찾지 않는다! 조금만 둘러봐도 나를 쉽게 찾을 수 있을 텐데…….'

그렇다고 이제 와서 아무렇지도 않게 아빠 앞에 나타나는 것도 쑥스럽기는 마찬가지였다. 하지만 그때 지로가 모르고 있는 게 한 가지 있었다. 아빠는 지로가 어디에 숨어서 나타나지 않는 이유를 훤히 알면서도 짐짓 모른 체하고 있다는 사실을.

어느덧 주위가 어두워지기 시작했다. 지로는 자기가 근처에 숨어 있다는 걸 어떻게 해서든 알려 주고 싶어 안달이 났다. 작은 돌을 골라 정원으로 던져 보았다. 소리가 너무 작았는지 아무도 알아차리지 못한 눈치였다. 조금 더 큰 돌을 골라 던져 보았지만 역시 마찬가지. 지로는 점점 더 안달이 났다. 툇마루에서는 오순도순 이야기 나누는 소리가 또렷이 들려오는데……. 지로는 좀 더 용기를 내어 석가산 뒤편에서 천천히 걸어 나와 툇마루에서 눈에 잘 띄는 곳을 골라 나무에 기댄 채 먼산바라기를 했다. 한참을 그러고 있었지만 역시 아무도 알아보지 못했다. 마침내 지로는 일부러 발을 질질 끌어 소리를 내며 정원수 사이를 오락가락했다.

그때서야 오타미의 목소리가 들렸다.

"어머, 지로가 저기 있었네요. 지로, 당장 이리 못 와? 아빠 오셨는데 거기서 뭘 하는 거야?"

지로는 오타미의 말에 뒤돌아보지도 않았다. 아빠 앞에서 또 대뜸 자신을 꾸짖기부터 하다니.

"야, 빨리 와. 너 아빠 안 보여?"

교이치도 덩달아 소리쳤다. 이에 질세라 슌조도 교이치를 흉내 내며 지로를 불렀다. 지로는 아무 소리도 안 들린다는 듯 툇마루를 향해 등을 돌린 채 정원수에 기대고 서 있었다. 하지만 지로의 온 신경은 활시위처럼 팽팽하게 아빠를 향해 뻗어 있었다.

"봐요, 쟤는 늘 저런 식이에요. 어떻게 해야 할지 모르겠어요."

오타미의 말에 슌스케가 지로도 들으라는 듯이 큰 소리로 대답했다.

"괜찮아, 괜찮아. 오랜만에 아빠를 보니까 쑥스러워서 그러는 거야."

"쑥스러워서 그러는 거라면 걱정도 않겠어요. 저 아인 당신 생각처럼 그렇게 온순한 아이가 아녜요."

"허, 참. 당신이 자꾸 그렇게 생각하니까 아이가 더 반항하는 거야. 지로는 아직 여기가 낯설다고. 어디 하루아침에 적응이 되나. 교이치나 슌조와는 달라. 좀 더 기다려 줘야지."

"저도 알아요. 하지만 얘는 너무 심한 것 같아요. 오하마가 아이 버릇을 잘못 들여 놓았어요."

"설마 하니 오하마가 아이한테 나쁜 짓을 하라고 가르쳤을 리는 없고……. 오하마가 그럴 사람은 아니지."

"그럼 천성적으로 타고난 성격이라는 거예요?"

"천성은 무슨! 환경이 바뀌어서 그런 거라니까. 아직 낯선 환경에 적응을 못 해서 그런 거니까 조금만 더 기다리라고."

"당신 생각엔 어떻게 했으면 좋겠어요?"

"어떡하긴 뭘 어떡해. 그냥 내버려 둬야지. 좀 놔두면 좋아질 거야."

"당신은 아직 지로에 대해 아무것도 몰라서 그러는 거예요. 당신 말처럼 내버려 뒀다간 무슨 짓을 할지……, 아 글쎄, 제 얘기 좀 들어 봐요."

오타미는 그간 지로가 저지른 일을 빼놓지 않고 늘어놓기 시작했다. 순조의 이불에 몰래 오줌을 싼 일, 창문을 넘어 들어와 맨손으로 밥통의 밥을 훔쳐 먹은 일, 순조를 후려 팬 일……. 오타미의 얘기는 지로의 귀에도 또렷이 들렸다. 지로는 얘기를 다 들은 아빠가 어떻게 나올지 조마조마한 심정이었다. 아무래도 이젠 아빠와도 잘 지내긴 글렀다는 생각이 들어 눈물이 날 것 같았다.

하지만 슌스케는 다만 "그래? 그놈 참." 하며 오타미의 말에 맞장구를 쳐 주다가 이야기가 끝나자 큰 소리로 껄껄 웃었다.

"뭐 크게 잘못한 것도 없군. 지로라면 그런 일쯤은 아무것도 아니라고. 어쨌든 재미있는 녀석이야."

오타미가 답답하다는 듯이 볼멘소리로 말했다.

"당신은 정말! 이게 재미있다고요? 이건 웃고 넘길 일이 아니에요."

그러고도 두 사람은 오랫동안 무슨 이야기인가를 주고받았다. 보아하니 오타미는 주로 화를 내고, 슌스케는 그런 게 아니라며 지로를 두둔하기에 바쁜 눈치였다.

지로는 한 마디라도 놓칠세라 두 사람의 말에 귀를 기울였다. 하지만 아까와는 달리 두 사람이 목소리를 낮추는 바람에 자세히 들을 수는 없었다. 게다가 지로가 모르는 어려운 말도 섞여 있어서 더욱 그 내용을 알 수 없었다. 지로의 관심은 자기를 좋게 말하는 건지, 나쁘게 말하는 건지, 오직 거기에만 집중되어 있었다. 하여튼 눈치로 보아 아빠는 엄마와 달리 자기를 나쁘게 생각하는 것 같지는 않았다. 불안하던 마음이 겨우 놓였다. 그리고 이제라면 아빠가 부르기만 한다면 당장이라도 달려갈 수 있을 것 같았다.

슌스케는 오타미의 하소연이 계속되자 화가 난 듯 입을 꾹 다물고 맥주만 홀짝거렸다. 오타미는 슌스케의 화난 표

정에도 아랑곳하지 않고 지로가 얼마나 다루기 힘든 아이인
지를 남편이 알 때까지 멈추지 않을 작정인 모양이었다.

어둠이 점점 짙어졌다. 지로 주위로 지긋지긋한 모기떼가
다시 모여들었다. 지로는 소리 나지 않게 모기를 쫓으면서
울적한 마음을 달래려 애썼다.

"교이치, 당장 가서 지로를 데려와. 지로가 아까부터 저러
고 서 있는데 불쌍하지도 않아? 빨리 데려와."

드디어 기다리고 기다리던 슌스케의 말이 들렸다. 지로
는 깊은 안도의 한숨을 내쉬면서도 교이치가 자기를 데리러
오는 것이 달갑지 않았다. 아빠가 직접 "지로, 이제 이리 오
렴." 하고 불러 주기만 해도 달려갈 텐데…….

"아빠가 오래."

교이치가 지로의 손을 잡아끌었다. 지로는 교이치에게 이
끌려 가는 게 뭔가 좀 마음에 들지 않았으나 지금 나가지
않으면 아빠가 실망할 것 같아 못 이기는 척 따라갔다.

달걀부침

지로가 이윽고 툇마루로 올라서자 오타미는 실눈을 뜨고
한번 흘겨보았을 뿐, 아무 말도 하지 않았다. 지로는 어디에
앉아야 될지 몰라 손가락을 빼물고 기둥 옆에 우두커니 서
있었다.

"지로, 이쪽으로 와서 앉아."

슌스케가 밥상 앞을 가리키며 말했다. 슌스케는 아들 삼 형제가 한자리에 모여 앉은 것이 몹시 흡족한 듯 애정이 듬뿍 담긴 눈빛으로 애들을 바라보았다. 뭐가 그리 좋은지 입가에는 웃음기가 가시지 않았다.

"지로, 어디 숨어 있었어? 아빠가 한참이나 기다렸잖아. 몸도 전보다 훨씬 좋아졌구나. 내일은 일요일이라 아빠도 쉬는 날이니까 함께 강으로 놀러 가자. 헤엄칠 줄 알아?"

지로는 아직 한 번도 헤엄을 쳐 본 적이 없었다. 헤엄을 못 친다고 하면 교이치나 슌조에게 또 놀림감이 될 것 같아서 입을 꾹 다물고 있자 옆에 있던 교이치가 대신 나섰다.

"나 헤엄칠 줄 알아, 아빠."

그러나 슌스케는 교이치의 말엔 아무 대꾸도 없이 다시 지로를 바라보면서 물었다.

"지로는 어때? 헤엄치는 거 싫어해? 싫으면 내일 강에 안 가도 돼. 지로는 뭐가 제일 재미있어? 뭐든 네가 좋아하는 거 할 테니 말해 봐, 뭘 하고 싶은지."

아빠의 말이 끝나자 모두의 눈길이 일제히 지로를 향했다. 혼다가에 온 후 지로는 누가 자기 얼굴을 구경거리라도 되는 양 빤히 쳐다보는 게 제일 싫었다. 하지만 이 순간만큼은 이상하게도 기분 나쁘다는 느낌이 전혀 들지 않았다. 오히려 약간 우쭐한 기분이었다. 지로는 쑥스러움을 무릅쓰고 대답했다.

"난 아직 헤엄칠 줄 모르는데."

"그럼 아빠가 가르쳐 줄게. 지로는 똑똑하니까 금방 배울 수 있어."

슌스케가 지로의 기분을 맞춰 주듯 말했다. 오타미는 말 없이 지로의 표정을 유심히 관찰했다. 지로는 자기를 바라보는 엄마의 눈초리가 계속 신경 쓰였다. 하지만 이 말만은 아빠에게 꼭 해야 할 것 같았다.

"나도 갈 거야. 가서 헤엄칠 거야."

"좋아, 그럼 아빠랑 같이 가는 거다. 아침 일찍 가자고. 교이치랑 슌조도 일찍 일어나."

슌스케는 기분 좋게 맥주잔을 비운 후 밥을 먹기 시작했다. 지로는 마치 자기의 말 한 마디로 모든 게 결정된 것 같아 으쓱한 기분이었다. 참으로 오랜만에 소사실에서 지낼 때처럼 마음이 편안해졌다. 지로는 밥을 먹는 아빠의 모습을 한번 훔쳐보곤 고개를 숙이고 소리 없이 웃었다. 아빠가 좋고 마음이 든든해서 절로 웃음이 나는 것이었다. 슌스케가 밥을 다 먹을 동안 지로는 몇 번이고 그러기를 반복했다.

식사를 마친 슌스케가 정원으로 내려섰다. 정원에 놓인 평상에서 쉴 모양이었다.

"평상에 깔 돗자리 좀 내 주구려."

오타미가 돗자리를 가지러 안으로 들어가자 교이치와 슌

조도 오타미의 뒤를 따라갔다. 툇마루엔 지로만 남았다. 그때 문득 지로의 눈에 띈 것이 있었다. 아빠가 먹다 남긴 달걀부침이었다.

지로에게 달걀부침만큼 맛있는 음식은 세상에 달리 없었다. 오하마와 함께 살 때는 그 맛있는 달걀부침을 정월이라든가, 마을 축제날, 아니면 생일 같은 특별한 날에만 먹을 수 있었다. 그런데 혼다가에선 할머니가 달걀부침을 만들어 교이치와 슌조에게 간식으로 내주는 것을 지로는 여러 번 본 터였다. 할머니가 똑같은 손자인 지로를 그렇게 차별하는 것은 참으로 이해하기 어려운 처사였지만, 나이 어린 지로로선 거기까지 생각이 미치지는 않았다. 몹시 서운하긴 했지만 당연한 것처럼 받아들였다. 그래서 입가에 달걀노른자를 묻히고 별채에서 나오는 교이치나 슌조를 볼 때면 한없이 부러운 심정을 애써 감추고 일부러 태연하게 웃으며 눈길을 돌리곤 했다.

그렇게 맛있는 달걀부침이 지로의 눈앞에 있었다. 손을 조금만 뻗으면 집을 수 있는 거리였다. 지로는 저도 모르게 주위를 둘러보았다. 안채에선 아직 아무런 기척이 없다. 아빠는 정원에 서서 하늘만 쳐다보고 있다. 아무도 보는 사람이 없다! 그 순간, 그러자고 마음먹은 것도 아닌데 절로 오른손이 앞으로 나갔다. 손가락이 달걀부침을 집어 올리는 순간, 역시 그러자고 마음먹은 것도 아닌데 기다렸다는 듯

입이 '쩍' 하고 벌어졌다. 눈 깜짝할 사이에 지로의 마음과는 상관없이 벌어진 일이었다.

고소한 달걀부침의 맛이 입안에 가득 차자 그때서야 지로는 엄마가 그렇게 당부했는데도 또 손으로 몰래 음식을 훔쳐 먹고 있다는 사실이 실감되었다. 하지만 입안에 든 것을 뱉어내기에는 달걀부침의 맛이 너무나 황홀했다.

그때 뜰을 서성이던 슌스케가 큰 소리로 지로를 불렀다.

"지로, 별똥별이다! 빨리 내려와 봐."

지로는 어찌나 놀랬던지 하마터면 달걀부침을 뱉을 뻔했다. 황급히 손으로 입을 가리고 아빠를 보았을 때, 그는 여전히 하늘을 향해 고개를 젖히고 밤하늘과 별자리에 정신이 팔려 있었다. 지로를 보고 있지 않았던 게 분명했다.

지로는 몸을 한껏 숙이고 나막신을 찾는 시늉을 하면서 가까스로 달걀부침을 삼킬 수 있었다. 뜰로 내려선 지로는 시치미를 뚝 떼고 아빠 곁에 서서 하늘을 올려다보았다. 별똥별은 사라지고 없었다. 대신 수많은 별들이 저마다의 자리를 지키며 혹은 밝게, 혹은 흐릿하게 제각각 빛나고 있다.

오타미는 돗자리를 가져다 놓고 밥상을 치우려다가 뭔가 이상한 느낌을 받고 고개를 갸우뚱거렸다. 아까 분명 달걀부침 남은 것을 본 것 같은데 접시는 비어 있었으니. 그때 지로는 혹시라도 달걀부침 훔쳐 먹은 게 들키지나 않을까 불안한 눈길로 오타미를 쳐다보던 참이었다. 지로에겐 별똥별보다 그 사실이 더 중요했다. 만일 달걀부침 남은 것을 엄마가 알고 있었다면…….

"이상하네."

오타미가 중얼거렸다. 순간 짚이는 게 있는지 오타미는 지로를 향해 눈길을 돌렸다. 황급히 고개를 돌리는 지로. 오타미는 동작을 멈추었다. 그러고는 감정을 드러내지 않은 채 슌스케에게 물었다.

"여보, 아까 달걀부침 당신이 다 드셨어요?"

"글쎄, 남겼던 것 같은데."

"정말 남겼어요?"

"그건 왜?"

"혹시 지로에게 먹으라고 한 것 아니에요?"

"아냐, 그런 말 안 했어."

"이상하네요."

오타미는 또 혼잣말처럼 중얼거리면서 지로의 뒷모습을 바라보았다. 슌스케도 지로를 한 번 흘끔 쳐다보았다.

"그까짓 달걀부침 아무려면 어때서 그래?"

"아무려면 어떻다니요? 그게……, 그런 게 아니에요."

오타미는 화를 억누르느라 목소리까지 조금 떨려 나왔다. 정원으로 내려선 오타미가 곧장 지로에게 다가가더니 지로의 어깨를 잡고 숨을 헐떡이며 말했다.

"너, 엄마가 그렇게 이야기했는데 또……. 며칠 전에 혼난 거 벌써 다 잊었어? 넌 대체 어떻게 생겨먹은 애야!"

사실 지로는 오타미가 부드럽게 물어보았다면 아빠도 옆에 있고 해서 사실대로 털어놓을 작정이었다. 그러나 아빠 말처럼 그까짓 달걀부침 때문에 화를 내는 모습을 보고 있자니 자기도 모르게 눈에 힘을 주며 오타미의 얼굴을 똑바로 노려보게 되는 것이었다.

"어머, 얘 좀 봐. 당신도 얘 눈 한번 봐요. 저 눈을 보고도 내버려 두라고 말할 수 있어요?"

오타미는 입술을 바르르 떨며 지로와 슌스케를 차례로 쳐다보았다. 슌스케는 난처한 기색으로 서둘러 말했다.

"알았으니까 당신도 이제 그만해. 먹을 수도 있는 거지, 왜 그렇게 야단이야. 내가 알아서 할 테니까 당신은 신경 쓰지 마. 지로, 아빠랑 목욕이나 하자."

슌스케는 자리를 피하듯이 지로의 손을 잡고 욕실로 데려갔다. 욕실 문을 닫은 슌스케는 지로의 옷을 벗기고 비누를 듬뿍 칠한 수건으로 지로의 몸을 구석구석 문질러 주었다. 지로는 아빠가 언제 자기를 혼낼까, 초조하게 기다렸지만 슌스케는 끝내 아무 말이 없었다. 지로는 슌스케한테 몸을 내맡긴 채 가만히 있었다. 그러다가 조용히 흐느끼기 시작했다. 슌스케는 지로를 씻기던 손길을 멈추고 머리를 쓰다듬으며 말했다.

"울고 싶니? 울고 싶을 땐 울어야 돼. 여긴 아빠밖에 없으니까 실컷 울어. 하지만 앞으론 울고 싶어지는 짓을 해선 안돼."

순스케는 잠깐 말을 멈추었다가 다시 말했다.

"다음부터는 아무리 먹고 싶어도 남들 몰래 먹으면 안돼. 대신 모두 보는 앞에서 실컷 먹으라고. 먹고 싶은 게 있으면 해 줄 때까지 졸라. 알겠지? 몰래 먹는 것보다 차라리누가 해 줄 때까지 떼를 쓰는 게 훨씬 착한 짓이니까."

지로의 흐느낌은 계속되었다. 순스케는 묵묵히 따뜻한 물을 끼얹어 천천히 지로의 몸을 씻겼다.

그날 밤 지로는 아빠와 함께 잤는데, 오줌도 싸지 않았고, 모기에게 뜯기지도 않았다. 혼다가에서 지낸 지도 이미 여러 날이었지만 그날처럼 마음 편하게, 불안과 서운함, 화 없이 잠든 날은 처음이었다.

수영 연습

이튿날 아침 지로와 교이치는 순스케와 함께 강으로 물놀이를 갔다. 마침 물살이 약할 때였고 부드러운 모래밭이 맑게 갠 하늘 아래 널찍이 펼쳐져 있었다.

세 사람은 개개비가 시끄럽게 울고 있는 갈대숲 근처에 자리를 잡았다. 그리고 고동 따위를 줍거나, 모래를 파면서 놀았다. 지로는 자기 몸이 들어갈 만큼 커다란 구덩이를 판 후 그 속에 큰 대자로 드러누웠다. 모래밭까지 스며든 물이 차갑게 등을 적셨다. 뭐라고 딱히 표현할 수 없는 상쾌함이 온몸을 부드럽게 어루만졌다. 반짝반짝 빛이 나는 날개로 가볍게 공중에 떠 있는 잠자리도 신기했다. 지로는 나오키치의 귀를 찢었던 것도, 하루 종일 쫓아다니면서 잔소리만 늘어놓는 엄마에 대해서도, 순조의 이불에 오줌을 싼 일도, 달걀부침을 훔쳐 먹은 일도 모두 잊고 소사실에서 그랬던 것처럼 느긋한 기분이 되어 푸른 하늘을 맘껏 바라보았다.

"자, 이제 슬슬 수영하는 걸 배워 볼까?"

모래밭에 앉아 있던 슌스케가 말했다. 그러고는 스모 선수가 한 발씩 차례로 높이 들었다가 힘껏 땅바닥을 찧는 모습을 흉내 내며 말했다.

"교이치는 헤엄칠 줄 안다고 했지? 얼마나 잘하는지 한번 볼까."

"조금밖에 할 줄 모른다니까."

"조금이라도 할 줄 아는 게 어디야. 아빠가 보고 있을 테니까 한번 해 봐."

교이치가 조심조심 물속으로 들어갔다. 물이 가슴 언저리에 닿자 등을 돌려 맞은편 둔덕을 향해 허겁지겁 팔과 다리를 휘두르기 시작했다. 불과 삼 미터에 불과했지만, 지로의 눈엔 교이치가 대단해 보였다.

"좋아, 아주 잘했어. 그 정도면 충분해. 이번엔 지로 차례다."

지로는 아빠의 얼굴과 강물을 번갈아 보며 멈칫거렸다.

"괜찮아. 아빠가 옆에 있어 줄게."

슌스케는 지로의 손을 잡고 물속으로 데려갔다. 교이치가 헤엄친 곳까지 지로를 데려간 슌스케는 양손으로 지로의 배를 받쳐 주며 조금씩 더 깊은 곳으로 걸어갔다. 지로는 심장이 터질 것처럼 조마조마했다. 재미있기도 하고, 무섭기도 했다.

"발을 개구리처럼 움직여 봐. 손만 움직이면 안 돼. 그렇지, 그렇게 하는 거야. 아냐, 아냐, 머리를 쳐들면 안 돼. 물 좀 마셔도 죽진 않는다고."

지로는 쉴 새 없이 손발을 움직였다. 지로가 물장구를 칠 때마다 슌스케의 머리와 얼굴에 물보라가 흠뻑 튀었다. 지로의 몸이 조금씩 앞으로 나아갔다. 지로는 물을 꽤 먹긴 했지만, 너무 재미있었다. 이 미터쯤 더 나아갔을 때 지로의 배를 받쳐 주던 슌스케가 별안간 양손을 빼 버렸다. 배 밑이 허전해진 지로는 당황한 나머지 고개를 들었다. 바로 그때 입과 콧속으로 물이 왈칵 밀려들었다. 머리끝까지 물이 차오르는 느낌과 함께 콧속이 시큰거렸다. 지로는 필사적으로 팔과 다리를 허우적거렸다. 시간이 엄청 길게 느껴졌다. 한참을 허우적거리자 강바닥에 발이 닿았다.

"하하하! 어때 재미있지?"

슌스케가 바로 뒤에서 큰 소리로 한참을 웃어 댔다. 그리 깊지도 않은 곳에서 죽을 둥 살 둥 허우적거린 게 좀 창피했지만, 아빠의 웃음소리를 듣자 지로도 피식 웃음이 나왔다. 지로는 물을 뱉어 내고 코를 풀었다.

"가라앉을 때는 입을 벌리거나 얼굴을 들었다간 큰일 나. 그땐 숨을 쉬면 안 되는 거야. 얼굴을 물에 완전히 담그고 헤엄쳐야 한다고. 아빠가 하는 거 잘 봐."

슌스케는 물속으로 잠수했다. 뚱뚱한 몸이 개구리처럼 강물 위를 둥둥 떠다녔다. 이십 초도 넘게 헤엄을 치다가 얼굴을 물 밖으로 내밀었다.

"어때? 얼굴을 물속에 담그니까 저절로 몸이 뜨지? 사람은 누구나 물에 뜬다고. 뜨는 것만 배우면 수영은 다 배운 거나 마찬가지야. 얼굴을 들지 않는 게 중요해. 다시 해 볼까?"

지로는 용기를 내어 말했다.

"이번엔 나 혼자 해 볼래."

아직은 겁이 나서 좀 더 얕은 곳으로 옮긴 지로는 머리를 연신 물속에 집어넣었다. 차츰 물속에서 버티는 시간이 길어졌다. 삼 초가 오 초가 되고 다시 좀 더 길어지더니 십 초 정도는 거뜬하게 숨을 참아 낼 수 있게 되었다. 지로는 자신감이 생겼다는 듯 아빠를 돌아보며 말했다.

"아빠, 나 헤엄치는 거 잘 봐."

지로는 물이 가슴에 닿을 정도의 깊이로 천천히 걸어갔
다. 그러곤 얼굴을 물속에 처박고 팔다리를 버둥거리며 몸
을 띄우는 연습을 했다. 여전히 허우적거리는 수준에 지나
지 않았지만 그래도 제법 잠깐씩이나마 몸이 뜨게 되었다.
지로는 빠르게 수영을 몸에 익히고 있었다.

순스케는 모래밭에서 얼굴에 웃음을 가득 띠고 지로가 물
장구를 치는 모습을 바라보았다. 한 번씩 손발을 어떻게 움
직여야 하는지 큰 소리로 일러 주기도 했다.

지로는 거의 한 시간 동안 혼자 헤엄치는 연습을 했는데,
얼굴을 내놓고 헤엄칠 정도는 아니었으나 그래도 자맥질을
한번 하면 단숨에 이삼 미터 정도는 나갈 수 있었다. 놀라운
발전이었다.

순스케는 지로의 끈질긴 성격에 내심 감탄했다. 등이 발
갛게 익는 것도 모른 채 열심히 헤엄을 치는 지로를 대견한
듯 바라보았다. 이윽고 순스케는 지로를 물 밖으로 불러냈
다.

"그 정도면 됐어. 너무 오래 물속에 있어도 안 좋아. 오늘
은 그만하자. 다음엔 교이치보다 더 잘하겠는데."

지로는 좀 더 헤엄치며 놀고 싶었지만 아빠가 교이치를
데리고 제방 쪽으로 걸어가 버리자 하는 수 없이 서둘러 뒤
쫓아 갔다.

셋이 집에 돌아왔을 땐 점심 준비가 다 되어 있었다. 늘 별채에서 따로 드시던 할아버지와 할머니도 안채로 건너와 계셨다. 모처럼 온 가족이 한데 모여 식사를 하기로 한 모양이었다. 거기다 오이토 할머니와 나오키치까지 합쳐 모두 아홉 명이나 되는 대식구가 바람이 잘 통하는 안채에 모여 즐겁게 점심을 먹었다. 이렇게 온 식구가 다 함께 식사를 한 것은 지로가 혼다가에 온 이후 처음 있는 일이었다.

할아버지와 슌스케는 식사 전에 반주를 조금씩 했다. 할아버지께 술을 따르던 슌스케는 지로가 오늘 얼마나 끈질기게 수영을 배웠는지, 또 실력이 얼마나 늘었는지를 큰 소리로 늘어놓았다.

"지로 저 녀석, 정말 끈질겼어요. 앞으로 무슨 일을 하든 틀림없이 성공할 겁니다."

그러자 할아버지도 고개를 끄덕이며 맞장구를 쳤다.

"그렇고말고."

하지만 지로는 할아버지가 자기를 제대로 쳐다보지도 않고 건성으로 대답하는 것 같아 어쩐지 미덥지 않았다. 듣고만 있던 오타미가 할아버지의 말끝에 한마디 냉큼 덧붙였다.

"착한 일을 하려고 그렇게 끈질겼다면 얼마나 좋겠어요."

그러자 이번에는 할머니까지 거들고 나섰다.

"암, 그렇지."

지로의 날아갈 것 같던 기분이 순식간에 엉망이 되고 말았다. 밥을 먹고 싶은 생각이 싹 사라질 정도였다. 만일 슌스케가 자리에 없었더라면 지로는 젓가락을 내려놓고 밖으로 뛰쳐나갔을지도 모른다.

저녁때가 되자 슌스케는 시내로 돌아갈 준비를 서둘렀다. 지로는 괜히 마음이 안절부절못해서 집 안을 서성거리다가 무슨 생각이 떠올랐는지 혼자 살그머니 대문을 빠져나갔다. 지로는 집에서 한참 떨어진 신사로 달려갔다. 기둥 문에 도착한 지로는 숨을 헐떡이며 쪼그리고 앉았다. 지로는 거기서 아빠를 기다릴 작정이었다.

이윽고 막 해가 지기 시작하는 어스름 속에서 슌스케가 자전거를 타고 신사 쪽으로 다가오는 게 보였다. 지로는 두 손을 번쩍 치켜들고 길 한가운데로 나가 섰다. 아빠를 부르는 지로의 카랑카랑한 목소리가 신사 주변에 울려 퍼졌다.

"아니, 이 녀석, 어딜 갔나 했더니 여기 있었구나."

슌스케는 자전거를 세우며 짐짓 나무라듯 말했다. 하지만 목소리는 한없이 다정했다. 슌스케는 지로의 머리를 가볍게 쓰다듬었다.

"앞으로 여섯 밤만 자면 아빠가 또 올 거야. 아빠가 오기 전에 혼자 강에 가면 안 돼. 아빠가 데려갈 테니까."

지로는 잠자코 고개만 끄덕였다. 슌스케는 할 말이 많은 표정으로 지로를 그윽이 내려다보더니 보일락 말락 고개를 끄덕이고는 짧게 말했다.

"곧 어두워진다. 집으로 곧장 가야 해."

순스케는 지로의 머리를 몇 번이고 쓰다듬곤 다시 자전거에 올랐다. 지로는 오랫동안 아빠의 뒷모습을 지켜보았다. 순스케도 몇 번이나 자전거를 멈추고 뒤를 돌아보며 손을 흔들었다. 지로도 아빠의 모습이 완전히 보이지 않게 될 때까지 붙박인 듯이 그 자리에 서서 손을 흔들었다. 지로는 속으로 생각했다.

'이젠 아빠가 돌아오실 때마다 여기서 기다릴 테야. 그래서 제일 먼저 아빠를 마중할 거야.'

지로는 그 누구도 알지 못하는 보물을 자기 혼자 간직하게 된 것 같아 마음이 든든해졌다. 지로는 씩씩한 얼굴로 집까지 한달음에 달려갔다. 오타미가 어디 갔다가 이제 오느냐며 꼬치꼬치 캐물었지만 동구 밖 신사의 기둥 문 앞에서 아빠를 배웅하고 왔다고는 끝내 말하지 않았다.

교과서 행방불명 사건

질투

여름이 지나갔다. 지로가 혼다가에서 지낸 지도 어느덧
한 달이 넘었다.

시간이 갈수록 지로도 혼다가에서의 생활에 차차 익숙해
졌다. 이유를 알 수 없는 불안감도 사라지고, 마음도 차분하
게 가라앉았다. 그렇다고 해서 지로가 혼다가를 좋아하게
되었다는 뜻은 아니다. 지로는 여전히 집이 불편했다. 다만
처음 왔을 때처럼 별것도 아닌 일에 슬퍼지거나, 분노가 치
밀거나, 제멋대로 엉뚱한 짓을 저지르지 않게 되었을 뿐이
다.

아니, 좀 더 사실에 가깝게 이야기하자면 지로는 혼다가
에서의 생활에 익숙해질수록 못된 장난만 늘어 갔다고 말하
는 편이 옳겠다. 하루 종일 어떻게 해야 엄마나 할머니에게
들키지 않고 마음껏 장난칠 수 있을까 하는 생각으로 가득

차 있었다고 해야 할까. 다만 그런 지로의 모습이 다른 사람의 눈에는 예전보다 훨씬 침착해지고, 착해진 것처럼 보였을 뿐이었다.

혼다가에서 지낸 이후로 지로에겐 없던 버릇이 한 가지 생겼다. 그것은 가족들이 어디서 무엇을 하고 있고, 또 무슨 이야기를 하고 있는지 늘 신경 쓰는 일이었다. 그 탓이었을까. 지로는 엄마나 할머니가 무엇을 좋아하는지, 또 어떤 말을 할 때 기뻐하는지를 민감하게 알아차리게 되었다. 그렇게 지로는 다른 사람들 앞에서는 예전과 달리 착해진 것처럼 행동하고, 말도 조심스럽게 했다. 혼다가 사람들은 지로의 이런 변화에 모두들 기뻐하고 안도했다. 그러나 지로는 다른 한편으론 가족들 몰래 하루 종일 못된 장난을 치고, 아무렇지도 않게 거짓말을 되풀이했다. 또 가족들에게 자신이 저지른 장난이나, 거짓말을 들키지 않기 위해서 더욱 계획적이고 더 치밀해졌다. 그리고 다른 사람들이 자기가 한 짓인 줄 모르고 엉뚱한 사람을 의심하거나 곤란해하는 모습을 보면서 속으로 즐거워했다. 게다가 우쭐해지는 기분까지 느끼는 것이었다.

하지만 그럴수록 더욱 예민해지고, 불안감은 점점 더 커져 간다는 사실을 지로 자신은 미처 깨닫지 못했다. 예민함과 불안감을 재미로 착각하고 있었다고나 할까. 이처럼 지로는 못된 장난에만 골몰한 나머지 아름답고 순수한 마음을 잃고, 나이에 어울리지 않는 끔찍한 짓도 쉽사리 저지르는 나쁜 아이로 변해 가는 것 같았다.

지로는 곧잘 새로 싹이 돋기 시작하는 꽃을 발로 뭉개 버리기 일쑤였고, 오타미가 정성껏 가꾼 화초를 뿌리째 뽑아 버리곤 했다. 식구들이 소중하게 여기는 무엇인가를 괴롭히는 일에 단단히 맛이 들린 것이었다. 또 가끔은 몰래 닭장에 들어가 달걀을 깨뜨리는 적도 있었는데 그 까닭은 할머니가 교이치와 슌조에게만 달걀부침을 만들어 주는 게 싫었기 때문이었다. 하지만 지로는 교활하게도 달걀을 전부 다 깨뜨리진 않았다. 그랬다가는 자기의 짓이라는 게 들통 날 수도 있었기 때문이었다.

못된 장난은 어느덧 지로에겐 익숙한 일이 되고 말았다. 급기야는 아무런 이유 없이 살아 있는 생명들을 괴롭혀야만 즐거움을 느끼는 지경에까지 이르렀다. 못생긴 두꺼비의 주둥이에 나뭇가지를 꽂거나, 고양이 새끼를 뒷마당으로 데려가 힘껏 하늘로 내던지거나, 새총으로 수탉의 벼슬을 쏘아 맞히는 등 갖은 악동 짓을 저지르는 것이 하루 일과처럼 익숙해졌다.

9월, 개학이 되자 교이치가 다시 학교에 다니기 시작했다. 지로는 학교에 다니는 교이치가 정말이지 너무나 부러웠다. 매일 아침 가방을 메고 엄마의 배웅을 받으며 집을 나서는 교이치를 바라보노라면 지로의 마음엔 오하마 엄마의 얼굴이 떠오르는 것이었다.

'교이치 형은 매일 학교에서 오하마 엄마를 만날 거야. 오
하마 엄마는 교이치 형에게 다정하게 이야기도 많이 해 주
고 점심시간이 되면 맛있는 음식을 만들어 줄지도 몰라.'

그런 생각을 하면 할수록 교이치가 얄미워졌다. 당장이라
도 쫓아가서 막 패주고 싶고, 무슨 짓을 해서라도 교이치가
학교에 다니는 걸 훼방 놓고 싶은 생각이 머릿속에서 떠나
질 않았다.

그러던 어느 날 밤, 지로는 나란히 누워 있는 교이치의 머
리맡을 힐끗 쳐다보았다. 교이치는 잠들기 전에 미리 가방
을 챙겨 머리맡에 두고 자는 버릇이 있었는데, 며칠 전부터
그 가방이 지로의 신경을 계속 건드렸다. 지로는 살며시 고
개를 들고 교이치를 바라보았다.

"교이치 형."

지로가 작은 목소리로 형을 불렀다. 하지만 교이치는 깊
이 잠들었는지 아무 대답이 없었다. 교이치가 잠든 걸 확인
한 지로는 옆방의 동정을 살피면서 천천히 손을 뻗어 교이
치의 가방을 자기 이불 속으로 끌어당겼다. 재빨리 가방을
연 지로는 교과서와 공책 몇 권을 꺼내 이불 밑에 숨긴 다
음 다시 교이치의 잠든 얼굴을 살피면서 가방을 원래 있던
자리에 살그머니 가져다 놓았다. 그러고는 이불을 뒤집어쓰
고 깊게 잠든 것처럼 살짝 코 고는 소리를 냈다.

이튿날 새벽, 일찌감치 지로의 눈이 떠졌다. 화장실에 가기 위해 몸을 반쯤 일으키던 지로는 생각났다는 듯 이불 밑에서 교이치의 교과서와 공책을 끄집어내 잠옷 속에 숨겼다.

교이치의 책과 공책을 감추고 화장실로 간 지로는 거기서 무슨 짓을 한 것일까. 지로 외에는 아무도 모르는 일이었다. 다만 다시 자리로 돌아온 지로의 표정은 무슨 대단한 모험이라도 끝낸 것처럼 열기에 들떠 있었다.

이윽고 날이 완전히 밝았다. 여느 때처럼 혼다가의 부산한 아침이 시작되었다. 이부자리를 정리하고 아침 식사를 하기 위해 상에 둘러앉았을 때 지로는 불안 가득한 눈길로 식구들을 훔쳐보느라 밥을 제대로 먹지 못했다. 허둥지둥 식사를 끝낸 지로는 나오키치를 따라 광으로 가서 장작 패는 것을 멍하니 구경했다.

몇 분이나 지났을까. 안채에서 드디어 교이치의 울음소리가 들렸다. 이어서 오타미와 오이토 할멈의 목소리도 들렸다. 지로는 긴장한 얼굴로 안채 쪽에서 들려오는 말에 귀를 기울여 보았지만 안채에서 꽤 떨어진 광에서는 그 내용까지 알 수는 없었다. 다만 엄마의 음성 가운데 자주 '지로'란 말이 섞여 있다는 것만은 분명히 알 수 있었다.

"지로, 왜 그래? 무슨 일 있었어?"

장작을 패던 나오키치가 도끼를 내려놓고 물었다.

"나도 몰라."

지로는 어깨를 으쓱거리며 손등으로 코를 쓱 문질렀다. 그리고 별안간 어지럽게 흩어진 장작을 주워 부지런히 한쪽 구석에 쌓기 시작했다.

"지로가 도와주려고? 참 별일이네. 어쨌든 고마워."

나오키치가 웃으면서 말했다. 그때 오이토 할멈이 허겁지겁 광으로 달려왔다.

"교이치 도련님 책이 없어졌다는데, 지로 도련님은 혹시 몰라요?"

"몰라."

지로는 장작을 쌓느라 아주 바쁘다는 시늉을 하며 대답했다.

"교이치 도련님 말로는 어젯밤 가방을 머리맡에 두고 잤다는데."

"나도 모른다니까."

"정말 몰라요?"

"몰라!"

"그럼 엄마한테 같이 가요."

"싫어! 내가 왜 가?"

"어머니가 데려오라고 했어요. 지로 도련님이 모른다고 하면 데려오라고 시켰어요."

지로는 오이토 할멈의 말을 듣는 순간, 손에 들고 있던 장작을 툭 내던졌다. 조금 전에 잔뜩 불안해 보이던 낯빛과는 전혀 다르게 마치 억울하기라도 한 듯 오이토 할멈을 쏘아보며 매섭게 돌아섰다.

"좋아, 엄마한테 가면 될 거 아냐."

안채에선 교이치가 한쪽 구석에 서서 훌쩍훌쩍 울고 있었고, 그 옆에 오타미가 가방을 무릎 위에 올려놓은 채 도사리고 앉아 있었다. 오타미는 지로를 보자마자 버럭 고함을 질렀다.

"장난도 어지간해야 장난이라고 봐주지, 교이치의 책을 숨기면 어쩌겠다는 거야! 빨리 학교 가야 하니까 당장 가져오지 못해!"

그러나 지로는 무슨 말인지 모르겠다는 멀뚱한 표정으로 미닫이문에 등을 기댄 채 서 있었다. 오타미가 눈을 부릅뜨고 무섭게 지로의 얼굴을 쏘아보았다. 하지만 지로는 계속 시치미를 떼고. 마침내 오타미가 지로에게 달려가 옷깃을 붙잡고는 그 자리에 꿇어앉혔다.

오타미는 미친 듯이 화를 내다가, 갑자기 또 울먹이면서 지로를 달랬다. 하지만 오타미가 무슨 말을 하든 지로의 표정은 태연하기만 했다. 하는 말이라곤 "난 몰라."밖에 없었다.

별채의 할머니까지 무슨 일인가 싶어 안채로 건너왔다. 광에서 일하던 나오키치도 눈을 동그랗게 뜨고 안채 복도를 서성였다. 지로를 아무리 닦달해 본들 시간낭비라는 것을 깨달은 가족들은 각자 흩어져서 사라진 교이치의 교과서를 찾기 시작했다.

안채에 남은 사람은 교이치와 지로뿐이었다. 교이치는 여전히 훌쩍거렸고, 지로는 다다미 위에 무릎을 꿇고 앉아 꼼짝도 하지 않았다. 지로는 겉보기엔 아주 당당한 척했지만, 사실 마음속은 불안해 죽을 지경이었다. 지로는 한 번씩 교이치를 몰래 훔쳐보기도 하고 누가 화장실에 들어가 보는 건 아닌지, 복도를 돌아다니는 발자국 소리에 귀를 기울이기도 했다.

한바탕 소동 끝에도 교이치의 교과서는 발견되지 않았다. 나오키치가 툇마루 밑에까지 들어가 봤고, 오이토 할멈은 쓰레기통까지 뒤졌지만 헛수고였다. 그러는 사이에 학교에 가야 할 시간이 훌쩍 지나고 말았다. 난데없이 책이 없어지고 지각까지 하게 된 교이치는 더 크게 훌쩍거렸다. 그날 결국 교이치는 학교에 가지 않았다. 아침부터 한바탕 난리를 피운 집 안이 다시 잠잠해졌다.

도롱이벌레

웬일인지 오타미는 더 이상 지로에게 교과서의 행방을 추궁하지 않았다. 대신 지로의 얼굴을 마주치기만 하면 아무 말도 하지 않고 무섭게 노려보기만 했다. 그리고 점심을 먹은 후엔 교이치를 데리고 어디론가 외출했다. 지로는 들키지 않은 것을 천만다행으로 생각하며 아무도 모르게 교이치를 골탕 먹이고, 학교에도 가지 못하게 하는 데 성공했다는 사실에 가슴이 다 뻐근했다.

그러나 그런 기쁨은 오래가지 못했다. 엄마와 함께 시내로 나갔던 교이치가 전보다 훨씬 깨끗하고 좋아 보이는 새 교과서와 공책을 사들고 돌아왔기 때문이었다. 지로는 어리둥절해졌다. 이렇다면 자기의 위험천만한 모험에도 불구하고 교이치만 더 좋아진 게 아닌가. 교과서와 공책도 새것으로 바뀌고 학교는 아무런 문제없이 다닐 수 있게 되었으며 자연히 오하마 엄마가 해 주는 음식도 맘껏 먹을 수 있다면? 지로는 뭔가 엄청나게 손해를 본 느낌을 지울 수 없었다.

더군다나 불과 이틀 만에 지로가 저지른 짓은 모두 탄로 나고야 말았으니……. 그다음 날 저녁 무렵, 나오키치가 거름으로 쓰려고 화장실을 푸다가 똥바가지에 걸린 뭔가를 발견한 것이다. 곧이어 그게 뭔지 확인한 나오키치는 지로에게 귓불을 뜯길 때처럼 꽥꽥거리며 외쳤다.

"작은 마님! 여기 있어요! 교이치 도련님 책이 여기 있어요!"

나오키치의 다급한 목소리를 듣고 가족들 모두 툇마루로

뛰어나왔다. 지로도 엉겁결에 가족들 뒤편에 서서 나오키치
를 바라보았다. 나오키치가 똥바가지를 들어올렸다. 그 끝
에는 질척하게 퍼져 버린 교과서가 대롱대롱 걸려 있었다.

"아니, 이게 대체 어떻게 된 일이야? 학교에서 배우는 책
을 변소에 던져 버리다니!"

할머니는 실눈을 뜨고 믿을 수 없다는 표정으로 나지막이
탄식했다. 오타미 역시 새파랗게 질린 얼굴로 지로를 향해
고개를 돌렸다. 둘의 눈길은 약속이나 한 듯 마주쳐 버렸다.
소스라치게 놀란 지로가 얼른 눈을 내리 깔았다. 그와 동시
에 지로는 밖을 향해 뛰쳐나갔다. 그렇게 도망쳐 버리면 자
기가 한 짓임을 인정하게 된다는 사실도 미처 깨닫지 못했
다. 불이 뚝뚝 떨어지는 오타미의 눈길과 마주치는 순간 일
단 도망부터 치고 봐야겠다는 생각만 앞섰던 것이다.

지로는 신사의 기둥 문까지 한달음에 달려갔다. 헉헉거리
는 호흡을 가다듬으며 지로는 아빠의 얼굴을 떠올렸다. 하
지만 그 모습은 여느 때처럼 환하게 웃는 아빠가 아니었다.

'아빠도 이 일을 알게 된다면 참지 않을 거야.'

그런 생각이 들자 아빠의 얼굴이 엄마의 화난 얼굴보다,
할머니의 차갑게 노려보는 얼굴보다 훨씬 더 무서워지는 것
이었다. 시간이 지날수록 지로의 마음은 불안해서 견딜 수
가 없었다. 해는 어느덧 저물어 기둥 문의 그림자가 숲 저편
까지 길게 늘어졌다. 지로는 앞으로 어떡해야 좋을지 막막

한 심정으로 기둥에 기댄 채 발밑만 내려다보았다.

그때 바닥을 기어가는 도롱이벌레 한 마리가 지로의 눈에 띄었다. 평소 같았으면 벌레를 발견하는 대로 아무 생각 없이 발로 문대 버렸을 테지만 그때만큼은 왠지 작은 벌레가 참으로 불쌍하게 보였다. 스스로 만든 도롱이 속에서 머리를 조금 내밀고 단단한 바닥을 힘겹게 기어가는 작은 벌레의 모습이 묘한 안타까움을 불러왔다. 그런 기분은 난생 처음이었다. 지로는 문득 이 작은 벌레가 자신과 비슷하다는 생각이 들었다. 지로는 도롱이벌레를 물끄러미 바라보다가 살며시 손가락 끝으로 집어 들었다. 바로 옆에는 어린 단풍나무 한 그루가 서 있었는데, 제일 튼튼해 보이는 가지를 골라 그 위에 도롱이벌레를 가만히 올려놓았다.

도롱이벌레는 움츠렸던 머리를 내밀고 천천히 단풍나무 가지 위를 다시 기어가기 시작했다. 지로는 그 모습을 보자 괜히 마음이 뿌듯해지기도 하고 슬프기도 해서 자기도 모르게 숨을 한 번 크게 내쉬었다.

그날 지로는 자기를 찾으러 나온 나오키치의 손에 이끌려 집으로 돌아갔다. 집에 도착했을 때 식구들은 저녁을 먹는 중이었다. 나오키치에게 떠밀려 방 안으로 들어간 지로는 오타미의 표정부터 살폈다. 오타미의 얼굴에는 얼음처럼 차가운 냉기가 감돌았다.

"신사 기둥 문 옆에 앉아 있더군요."

나오키치는 그렇게 말하곤 한쪽으로 물러났다. 누구 한 사람 먼저 말을 꺼내는 사람이 없었다. 지로는 앉을 수도 없고, 그렇다고 그냥 서 있지도 못한 채 엉거주춤하게 허리를 구부린 자세로 다다미만 내려다볼 뿐이었다. 숨소리가 다 들릴 만큼 조용했다. 젓가락질하는 소리도 들리지 않았다. 지로는 다들 자기 얼굴만 보고 있다는 것을 짐작했다. 지로는 식구들 앞에서 머리를 잔뜩 움츠린 한 마리 도롱이벌레가 된 기분이었다.

"거기 앉아."

오타미가 침묵을 깨고 말했다. 예상외로 착 가라앉은 음성이었다. 하지만 지로는 쉽게 자리에 앉을 수가 없었다. 앉기 싫어서라기보다는 갑자기 움직이려니까 몸이 말을 듣지 않는 것이었다.

"빨리 앉아! 그리고 교이치 형한테 잘못했다고 빌어!"

오타미가 고함을 빽 질렀다. 지로는 엉겁결에 풀썩 그 자리에 주저앉았다. 그게 하필이면 일부러 교이치에게 등을 돌리고 앉은 것처럼 보였다.

"어딜 보고 앉는 거야? 교이치가 그쪽에 있어?"

오타미는 역정을 내며 우악스런 손길로 지로의 무릎을 잡아 교이치 쪽으로 돌려놓았다. 지로는 고장 난 인형처럼 뻣뻣하게 오타미의 손길대로 움직였다.

"나쁜 짓을 했으면 사과를 해야지, 교이치 형한테 끝까지 잘못한 게 없다는 거야?"

지로는 여전히 목을 움츠린 채 꼼짝하지 않고 앉아 있었다. 만일 교이치에게 사과하는 의미로 고개를 숙이는 것으로 상황이 정리되기만 한다면 지로의 입장에선 더없이 좋을 터였다. 하지만 어떤 식으로든 미안하다는 말을 해야 한다면 무슨 말을 어떻게 해야 할지 몰랐다. 또 안다고 해도 교이치에겐 사과하고 싶지가 않았다.

"또 고집 부리겠다 이거지? 좋아, 그럼 계속 그렇게 앉아 있어."

지로는 교이치에게 사과하는 게 아니라 저녁을 먹지 말라면 차라리 훨씬 낫겠다는 생각을 하면서 도롱이벌레처럼 천천히 식구들의 밥 먹는 모습을 하나하나 살펴보기 시작했다. 지로가 제일 먼저 눈길을 준 사람은 교이치였다. 때마침 교이치도 지로의 얼굴을 보고 있다가 둘의 눈이 마주치자 교이치는 당황한 듯이 고개를 얼른 돌려 버렸다. 하지만 지로는 마치 모든 잘못이 교이치한테 있다는 듯이 독기를 품은 눈으로 교이치의 얼굴을 노려보았다.

둘의 모습을 지켜보고 있던 오타미가 부드러운 음성으로 교이치에게 말했다.

"교이치는 제일 큰형이잖아. 지로에게 늘 당하기만 하고 아무 말도 못한다면 형이라고 할 수 있겠어?"

그리고 이번에는 지로를 향해 말했다.

"지로도 형에게 사과하고 싶은 거 다 알아. 그렇게 못된 짓을 했으니 형에게 얼마나 미안하겠어. 식구들 앞에서 미안하다고 말하는 게 쑥스러우면 나중에 형한테 따로 해도 돼. 가족들이 다 보는 앞에서 사과해야겠지만, 이번만은 너희 둘이 해결하도록 해 줄게. 자, 지로도 어서 밥 먹어."

팽팽하게 부풀어 오른 풍선에서 바람이 빠져나가는 것처럼 긴장이 풀린 지로는 이걸로 끝인가, 실감이 잘 나지 않았다. 하지만 엄마가 오이토 할멈에게 눈을 찡긋하는 것을 보는 순간 뭔가 식구들이 짜고 자기를 놀리는 것 같아 다시 기분이 나빠졌다. 지로는 가족들 앞에서든, 단 둘이 있을 때든, 교이치 따위에게 잘못했다고 사과하는 일은 절대로 없을 거라고 마음속으로 다짐했다.

"자, 어서 잡쉬요. 어머니가 용서해 주셨으니 얼마나 다행이에요. 나도 얼마나 조마조마했다구요."

오이토가 지로의 공기에 밥을 담으면서 말했다. 그러나 지로는 밥을 한 번 슬쩍 쳐다보고는 반대편으로 고개를 홱 돌려 버렸다. 이쯤 되자 상에 둘러앉은 모든 사람들의 표정이 다시 굳어졌다. 숨 막히는 정적이 흘렀다.

"지로, 남자가 우물쭈물해선 안 돼. 많이 먹고, 많이 사과하면 되는 거야."

나오키치가 지로의 기분을 풀어 주려는 듯 말했다. 하지만 드디어 오타미의 화가 폭발한 모양이었다.

"내버려 둬! 비위를 맞추면서까지 밥을 먹일 이유가 없어요. 어차피 사과할 생각이 없으니까 밥도 안 먹겠다는 거지."

오타미는 고함을 치듯이 말하고는 지로 앞에 놓인 밥그릇을 치워 버렸다.

"먹기 싫음 말아. 아빠가 돌아오실 때까지 기다리는 것도 괜찮을 거야. 지로는 누구한테도 지기 싫어하는 아이라면서 아빠가 또 칭찬해 주시겠지."

그 말을 들은 지로의 얼굴이 사납게 일그러졌다. 콧방울이 벌름거리면서 입술이 바르르 떨렸다. 눈에서는 눈물이 주르륵 흘러내렸다. 지로는 뺨을 타고 흘러내리는 눈물을 닦을 생각도 하지 않고 오타미를 원망스레 바라보았다. 아랫배에서 뭔가가 치밀어 오르는 게 느껴졌다. 지로는 이를 악물었다. 마침내 지로는 팔뚝으로 눈물을 닦으며 자리에서 벌떡 일어났다. 그리고 배 속에서 쥐어 짜낸 듯한 울음소리를 내며 미닫이문을 열고 나가 버렸다.

"지로!"

오타미의 날카로운 목소리가 뒤에서 들렸지만, 이미 지로는 이 층 사다리를 올라가고 있었다. 그날 밤 지로는 누구에게도 잘못했다고 말하지 않았다. 그리고 밤늦도록 이 층에서 내려오지도 않았다. 오이토 할멈과 나오키치가 차례로 이 층으로 올라가 밥이라도 한 술 먹이려 했지만, 지로는 고개를 저으며 끝까지 입을 굳게 다물었다.

오타미는 끝내 이 층에는 한 번도 올라가지 않았다. 자정이 넘어서야 지로는 오이토 할멈의 손에 이끌려 아래로 내려왔지만 바로 이불을 뒤집어쓴 채 옆으로 돌아누웠다.

아빠의 훈계

그로부터 이틀이 더 지난 후에 슌스케가 돌아왔다. 그동안 오타미와 지로는 서로 한 마디도 하지 않았다. 지로는 오타미의 눈을 피해 밖으로만 나돌았다. 머릿속엔 아빠가 오면 뭐라고 할까, 라는 생각뿐이었다. 그렇게 아빠가 돌아오기를 기다렸지만, 예전처럼 즐거운 마음만은 아니었다. 기다려지는 마음과 두려움이 뒤섞여 불안한 마음을 떨칠 수가 없었다. 그리고 마침내 아빠가 돌아오는 토요일 오후가 되자 동구 밖 신사 앞까지 아빠를 마중 나갔다. 하지만 아빠를 볼 용기가 쉽게 나지 않았다. 지로는 석등 뒤에 몸을 숨기고 아빠가 오기를 기다렸다.

슌스케는 기둥 문 앞에서 자전거를 세우고 잠시 주위를 살폈다. 지로를 찾는 모양이었다. 그러고는 고개를 갸웃거리더니 다시 페달을 밟아 집으로 향했다. 석등 뒤에서 그 모습을 낱낱이 숨어 보던 지로는 몇 번이나 앞으로 쑥 나서며 아빠를 부르고 싶었다. 하지만 결국엔 슌스케가 훌쩍 멀어진 다음에야 석등 뒤에서 나와 터덜터덜 아빠의 뒤를 쫓아 가기 시작했다.

집에 도착한 지로는 발소리를 죽이며 일단 광으로 숨어들 었다. 한참이나 컴컴한 광 안에서 꾸물대던 지로는 결심한 듯 광에서 나와 안채 복도까지 다가갔다. 방 안에서 슌스케 의 목소리가 들렸다.

"응, 이번엔 지로가 좀 심했군. 장난치곤 너무 계획적이 야. 분명히 무슨 이유가 있었을 거야. 왜 그랬는지 물어봤 어?"

"물어보면 뭘 해요. 교이치에게 사과도 하지 않았다구 요."

"그래? 그럼 내일 내가 천천히 물어봐야겠군."

지로는 거기까지 듣곤 살며시 돌아섰다. 그러고는 다시 뒷문을 통해 밖으로 나갔다가 이번에는 일부러 발소리를 크 게 내면서 안채로 돌아왔다. 지로는 모든 걸 다 털어놓으면 틀림없이 아빠가 용서해 주리라 확신이 들었던 것이다.

"아빠 왔어?"

지로는 이제 막 슌스케가 돌아온 것을 알았다는 듯 반가 운 목소리로 말했다. 슌스케가 웃으면서 대답했다.

"오늘은 어디서 놀다가 이제야 오는 거야? 기둥 문 근처 엔 없던데?"

"나 거기 있었어. 더 안쪽에 있었어. 아빠가 날 못 찾고 그냥 갔어."

방 안에는 오타미 외에도 교이치와 슌조도 있었지만 지로는 아빠와 단 둘이 얘기할 때처럼 큰 목소리로 대답했다.

그날 밤은 아무 일도 없다는 듯 지나갔다. 이튿날 아침이 되자 슌스케는 지로를 손님방으로 불렀다. 그리고 왜 교이치의 책을 화장실에 버렸는지 물었다. 지로는 쑥스러운 표정으로 솔직하게 털어놓았다. 그리고 앞으로는 절대 안 그러겠다고 약속도 했다. 그러자 슌스케는 나무라는 건지, 아니면 그냥 얘기하는 건지 쉽게 구별이 안 되는 투로 말했다.

"그래, 아빠 무슨 말인지 알겠어. 그런데 미안하다고 한마디만 하면 되는 거야. 하지만 할머니가 교이치 형만 좋아한다는 건 지로가 잘못 생각한 거 같은데? 그런 걸 부러워해선 안 돼. 그리고 만약 아빠가 지로였다면 할머니가 교이치 형만 예뻐한다 하더라도 화내거나 심술을 부리진 않았을 거야. 교이치든 누구든 귀여움을 받는다면 그것도 좋은 일이라고 생각했을 거야."

그렇게 말하곤 자리에서 일어나 밖으로 나갔다. 방 안에는 지로만 남았다. 아빠의 말을 이해할 것도 같았고, 또 이해할 수 없을 것도 같았다. 하지만 아빠의 말 한 마디 한 마디는 지로의 마음에 단단히 새겨졌다. 그날 이후 지로는 아빠가 했던 말을 자주 떠올리게 되었고, 아빠의 말이 생각날 때마다 다른 사람의 행복을 기뻐해 줄 수 있는 마음이 조금씩 커져갔다.

　그러나 이런 생각이 마음속에 완전히 뿌리를 내리기까지 지로는 더 큰 슬픔과 더욱 참기 힘든 분노를 겪어야만 했다.

외갓집

심부름

어느덧 가을도 저물고, 겨울이 찾아왔다. 섣달 그믐날이 며칠 앞으로 다가온 어느 날, 교이치와 지로는 슌스케가 부른다는 말에 안채로 갔다. 슌스케는 한창 신년엽서를 쓰는 중이었는데, 교이치와 지로가 들어오자 펜을 내려놓고 말했다.

"교이치, 오늘 마사키가에 심부름 좀 다녀와야겠다."

마사키는 결혼하기 전 오타미의 성(姓)이었다. 그러니까 마사키가는 교이치와 지로에겐 외가였다. 혼다가와 같은 지역이긴 했지만, 그래도 꽤 떨어진 곳이어서 한 시간은 족히 걸어가야 했다. 교이치는 물론이고 지로도 그동안 몇 번 오타미나 다른 어른들을 따라 외가에 간 적이 있었기 때문에 길은 대충 알고 있었지만, 혼자 간 적은 아직 한 번도 없었다. 교이치는 원래 겁도 많고 내성적인 편이라, 혼자 심부름을 가야 한다는 말에 어찌할 바를 몰라 금방 울상이 되었다.

"싫어? 혼자 가기 싫으면 지로와 같이 가면 되겠네."

교이치는 그래도 대답하지 않았다.

"둘이 가는 것도 싫어? 외할아버지와 외할머니가 맛있는 것도 많이 주고 무척 기뻐하실 텐데."

교이치는 눈을 내리깐 채 금방이라도 눈물을 흘릴 것처럼 보였다.

"정말 가기 싫은가 보구나. 지로는 어때? 너도 가기 싫어?"

줄곧 교이치의 얼굴을 살피던 지로는 아빠의 말에 씩씩하게 대답했다.

"형, 나랑 같이 가자."

교이치는 곁눈질로 지로를 한 번 슬쩍 쳐다보곤 다시 고개를 떨어뜨렸다. 전혀 다른 둘의 모습이 재미있다는 듯 유심히 바라보던 슌스케가 지로에게 물었다.

"지로도 혼자선 못 가겠지?"

억지로 용기를 내는 표가 나긴 했지만 지로의 대답은 시원스러웠다.

"길만 알면 나 혼자서도 얼마든지 갈 수 있어."

"길은 가다가 물어보면 되잖아?"

"누구한테 물어봐?"

"지나가는 사람 아무에게나 물어보면 돼."

"그렇지만……."

지로의 얼굴에 약간 난처하다는 표정이 스쳐갔다.

"다리 있는 데까지는 안 가르쳐 줘도 갈 수 있어."

"다리까지 가는 길은 안다고? 거기서 조금만 더 가면 되는데?"

"다리에서 얼마 안 멀어?"

"그럼, 금방이지. 다리를 건너서 오른쪽으로 곧장 가면 외딴집이 한 채 나오지?"

"아, 맞아, 거기 집이 하나 있어."

"바로 그 앞에서 둑을 내려가면 길이 나 있잖아."

"아, 이제 알았다. 나 혼자 갈 수 있어."

"정말 너 혼자 갈 수 있겠어? 그렇다면 대단한데. 심부름은 별 게 아냐. 이 편지를 외할아버지께 전해 드리면 돼. 음, 그럴 필요 없이 아무에게나 이 봉투를 전해 드려도 되겠다. 정말 가는 거다?"

슌스케는 끈으로 묶은 조그만 종이봉투를 지로에게 건네주었다. 그러고는 덧붙였다.

"외할아버지 댁에서 놀고 싶을 때까지 놀아도 괜찮아. 외할아버지가 자고 가라고 하실지도 모르니까."

"그럼 자고 와도 돼?"

"암, 괜찮지."

지로의 눈이 빛나기 시작했다. 서둘러 앞섶이 벌어진 옷깃을 여미며 느슨해진 허리띠도 단단히 묶었다. 그 모습이 마치 중대한 임무를 전하기 위해 떠날 준비를 하는 전령처럼 보였다.

이때 오타미가 청소를 하러 들어왔다. 슌스케가 웃으면서 말했다.

"마사키가엔 지로가 가기로 했어."

"어머, 지로가요? 혼자서요?"

"응, 혼자 갔다 오겠다네."

"꽤 먼데 혼자 갔다 올 수 있을까요? 교이치와 함께 간다면 모르지만."

오타미는 교이치를 슬쩍 바라봤다. 교이치는 그때까지도 고개를 떨구고 다다미만 뚫어져라 쳐다보고 있었다. 오타미가 안타까운 눈길을 보내며 말했다.

"교이치, 지로랑 같이 가지 그러니?"

대답이 없었다. 대신 교이치는 몹시 우울한 표정으로 방을 나가 버렸다.

"저 녀석은 도대체 사내답지가 못해."

"교이치가 가기 싫대요?"

"지로하고 같이 다녀오래도 가기 싫어하잖아. 평소부터 좀 단련을 시켰어야 했는데, 당신이 너무 감싸고만 돌아서 마음이 약해진 거야. 앞으론 신경 좀 써요."

"알았어요……. 하지만 저 혼자 어떻게 할 수 있는 일이 아니에요. 어머님이 늘 곁에 계셔서."

"솔직히 어머니만 그러시는 건 아니잖아?"

순스케의 말에 오타미는 입을 다물었다. 그리고 훔쳐보듯 지로의 얼굴을 보았다. 오타미가 자신을 쳐다본다는 것을 눈치챈 지로가 얼른 고개를 돌렸는데 평소와는 달리 흥분한 기색이 역력했다. 지로는 순스케가 건네준 꾸러미를 받아들고는 큰 소리로 외치며 방을 나갔다.

"아빠, 나 갔다 올게."

"그래, 조심해서 갔다 와. 돌아오면 아빠가 맛있는 거 사줄게."

순스케는 자리에 앉은 채 지로에게 살짝 손을 흔들어 보였다. 오타미는 그래도 염려가 되었는지 대문까지 따라 나왔다.

"너 정말 혼자 갈 수 있겠어?"

"응."

"한눈팔지 말고 조심해서 갔다 와야 해."

"응."

"가다가 길을 잘 모르겠으면 그냥 집으로 오고."

계속되는 오타미의 당부에 지로는 건성으로 대답할 뿐이었다. 들뜬 마음에 오타미의 말을 귀담아듣는 것 같지도 않았다. 그래도 속으로는 엄마가 대문 밖까지 따라 나와서 이것저것 걱정해 주는 게 기분 나쁘지는 않은 눈치였다. 하지만 엄마에게 그런 마음을 들키고 싶지 않았던지, 다녀오겠다는 인사도 없이 저만치 달려가 버렸다.

그렇게 지로가 출발한 시간이 오후 두 시쯤이었다. 겨울 하늘은 잔뜩 찌푸려져 있어서 금방이라도 날이 저물 것 같아 괜스레 마음이 바빠졌다. 지로는 흥분과 두려움, 그리고 뭔가 가슴 뻐근한 자랑스러움 등이 뒤섞인 감정으로 타박타박 걸었다.

추수가 끝난 논에는 아직도 군데군데 허수아비가 세워져 있었다. 그중에는 깨진 술병에 눈과 코를 그려 넣은 것도 있었는데, 그 희멀건 얼굴이 바람에 흔들려 마치 자기를 향해 고개를 끄덕이는 것처럼 보였다. 마을 변두리의 상수리 숲에 다다랐을 때는 그곳에 여우가 산다는 얘기가 생각나 으스스해졌다. 때마침 누런 개 한 마리가 튀어나와 짖어 대는 바람에 지로는 오금이 다 저렸다. 하지만 용기를 내어 돌멩이를 던져 쫓아 버리고 걸음을 빨리했다. 낯선 아이들이 자기를 뚫어지게 바라보고 있는 집 앞도 지났다. 혹시라도 쫓아와서 시비를 걸지는 않을까 마음이 조마조마했지만 아무렇지도 않은 척, 일부러 약간 천천히 걷기도 했다.

그렇게 외갓집에 도착하기까지, 지로는 여태까지 살아오면서 단 한 번도 겪어 보지 못한 긴장과 흥분의 동굴을 혼자 힘으로 통과했던 것이다. 그때 지로 자신은 미처 알지 못했지만 그것은 실로 엄청난 경험이었다.

마침내 외갓집의 커다란 대문이 보였다. 지로는 그제야 마음이 놓였다. 드디어 해냈다는 기쁨으로 가슴이 벅차올랐다.

'내가 혼자 왔다는 걸 알면 다들 놀랄 거야. 그리고 틀림없이 착하다고 칭찬해 줄 거야. 그때 뭐라고 대답해야 하지? 그리고 만일 혼자 오면서 무섭지 않았냐고 물어보면 뭐라고 할까? 하나도 안 무서웠다고 대답하는 것보다 조금 무서웠는데 참았다고 하면 아마 더 잘했다고 칭찬해 줄지도 몰라.'

지로는 이것저것 두서없이 떠오르는 생각들을 날려 버리기라도 하듯이 대문을 향해 쏜살같이 달려갔다. 지로가 대문을 들어서기 직전 급정거를 해서 소맷부리로 연신 콧등을 닦아 낸 것은 언젠가 외할아버지가 "지로는 늘 콧물을 흘리는구나."라며 은근히 놀렸던 것이 갑자기 생각났기 때문이었다.

콩가루 떡과 팥소 떡

지로는 외갓집이 좋았다. 지로는 외할아버지를 부를 땐 꼭 이름을 넣어서 "마사키 할아버지!"라고 불렀는데 그게 그냥 "외할아버지!" 하고 부르는 것보다 훨씬 다정한 느낌을 주었기 때문이다. 외할아버지는 말할 것도 없고 외할머니도 좋았다. 아니, 마사키가의 모든 사람들이 다 좋았다. 그리고 외갓집에서 지낼 때의 지로는 집에 있을 때와는 전혀 다른 아이 같았다. 마음씨가 따뜻하고 상냥할뿐더러 의젓한 아이처럼 행동했던 것이다. 이상하게도 저절로 그렇게 되었다. 지로에게 외갓집이란 언제나 그립고 생각만 해도 마음이 따스해지는 곳이었다.

따라서 지로가 길도 잘 모르면서 혼자 심부름을 떠맡았던 까닭도 단순히 사람들에게 자기가 얼마나 용감한지를 보여 주는 것 외에도 외갓집에 꼭 가고 싶은 마음이 앞섰기 때문이었다.

외갓집은 시골에선 보기 드물게 양초를 만드는 공장이었다. 살림집인 안채 말고도 황로 씨를 보관하는 창고며 양초를 만드는 작업장들이 처마를 맞대고 있는 커다란 집이었다. 대문을 열고 들어가면 긴 봉당이 뒷문까지 쭉 이어져 있었는데 그 오른쪽엔 안채와 부엌이, 왼쪽의 널찍한 출입구를 지나면 작업장과 창고가 나왔다.

그 시간, 마사키가의 봉당에는 사람들이 와글와글했다. 커다란 절구를 세 개나 벌여 놓고 설날에 먹을 떡을 치느라 한창이었던 것이다. 이마에 수건을 질끈 동여맨 아저씨들과 수건을 둘러쓴 아주머니들이 장단에 맞춰 노래를 부르며 일을 하는 풍경은 보는 것만으로도 흥겨웠다. 무럭무럭 김이 나는 시루도 몇 개나 놓여 있고.

지로가 대문간에 들어섰을 때, 다들 떠들썩한 가운데 일에 정신이 팔려 불쑥 나타난 꼬마를 알아보는 사람은 아무도 없었다. 지로도 처음엔 일하는 모습을 구경하느라 정신이 없었다. 하지만 차츰 시간이 지나자 안달이 나기 시작했다. 누군가 자기가 왔다는 걸 알고 말을 걸어 주어야 하는데…….

지로는 하는 수 없이 사람들 곁을 지나 안채 쪽으로 향했다. 그때까지도 누구 한 사람 지로가 온 것을 알아차리지 못했다. 부엌에선 사촌형제들까지 모두 모여 할머니와 아주머니를 도와 떡을 만들고 있었다. 이번에도 지로는 부엌 문 옆에 서서 사람들이 화들짝 놀라며 자기를 발견해 주길 기다렸다. 하지만 역시 마찬가지.

혼자서 이 먼 길을 왔는데, 무서움을 무릅쓰고 용감하게 왔는데, 그래서 다들 반갑게 뛰어나와 떠들썩하게 놀라며 자기를 맞아 줄 것이라고 잔뜩 기대했는데……. 지로는 비죽비죽 울기 시작했다. 오는 동안의 긴장이 풀린 데다 실망감이 겹쳐지자 갑자기 서러워졌던 것이다. 울음이 울음을 불러서 마침내 지로는 엉엉 울고 말았다.

"아니, 넌!"

"어, 지로!"

"혼다네 도련님이잖아!"

"뭐, 혼다네 도련님이 왔다구? 이게 어떻게 된 거야!"

그제야 사람들은 일손을 멈추고 지로를 바라봤다.

"아니, 지로 아니냐? 언제 온 게야?"

외할머니가 손바닥에 묻은 고물을 털며 벌떡 일어섰다. 사촌형제들도 할머니를 따라 일어서면서 어안이 벙벙한 얼굴로 지로를 바라보았다.

"설마 혼자 온 건 아니겠지? 누구랑 왔누?"

지로는 서럽게 울기만 했다.

"아빠랑 왔니? 아니면 엄마하고 온 거야?"

지로는 울면서 고개를 저었다.

"그럼, 누구랑 왔지?"

"나 혼자 왔어. 혼자 왔단 말이야."

지로의 울음소리가 더욱 커졌다.

"너 혼자 왔다고? 아니, 이게 무슨 말이야? 이 먼 데까지 너 혼자 왔다니. 누구한테 말하고 온 거야?"

그러자 지로는 들고 있던 종이봉투를 불쑥 내밀었다.

"이건 또 뭐냐?"

할머니는 종이봉투를 급히 뜯어 보았다.

"아빠가 편지를 보내셨구나. 그렇다면 지로 혼자서 심부름 온 거야?"

지로는 답답하다는 듯 고개를 세차게 끄덕였다.

"이렇게 어린애한테 심부름을 시키다니, 다들 정신이 있는 게야? 에그, 불쌍한 것."

잦아들던 지로의 울음소리가 외할머니의 이 말 한마디에 다시 높아졌다.

"아이구 참, 내가 다 가슴이 벌렁거리네. 이제 그만 울어. 심부름 잘했는데, 울긴 왜 울어? 자, 어서 저리 올라가자. 오늘은 떡 만드는 날이니까 구경할 것도 많아. 그래도 혼자 용케 찾아왔구나. 길 잃어버리진 않았어?"

"안 잃어버렸어."

지로는 숨을 흐드득거리면서도 또렷이 대답했다. 어느덧 목소리엔 다시 생기가 돌아와 있었다. 외할머니는 지로의 손을 꼭 잡고 안채로 데려가면서 내심 몹시 놀란 눈치였다.

"우리 지로, 정말 대견하기도 하지. 할미가 맛있는 떡 많이 만들어 줄게. 콩가루 묻힌 떡도 있고, 팥소 떡도 있는데, 뭘 해 줄까?"

"둘 다 해 줘."

지로는 언제 울었냐는 듯 천연덕스럽게 대답했다.

"흐흐흐, 욕심도 많구나. 할미가 다 만들어 줄 테니까 화롯불 좀 쬐고 있어. 여기까지 오느라 추웠지?"

화롯불을 쬐는 것은 아무래도 상관없었다. 지로는 할머니가 들고 있는 편지에 신경이 쓰였다. 아무래도 할아버지께 직접 드리는 게 좋을 것 같았다.

"나, 이거 할아버지 갖다 줘야 해."

지로는 그렇게 말하고 할머니 손에서 종이봉투를 냉큼 나

꿰채서는 안채로 달려가 버렸다. 외할머니는 지로의 뒷모습을 흐뭇하게 바라보았다. 그러고는 부엌으로 들어가 지로에게 줄 떡을 준비했다. 잠시 후 외할아버지가 지로의 손을 잡고 함께 안채에서 나왔다.

외할아버지는 턱수염을 더부룩하게 기르고 있었는데, 하얗게 센 턱수염 때문에 가뜩이나 큰 키가 더욱 크게 보였다. 외할아버지는 안채 툇마루에 서서 긴 턱수염을 훑으며 봉당 쪽을 향해 큰 소리로 말했다.

"아무나 빨리 혼다가에 좀 다녀와. 지로가 무사히 도착했으니 안심하라고 전하고 오늘밤은 여기서 재울 테니까 그 말도 꼭 전하고."

그러고는 다시 외할머니에게 말했다.

"아직 학교에 다니지도 않는 아이를 이 먼 데까지 혼자 심부름 보내다니. 슌스케도 슌스케지만, 그걸 빤히 알고도 말리지 않는 오타미야말로 어떻게 된 것 같군."

"그러게요. 아무 일 없이 도착했으니 망정이지 중간에 무슨 일이라도 생겼다면 어쩔 뻔했어요? 두 사람 모두 제정신이 아닌가 봐요."

지로는 외할아버지와 외할머니의 대화를 들으면서 머릿속이 혼란스러워졌다. 엄마가 혼나는 건 당연했지만, 아빠까지 나쁜 사람으로 취급받아서는 안 되는데……, 싶었던 것이다.

하지만 그런 마음도 콩가루 떡과 팥소 떡을 보는 순간 완전히 사라져 버렸다. 누구의 눈치도 볼 것 없이 떡을 마음껏 먹은 지로는 사촌형제들과 한데 어울려 밤이 깊을 때까지 정신없이 놀았다.

뜻하지 않은 사람

지로는 사촌형제들과 나란히 베개를 베고 누웠다. 사촌들은 히사오, 겐지, 다쓰오, 세이키치 등 네 명으로 모두 사내아이들뿐이었다. 다들 지로와 사이가 매우 좋았는데, 그중에서도 다쓰오는 지로와 동갑이어서 그랬는지 더 마음이 잘 맞았다. 올망졸망한 꼬마들은 자리에 누워서도 한참을 시시덕거리다가 잠들었다.

이튿날은 아침부터 다섯 명이 황로 씨앗을 보관하는 창고 안에서 숨바꼭질도 하고, 양초 찌꺼기를 쌓아둔 헛간에서 씨름도 하며 놀았다. 공장 안의 커다란 화덕에선 양초 찌꺼기가 하루 종일 타올랐다. 웽웽거리는 소리가 날 정도로 불길은 매우 거셌다. 화덕 위 가마솥에 걸쳐 놓은 시루에서는 김이 무럭무럭 피어올랐다. 이글이글 타고 있는 숯을 긁어내 그 속에 고구마를 통째로 묻어 두었다가 한참 만에 꺼내면 고구마는 알맞게 익어 있었다. 그렇게 구워 먹는 고구마가 워낙 맛있어서 지로는 외가에 올 때마다 빼먹는 법이 없었다.

그날도 한참 뛰놀다가 출출해지자 모두들 화덕 앞에 앉아 고구마를 구워 먹었다. 그때 생각지도 못한 사람이 공장 입구에 얼굴을 쑥 내밀었다. 지로는 너무 놀라 그 자리에 얼어붙고 말았다.

"지로!"

목소리의 주인공은 다름 아닌 오하마였다. 지로는 잠시 어안이 벙벙한 얼굴로 오하마를 바라보다가 갑자기 멋쩍은 듯 고개를 숙이고 등을 돌려 버렸다.

"아니, 왜 그러죠?"

가까이 다가온 오하마는 지로의 얼굴을 뚫어져라 들여다보다가 와락 끌어안았다. 사촌형제들은 한쪽 구석에 몰려서서 둘의 모습을 신기하게 바라보더니 히사오를 앞장으로 모두들 문밖으로 몰려 나가 버렸다.

"지로, 그동안 어떻게 지냈어요?"

오하마는 공장 안에 두 사람만 남게 되자 지로를 더 세게 끌어안으면서 뺨을 부볐다.

"어디 아픈 데는 없죠? 어쩐지 조금 여윈 것 같네. 난 지로를 매일 생각했는데, 지로는 내 생각 안 났어요? 난 지로가 보고 싶어도 어머니가 허락해 주실 때까지는 혼다가에 갈 수 없어요. 그래서 가끔 이 댁에 들러 지로의 안부를 묻곤 했어요. 오늘 이렇게 만날 줄은 꿈에도 몰랐는데, 정말 잘 온 것 같아요. 지로는 어제 왔죠?"

지로는 고개를 숙인 채 끄덕이기만 했다.

"혼자 여기까지 왔다면서요? 어머니가 심부름 보낸 거예
요?"

"아니."

"그럼 할머니?"

"아니."

"그럼 누가 보냈어요?"

"아빠."

"아버지가요? 저런, 아버지까지 지로에게 심부름을 시켜
요?"

"처음엔 교이치 형한테 시켰어."

"그래요? 그런데 왜 교이치가 안 오고?"

"형은 아무 말도 안 하고 그냥 울려고 했어. 그래서 내가
온 거야."

"교이치가 심부름 못 하겠다고 해서 지로가 하게 됐다는
거군요. 그럼 지로도 하기 싫다고 했으면 여기까지 안 와도
됐을 텐데. 앞으로는 아버지든, 누구든 하기 싫은 걸 시키면
싫다고 말해요."

"근데 난 아빠가 좋아."

"아버지가 좋아요?"

"무지하게 좋아. 집에서 아빠가 제일 좋아. 아빠가 시키는

건 뭐든지 다 해."

"그래요? 다행이네요. 근데 아버지가 왜 그렇게 좋아요? 아버지도 지로를 좋아해요?"

"응, 아빠도 나 좋아해. 아빠는 내가 나쁜 짓을 하지 않으면 절대로 혼내지 않아. 그리고……."

"그리고?"

"그리고 할머니는 맛있는 걸 교이치 형하고 슌조에게만 줘. 근데 아빠는 그러지 않아."

"할머니가 그랬어요?"

오하마는 낯빛이 어두워지면서 뭔가를 생각하는 눈치였다.

"지로 아버지는 정말 좋은 분이시네요. 어제 혼자 오느라 무섭진 않았어요?"

"아니, 뭐가 무서워."

"길은 안 잃어버렸어요?"

"나, 길 다 알아. 전에도 여러 번 왔었어."

"어머나, 정말 기특하기도 해라."

"있잖아, 난 외갓집이 엄청 좋아. 아빠가 심부름시켰을 때도 막 좋았어."

"그랬어요? 외할아버지 댁이 그렇게 좋아요?"

"응, 우리 집보다 훨씬 좋아. 여기선 나한테 화내는 사람도 없어."

"다쓰오 도련님이랑 싸운 적 없어요?"

"없어. 아직까지 한 번도 안 싸웠어. 근데 집에 있을 땐 교이치 형이랑 슌조하고 맨날 싸워."

오하마는 고개를 끄덕이며 또 뭔가를 생각하더니 물었다.

"교이치하고 슌조가 괴롭히진 않아요?"

지로는 대답하지 않고 눈을 감았다. 그러자 오하마는 화가 난 목소리로 말했다.

"내 말이 맞군요. 둘이 매일 지로를 괴롭히죠?"

그래도 지로는 아무런 말이 없었다.

"엄마랑 할머니가 보지 않는 데선 내가 맨날 이겨. 근데⋯⋯."

지로는 생각만 해도 분하다는 듯 얼굴을 붉혔다. 오하마는 입술을 깨물며 시선을 다른 쪽으로 돌렸다. 그러자 지로가 갑자기 오하마의 품에 얼굴을 파묻으며 물었다.

"나, 오하마 엄마 집에 살면 안 돼? 오하마 엄마 집이 제일 좋은데."

지로를 힘껏 끌어안는 오하마의 눈가가 촉촉이 젖어 있었다. 지로도 오하마의 품에서 흐느끼며 울었다. 오하마는 지로의 등을 다정하게 쓰다듬으며 말했다.

"지로, 그건 안 돼요. 어쨌든 지금은 안 돼요. 하지만 내년엔 지로도 학교에 다닐 거잖아요. 그땐 매일 만날 수 있어요. 그러니까 그때까진⋯⋯."

그 말을 들은 지로는 오하마의 손을 거칠게 뿌리치며 벌떡 일어났다. 매일 즐겁게 학교에 다니는 교이치가 생각났던 것이다. 오하마는 지로의 반응이 왜 갑자기 거칠어졌는지 이유를 알 수 없었다. 그리고 다시 한 번 지로를 안아 주려 했다. 하지만 지로는 사람의 손길에 익숙하지 않은 새끼 고양이처럼 눈동자를 빛내며 한 발짝 뒷걸음질 치는 것이었다.

"지로, 왜 그래요? 학교 가기 싫어요? 그럴 리가 없을 텐데……."

오하마가 애써 웃으며 다가서자 지로는 또 한 걸음 뒤로 물러섰다. 오하마는 답답하다는 듯 뒤에서 지로를 끌어안았다. 손길을 털어 내려고 몸을 흔들며 억지로 버티는 지로를 멍석 위로 데려가 오하마는 자기 무릎에 앉혔다. 그리고 지로의 귓가에 입술을 갖다 대고 속삭였다.

"지로, 학교에 다니지 않으면 훌륭한 사람이 될 수 없어요. 학교에서 많이 배워야 교이치에게 지지 않는다구요. 교이치는 말이죠, 학교에서 울보로 소문났어요. 나도 그런 울보는 싫어요. 지로는 학교에 다녀도 절대로 울지 않을 거예요. 공부도, 운동도 제일 잘할 거예요. 학교에 다니면 언제든 오하마 엄마가 곁에 있어 줄 테니까 걱정하지 말아요. 알았어요?"

그때서야 지로는 다소곳해졌다. 둘은 오랫동안 많은 이야기를 나눴다. 벌겋게 달아오른 가마솥에서 연신 뿌연 김이 피어올라 공기가 후텁지근했지만 지로는 오하마와 함께 있을 수 있다는 사실 때문에 얼마든지 견딜 수 있었다.

점심때가 되자 둘은 나란히 손을 잡고 부엌으로 갔다. 그리고 오랜만에 같은 밥상에서 마주보고 앉아 밥을 먹었다. 지로는 함께 둘러앉은 사람들이 하나같이 자기를 좋아해 주는 사람들뿐이란 사실이 너무 든든했다. 사촌형제들은 지로에게 설날까지 자고 가라며 보챘다. 지로는 벙글거리며 연신 고개를 끄덕였다. 하지만 오하마는 근심어린 표정으로 외할머니께 말했다.

"설날은 집에서 보내야 할 텐데, 그렇죠, 마님?"

"글쎄 말이야."

외할머니의 어정쩡한 대답이 떨어지기 무섭게 외할아버지가 못마땅한 언성으로 불쑥 말했다.

"그런 게 무슨 상관이야! 설날이든, 추석이든 혼다가에서 사람을 보내올 때까지 여기서 지내게 해."

그리고 오하마를 향해 덧붙였다.

"어지간하면 오하마도 여기서 천천히 지내다 가시게. 지로 저 녀석도 혼자 여기까지 온 보람이 있어야 될 거 아니겠어?"

그 말을 받아 외할머니도 한마디 덧붙였다.

"정말 그렇게 하면 되겠네요. 지로도 오하마와 함께 지내는 건 오랜만일 테니."

"고맙습니다."

오하마는 떨리는 목소리로 말하며 고개를 숙였다. 하지만 이내 걱정스런 표정이 되었다.

"하지만 작은 마님이 아셨다간……."

"무슨 소리야! 오타미한테는 내가 알아서 할 테니까 걱정 말게."

오하마는 가슴이 설렐 정도로 기뻤다. 그리고 지로의 귓가에 대고 소곤거렸다.

"오늘은 나도 여기서 자고 갈게요."

지로의 뺨이 분홍빛으로 물들었다. 그저 아무 말도 못하고 젓가락으로 밥알을 콕콕 찌르기만 했다. 지로가 이처럼 부끄러워한 적은 아마도 태어난 후로 처음이 아니었을까. 그 뒤 지로와 오하마가 어떻게 하루를 보냈는지는 더 이상 자세히 설명할 필요는 없을 것 같다. 외할머니의 이 한마디가 모든 걸 설명해 주었으니.

"에그, 저 모습 좀 보아. 암탉하고 병아리처럼, 쯧쯧."

그날 밤 지로는 실로 반년 만에 오하마의 품에 안겨 잠들었다. 아마도 지로는 밤새 즐거운 꿈을 꾸었을 것이다.

첫 번째 상처

오하마와 나오키치

다음 날 오하마는 되도록 빨리 집으로 돌아가려고 했으나 지로가 매달리는 바람에 점심때가 되도록 떠나지 못하고 있었다. 너무 늦어지는 것 같아 조바심이 난 오하마가 지로를 억지로 떼어 놓고 잠깐 짬을 내어 부엌일을 좀 도와주고 돌아갈 차비를 하고 있을 때, 나오키치가 문간에 나타났다. 혼다가에서 보낸 연말 선물을 가져온 모양으로 멜대 양쪽에 커다란 꾸러미를 두 개나 매달고 있었다.

오하마는 속으로 아차, 싶었다. 그래서 나오키치에게 들키기 전에 살며시 뒷문으로 빠져나갈 작정이었다. 하지만 또 지로가 매달리는 통에 좀처럼 기회를 잡을 수가 없었다.

결국 두 사람은 나오키치의 눈에 띄고 말았다. 오하마와 지로가 찰싹 달라붙어 있는 것을 발견한 나오키치는 적잖이 놀란 표정이었다.

"아니, 오하마 아주머니 아니세요? 여긴 웬일이에요?"

오하마는 무슨 말을 해야 좋을지 몰라 머뭇거리며 대답했다.

"응. 이 댁은 내가 평소에도 자주 찾아뵙는 집이야."

"그랬어요? 난 전혀 몰랐는데."

나오키치는 곁눈질로 지로를 살펴보더니 다시 물었다.

"언제 오셨어요?"

"어제 왔어."

"어제요?"

"응, 어제. 인사드리려고 찾아왔는데 하도 자고 가라고 하셔서."

"흐응."

나오키치는 납득이 잘 안 된다는 표정을 지으며 지로의 표정을 살폈다. 지로는 나오키치가 공연히 얄미웠다. 그때 오하마가 변명이라도 하듯 말했다.

"여기서 도련님을 만나게 될 줄은 꿈에도 몰랐다구."

"흐응."

"거짓말 아냐. 정 의심스러우면 아무한테나 물어봐도 돼."

오하마가 정색을 하자 나오키치는 약간 떨떠름한 표정으로 되받았다.

"내가 뭐 거짓말이라고 했나요?"

"하지만 속으로는 나를 의심하고 있는 거 아냐. 흐응, 흐응, 콧방귀나 뀌고 말이지."

"의심은 전혀 아니구요, 오히려 감탄했는데."

"감탄이라니, 뭘 감탄해?"

"이 세상엔 생각이 통하는 사람들이 정말 있구나, 하고 감탄한 거죠, 뭐. <u>흐흐흐</u>."

그렇게 말해 놓고는 나오키치는 선물로 가져온 물건들을 안채로 가져갔다. 오하마는 나오키치의 빈정거리는 듯한 말에 화가 나 안채로 들어가는 그의 뒷모습에다 눈을 흘겼다.

잠시 후 나오키치가 다시 부엌으로 나왔다. 오하마는 조금 전까지의 화난 표정을 싹 지우고 웃음을 잔뜩 머금은 채 나오키치에게 말했다.

"저기……, 한 가지 부탁할 게 있는데……."

"새삼스레 뭘 부탁해요?"

"오늘 일, 작은 마님에겐 비밀로 해 주면 안 될까?"

"오늘 일이라뇨? 뭘 말하는 거죠?"

"내가 이 댁에서 지로 도련님을 만난 거 말야."

"그런 얘기라면 숨길 것도 없잖아요?"

"하지만 당분간은 도련님을 만나지 않겠다고 작은 마님과 약속한 게 있어서 그래."

"오하마 아주머니가 일부러 약속을 어기려고 한 건 아니잖아요. 얘길 들어 보니 우연히 만난 것 같던데."

"그야 그렇지. 그 말은 맞아. 하지만 어쨌든 도련님이랑 이렇게 같이 지낸 게 좀 그래서…….”

“이 댁 분들이 자고 가라고 했다면서요?”

“응, 그랬지. 그렇지만 아무래도…….”

“아무래도 양심에 찔린다는 거죠?”

“그런 뜻은 아냐. 다만 이런 일 때문에 괜히 도련님이 구박받으면 어쩌나 걱정이 돼서 하는 소리야.”

“지로 도련님이 그렇게 걱정되세요?”

“공연히 걱정돼서 하는 말이 아냐. 이런 일이 있을 때마다 지로 도련님이 중간에서 힘들었잖아. 나오키치도 알지?”

“하지만 그때하곤 달라요. 이번에 지로는 그냥 심부름 온 거고, 아주머니는 연말이라 인사하러 들른 거잖아요. 또 이 댁에서 자고 가라고 해서 잔 것뿐인데, 누가 뭐라고 트집을 잡겠어요? 작은 마님도 뭐라고 못 하실 거예요.”

“그럼 돌아가서 본 대로 다 말할 작정이야?”

오하마의 표정이 심상찮게 변했다.

“그럴 생각은 없어요.”

나오키치가 당황하며 대답했다. 그리고 지금까지 농담처럼 건네던 말투를 바꿔 진지하게 말했다.

“아주머니가 비밀로 해 주기를 바란다면야 당연히 그렇게 해야죠.”

“그럼 내 말대로 해 줘. 부탁이야.”

“알았어요.”

"꼭 그렇게 해 줄 거지?"

"그런데 이런 일은 나중에 어차피 알게 될 텐데……."

그러자 오하마가 나오키치를 꾸짖듯이 말했다.

"자네만 입을 다물면 아무도 몰라."

그때 지로는 두 사람이 주고받는 이야기를 빠짐없이 다 듣고 있었다. 나오키치가 점점 미워져 견딜 수 없었지만 오하마가 꾸짖는 말에 꼼짝 못하는 걸 보곤 속이 후련해졌다. 나오키치는 조심스럽게 주변을 한번 둘러보더니 목소리를 잔뜩 낮추고 말했다.

"근데 사실 오늘 작은 마님이 특별히 분부를 내리신 게 있어요."

"그게 뭔데?"

"별일 없을 줄 알고 그냥 알았다고 대답은 했는데……."

나오키치는 지로를 한 번 힐끗 쳐다보더니 말을 이었다.

"아무래도 마님이 시킨 일은 오늘 힘들 것 같긴 하네요."

"아니, 대체 무슨 얘길 하는지 통 모르겠네. 뭐가 힘들다는 거야?"

"설마하니 오하마 아주머니가 여기 있을 줄은 몰랐다구요."

"내가 여기 있는 거하고 무슨 상관인데?"

"어쨌든 저만 난처하게 됐어요."

"점점……. 뭐가 뭔지 분명하게 말해 봐. 사람 답답하게 만들지 말고."

그러나 나오키치는 오하마와 지로의 얼굴을 번갈아 보기만 할 뿐, 한참동안 아무 말도 없이 서 있었다. 그때 오하마가 뭔가 깨달았다는 빙그레 웃으며 말했다.

"아, 그랬었군. 이제 무슨 뜻인지 알겠어."

오하마는 고개를 크게 한 번 끄덕이고는 뭔가 결심이 선 듯이 말했다.

"그래요, 어차피 이렇게 된 거, 난 여기서 하루 더 자면서 일도 좀 거들어 드리고 갈 생각이니까 그렇게 알고. 지로한테는 내가 잘 설명할게."

"그렇게 해 준다면야 저로서는 고맙죠. 까딱 잘못했다간 이게 또……."

나오키치는 자기 귓불을 매만지며 웃었다. 그러자 오하마도 소리 내어 웃었다.

행방불명

지로는 두 사람의 이야기를 주의 깊게 듣고 있었지만 마지막 부분은 무슨 말인지 잘 이해할 수가 없었다. 자기와 관련된 얘기임에는 틀림이 없는데 구체적인 내용은 잘 알아들을 수가 없었던 것이다. 그러다가 나오키치가 귓불을 만지며 웃는 걸 보고는 가슴이 덜컥 내려앉았다.

'나오키치가 나를 또 억지로 데려가려는 게 틀림없어!'

지로는 애가 타기 시작했다. 오하마 엄마와 얼마 만에 다시 만났는데 나오키치에게 붙들려 돌아가야 한다니! 그럴수는 없었다. 게다가 어쩌면 설날까지 오하마 엄마와 함께 지낼 수 있을지도 모르는데!

지로는 아무 일도 없다는 듯 태연함을 가장한 채 슬그머니 그 자리를 빠져나왔다. 나오키치와 오하마도 지로가 잠시 자리를 비운 것이 더 편하게 느껴져 이것저것 밀린 이야기를 하느라 별로 신경을 쓰지 않았다.

이윽고 돌아가야 할 때가 됐다고 생각한 나오키치가 마사키가 사람들에게 인사를 마치고 지로를 찾았다. 지로의 짐작이 맞았던 것이다. 하지만 그 어디에도 지로는 없었다. 게다가 집 안의 모든 사람들 그 누구도 지로의 행방을 아는 사람이 없었다.

"지로!"

"지로 도련님!"

오하마와 나오키치가 공장과 집 근처를 돌며 차례로 소리쳤다. 마사키가의 사람들도 한둘씩 지로를 찾기 시작했다. 하지만 지로는 없었다. 마침내 마사키가의 모든 사람들은 물론 사촌들까지 모두 합세하여 온 집 안을 샅샅이 뒤졌다. 이웃집에도 사람을 보냈다. 그러나 지로의 행방은 도무지 알 길이 없었다.

"지로가 혼자 집으로 간 거 아닐까요?"

나오키치가 땀을 뻘뻘 흘리며 말했다.

"설마! 더구나 도련님은 자네가 자길 데리러 왔다고는 생각하지 않았을 거야. 그리고 내가 여기 있는데 혼자 갈 리도 없어."

오하마가 어림도 없다는 듯 대답했다. 그러고는 봉당에 털썩 주저앉아 뭔가를 곰곰이 따져보는 눈치더니 나오키치를 향해 물었다.

"지로 도련님이 우리와 함께 있다가 밖으로 나간 게 언제쯤이었지?"

"글쎄요……. 우리가 막 웃는 걸 보고는 나간 것 같은데."

"맞아, 그렇다면 분명히 우리가 무슨 말을 하는지 눈치챘던 거야."

"그러게요. 내가 귓불도 만지고 그랬으니까……."

"그런데도 우리한테는 말도 않고 혼자 집으로 갔을 거라는 얘기야?"

"틀림없어요."

나오키치가 우겼다.

"글쎄, 그럴 리가 있을까?"

오하마가 말도 안 된다는 듯 고개를 절레절레 흔들었다. 그러고는 아까부터 안채에 앉아 연신 턱수염만 쓰다듬던 마사키 노인에게 말했다.

"어르신, 짐작되는 게 있어서 그런데, 저 먼저 돌아갔으면 합니다."

"집에 가겠다구?"

"예, 급히 좀 가 봐야만 할 것 같아요."

"설마하니 지로가 자네 집으로 갔다고 생각하는 겐가?"

"하지만 그랬을지도 모르는 일이라서 그럽니다."

"그도 그렇군."

마사키 노인은 잠시 눈을 감고 생각을 가다듬는 듯했다.

"어쨌든 가 보게. 그리고 나오키치도 우선 혼다가로 돌아가서 지로가 없어졌다고 알려. 그동안 우리도 지로가 있을 만한 데를 더 찾아볼 테니까. 하지만 찾든 못 찾든 간에 더 이상 혼다가에 사람을 보내지는 않을 거야. 궁금하면 혼다가에서 직접 이리로 오라고 해. 무슨 말인지 알겠나?"

"예, 어르신."

마사키 노인 앞에서 잔뜩 긴장해 있던 나오키치는 막대기처럼 뻣뻣하게 인사를 하곤 급히 오하마를 따라 밖으로 나갔다.

그 뒤 마사키 노인의 지시로 사람들 모두가 지로를 찾아온 집 안을 다시 뒤졌지만 이번에도 지로의 모습은 보이지 않았다. 어느덧 날이 저물었다.

"아무래도 오하마 집에 간 모양이군. 아니면 혼다가로 갔을까? 어쨌든 더 이상 소란 피우지 말고 기다려 봐. 어디 숨어 있든 간에 곧 찾아낼 거야."

마사키 노인은 속으로 걱정이 이만저만이 아니었지만, 겉으로는 태연한 척 말했다. 마사키 노인의 명령으로 지로를 찾는 일은 잠시 중단됐다. 하지만 집 안의 분위기는 점점 더 무겁게 가라앉았다.

한 시간쯤 지났을 때 오하마가 새파랗게 질려 마사키가로 달려왔고, 혼다가에서도 슌스케와 오타미가 황급히 쫓아왔다. 사람들의 걱정은 더욱 깊어만 갔다. 혹시 강에 빠진 건 아닌가 해서 사람을 보내기도 했다.

지로가 어디로 사라졌는지 걱정하는 동안 어른들 사이에서는 서로 책임을 떠넘기며 서먹한 기운이 감돌았다. 특히 오타미와 오하마는 험악한 말들을 주고받았다. 먼저 포문을 연 사람은 오하마였다.

"교이치 도련님이나 슌조 도련님한테 하듯이 지로 도련님을 대해 줬더라면 이런 일은 애초부터 벌어지지 않았을 거예요."

"아니, 무슨 말을 그 따위로 해! 누가 지로를 차별했다고!"

오타미도 서슬이 파랗게 되받아쳤다. 주위의 사람들이 모두 눈살을 찌푸리는 바람에 다행히 언쟁이 오래가지는 않았다. 누군가가 마을 사람들에게 알려서 지로를 찾아보는 게 어떻겠느냐는 안을 냈지만 그러기에는 양가 모두 창피한 일이라 받아들여지지 않았다. 모두들 뾰족한 수 없이 얼굴만 쳐다볼 뿐이었다. 여느 때 같았으면 아무리 어려운 문제라도 원만히 해결했을 마사키 노인마저 한마디 말이 없었고, 큰일이 닥쳐도 낙심한 적이 없던 슌스케까지 고개를 떨어뜨리고 한숨만 내쉬었다.

그러는 사이에 안채에 걸려 있던 벽시계는 밤 열한 시를 알렸고, 이윽고 자정이 되었다.

반침

그렇다면 지로는 도대체 어디에 있었을까. 지로는 어른들이 생각했던 것처럼 그렇게 멀리 가지도 않았고, 또 강처럼 위험한 곳에는 더더욱 가지 않았다.

그날 낮, 오하마와 나오키치를 피해 부엌을 빠져나간 지로는 안채와 봉당 사이를 지나 우선 석가산 뒤편에 몸을 숨겼다. 그러나 그곳은 한데라 추위를 막을 수가 없었다. 지로는 어쩔 수 없이 손님방 툇마루로 기어 올라갔다. 인기척이 없는 것을 확인한 후 살며시 큰방 옆에 딸린 곁방으로 들어갔다. 그러고는 반침을 열고 재빨리 그 안으로 숨어들었던 것이다.

반침에는 손님용 침구가 잔뜩 쌓여 있었다. 지로는 부드러운 비단이불의 촉감이 너무 매끄럽고 차가워서 기분이 나빴고 또 추위에 튼 거친 손이 비단이불에 닿을 때마다 긁히는 소리가 났기 때문에 이러다가 이불을 찢는 건 아닌지 걱정도 되었지만 몸을 숨기기엔 그만 한 곳이 없었다.

이불 속으로 파고 들어간 지로는 반침문을 닫고 될 수 있는 한 몸을 움직이지 않으면서 바깥 동정에 귀를 기울였다. 봉당 쪽에서 사람들 목소리가 시끄럽게 들려왔지만, 가끔 자기 이름을 부르는 소리 외엔 무슨 말을 하는지는 전혀 알아들을 수가 없었다.

그러던 중 문득 발자국 소리가 근처에서 들렸다. 지로는 두근거리는 가슴을 껴안기라도 하듯 무릎을 가슴 위까지 끌어 올렸다. 발자국 소리의 주인은 곁방을 지나 툇마루 쪽으로 가는 눈치였다. 툇마루께에서 발자국 소리가 멈추었는데, 아마도 거기에 서서 뜰 쪽을 살피는 것 같았다. 발자국 소리가 묵직하고 천천히 움직이는 걸로 봐서 외할아버지가 틀림없었다. 지로는 외할아버지까지 자기를 찾아 나섰다는 데 놀라 더욱 몸을 움츠렸다. 잠시 후 발자국 소리는 다시 곁방 앞을 지나더니 아주 멀어져 가 버렸다.

문틈으로 새어 들어온 빛줄기가 반침의 벽에 가느다란 띠를 만들고 있었다. 지로는 이불 속에 파묻혀 온갖 생각에 빠져들었다.

'나오키치는 정말 재수 없어. 오하마 엄마도 분명 나오키치가 싫을 거야. 빨리 가 버렸음 좋겠어. 하지만 오하마 엄마까지 가 버리면 안 되는데. 오하마 엄마는 나를 못 찾아도 집으로 갈까? 아냐, 그렇진 않을 거야. 나오키치가 돌아간 후에도 나를 찾아다닐 거야. 빨리 이쪽으로 오하마 엄마가 와야 할 텐데. 그럼 오하마 엄마한테만 내가 여기 있다고 알려 주면 되는데.'

꼬리에 꼬리를 물고 이어지던 생각들도 시간이 흐르자 차차 희미해지며 지로는 졸기 시작했다. 따뜻하게 데워진 보드라운 이불이 한없이 포근했던 것이다. 지로는 몸이 공중으로 붕 떠오르는 것 같은 안락함 속에서 어느덧 잠들고 말았다.

오줌이 몹시 마려워진 지로가 잠에서 깨어났을 때 주위는 칠흑 같이 캄캄했다. '여기가 어디더라?' 지로는 어리둥절한 기분이었다. 한참을 더듬거린 뒤에야 비단이불의 감촉을 통해 지로는 자기가 반침 안에 숨어 있다는 사실을 알아차렸다. 밖으로 나가자니 들킬 게 걱정이고 계속 있자니 오줌보가 터질 것 같고, 지로는 슌조의 허벅지에다 그랬던 것처럼 이불에다 싸 버릴까도 생각했다. 그러나 아무래도 비단이불이 마음에 걸렸고 더구나 외갓집에서 그래서는 안 된다는 생각도 들었다.

결국 지로는 반침문을 열고 밖으로 기어 나왔다. 바깥 역시 반침 안처럼 캄캄했다. 익숙지 않은 공간을 허우적거리며 몇 발짝 걸음을 옮기던 지로는 마침내 무엇인가에 발이

걸려 앞으로 고꾸라지고 말았다. 우지끈, 소리와 함께 문살
이 부수어지며 지로의 몸이 미닫이문 밖으로 나뒹굴었다.

그 뒤의 소동은 말해 무엇하랴. 더구나 지로가 부러진 창
살에 여기저기를 찔려 피를 흘리는 바람에 난리도 그런 난
리가 없었다. 다행히 상처가 크지 않아서 그걸로 위안을 삼
는 분위기였다.

"됐다. 우선 빨리 의사 좀 불러와. 한밤중에 죄송하지만
다친 사람이 있어서 그런다고 말씀드려."

마사키 노인이 나서서 상황을 정리했다. 오하마가 지로를
안아 자리에 누이고 우선 급한 대로 상처를 싸맸다. 사람들
은 지로를 가운데 두고 빙 둘러앉아 깊은 안도의 한숨을 내
쉬며 두런두런 이야기를 주고받았다. 지로가 넘어지는 순간
자기도 모르게 오줌을 싸 버린 일도 얘깃거리였다.

"지로 저 녀석, 얼마나 참았으면 옷이 그렇게나 젖었어,
그래."

슌스케의 말에 모두들 키득거렸다. 웃지 않은 사람은 오
타미뿐이었다. 지로는 창피하기도 하고 상처가 아프기도 해
서 이불을 뒤집어쓰고 말았다.

왕진을 온 의사는 지로의 몸 구석구석을 살펴본 후 다행
히 상처가 심하진 않다고 말했다. 다만 손목 근처에 지로가
부러뜨린 미닫이문살이 박혀 있었는데, 그것을 빼느라 약간
시간이 걸렸다. 지로는 울지 않으려고 이를 악물었다. 머리

맡에서 지로를 돌보던 슌스케가 안쓰러운 표정으로 다독거렸다.

"아프면 참지 말고 울어도 돼."

그러나 지로는 슌스케의 말에 더욱 용을 쓰며 고개만 끄덕거렸다. 의사도 돌아가고, 하루 종일 소동에 시달려 파김치가 된 사람들이 슬슬 자리에서 물러날 때 오타미가 슌스케에게 작은 목소리로 말했다.

"집에서 어머님이 걱정하고 계실 거예요. 또 연말이라 정리해야 일들도 많은데, 가야 되지 않아요?"

슌스케가 대답했다.

"오늘밤은 둘 중 한 명이 여기 남는 게 좋겠어. 상처는 별로 심하지 않지만, 우리 둘 다 돌아가 버리면 지로가 실망할 거야."

"그럼 당신이 여기 계셔요. 나까지 그럴 필요는 없으니까 먼저 가 봐야겠어요."

오타미는 기분이 상했는지 그렇게 말하고는 돌아갈 준비를 했다. 그때까지도 오하마는 지로의 머리맡을 떠나지 않고 있었다. 오타미가 돌아갈 채비를 해도 모르는 척 지로의 얼굴만 바라본 채. 오타미는 그 모습이 말할 수 없이 얄미워 그예 참지 못하고 쌀쌀맞게 말했다.

"오하마는 안 갈 거예요?"

오하마는 대답 대신 슌스케와 마사키 노인을 차례로 쳐다보았다. 슌스케는 난처한 듯 고개를 돌려 버렸고 마사키 역시 잠시 말이 없었다. 하지만 그는 곧 엄격한 표정으로 꾸짖듯이 말했다.

"오하마는 여기서 며칠 더 묵고 갈 거니까 그리 알아라."

그날 밤 지로는 상처 부위가 쓰라려 잠이 잘 오지 않았다. 더구나 반침 안에서 늘어지게 잤던 터라 더욱 그랬다. 하지만 그날 밤은 지로에게 그다지 불행한 시간만은 아니었다. 우선 지로가 좋아하는 외갓집에서 가족 중 제일 좋아하는 아빠와 한 이불 속에서 잘 수가 있었고, 또 무엇보다도 며칠씩이나 오하마와 헤어지지 않아도 되었기 때문이었다.

오하마를 만난 기쁨이 뜻하지 않게 상처를 입는 불행의 원인이 되었지만, 이번에는 반대로 그 불행이 또 다른 기쁨의 원인이 되었다. 인생은 알다가도 모르는 것이며, 슬프다가도 언제든지 기쁜 일이 벌어질 수 있는 것이라는 걸 지로가 아직 깨닫지 못했을 뿐.

지로의 용기

입학

　지로는 결국 설날을 외갓집에서 맞이했다. 오하마는 설
전전날 돌아갔다가 설날 저녁에 다시 찾아와서 지로를 돌보
았다. 그 뒤로도 학교의 일이 정리되는 대로 거의 매일 찾아
오다시피 했다. 상처는 그리 대수롭지 않아서 금방 아물었
지만 오하마는 매일 단 몇 분이라도 지로의 얼굴을 보지 않
으면 마음이 놓이지 않는 모양이었다. 그리고 만나기만 하
면 지로에게 학교에 대해 이야기해 주었다.

　"도련님이 학교 갈 날도 이제 얼마 안 남았어요. 오쓰루
도 같이 학교에 다닐 거예요. 앞으론 매일 지로와 놀 수 있
다면서 오쓰루가 얼마나 기다리고 있는데요. 하지만 오쓰
루와 노는 것보다는 공부가 훨씬 중요하다는 건 알고 있죠?
일 학년은 점심때까지만 공부하니까 도시락은 가져오지 않
아도 돼요. 하지만 도시락을 싸 와도 상관없어요. 오하마 엄

208

마랑 같이 먹으면 되니까요."

순스케는 소동이 있던 날 밤만 지로 곁에서 자고 이튿날 아침이 되자 일찌감치 혼다가로 돌아갔다. 설날, 장인어른께 세배를 드리러 왔다가 지로를 데려가려고 했지만 지로가 가고 싶지 않다는 표정을 짓자 선선히 물러섰다.

"그래, 너 하고 싶은 대로 해. 대신 반침에는 절대 들어가면 안 돼."

순스케는 웃으면서 한마디 하고는 혼자 돌아갔다.

지로가 혼다가로 돌아간 것은 설날이 지나고도 닷새를 더 머문 후였다. 그날 아침, 오타미가 왔다는 소리를 들은 지로는 자기를 데려가려는 것인 줄 짐작하고 어디든 숨으려 했지만 집에 들어서면서 지로부터 찾아낸 오타미의 손길을 피할 수는 없었다.

즐거웠던 외갓집에서의 생활은 그렇게 끝났다. 다시 본가에서의 지루한 일상이 시작되었다. 하지만 견딜 수 없이 지루해지면 언제든 혼자서라도 외갓집에 갈 수 있다는 자신감이 생긴 탓에 지로는 더 이상 예전처럼 구석진 곳만 찾아다니는 아이로 지내진 않았다. 지로의 활동 반경은 점점 넓어졌고 행동도 점차 활달하게 변해 갔다.

2월도 지나고, 보리밭이 푸르러지는 사이에 어느덧 유채꽃이 피는 3월이 되었다. 사랑받는 사람에게도, 사랑받지 못하는 사람에게도 시간은 공평하게 주어졌다.

봄이 무르익는 4월, 지로는 드디어 학교에 입학했다. 지로는 학교 갈 시간만 되면 정신 나간 사람처럼 굴었다. 매일 아침 교이치는 가족들의 도움을 받아야 했지만, 지로는 새벽부터 부산을 떨며 책가방을 챙겼고 밥을 먹은 후엔 쏜살같이 학교로 달려가곤 했다.

일 학년은 남녀합반이었다. 오하마의 부탁 덕분인지, 아니면 단순히 키 순서대로 정했는데 그렇게 되었을 뿐인지 모르겠지만, 어쨌든 지로와 오쓰루는 짝꿍이 되어 맨 앞줄 창가 책상에 함께 앉게 되었다.

오쓰루의 왼쪽 뺨에는 여전히 올챙이 한 마리가 달라붙어 있었다. 하지만 지로는 예전처럼 오쓰루의 반점을 거슬려 하지 않았다. 물론 지로가 오쓰루의 오른쪽에 앉은 것도 한몫을 했지만.

수업은 오전 중에 끝났다. 지로와 오쓰루는 정해진 순서처럼 손을 잡고 소사실로 향했다. 도시락을 싸 달라고 지로가 아무리 사정하고 떼를 써도 오타미는 들은 척도 하지 않았다. 그래도 소사실에만 가면 고소한 깨소금을 끼얹은 주먹밥과 짭조름한 단무지가 언제나 지로를 기다리고 있었다. 그런 일을 미리 예상이라도 했던지 입학식이 있던 날 오타미는 지로를 붙잡고 신신당부했다.

"오하마 아줌마 집에서 절대로 밥 먹고 오면 안 돼. 그랬다간 엄마한테 혼날 줄 알아."

그러고서도 마음이 안 놓였는지 오타미는 오하마에게도 엄포를 놓았다.

"학교 끝나면 바로 보내요. 소사실에 데리고 가거나 특히 뭘 먹이면 절대로 안 돼요. 만약 지로에게 밥 한 숟갈이라도 먹이는 날엔 그날로 끝이야. 더 이상 학교에도 안 보낼 거니까 그리 알아요."

그러거나 말거나 오하마는 아랑곳하지 않고 날마다 지로를 위해 주먹밥을 준비해 놓았다. 결국 지로의 하굣길은 항상 늦어질 수밖에 없었는데 그러자 귀찮아진 것은 나오키치였다. 지로가 조금 늦는다 싶으면 오타미는 어김없이 나오키치를 학교로 보냈기 때문이었다. 따라서 지로는 나오키치를 더욱 미워하게 되었다. 이제 그만 집으로 가야겠다고 생각했다가도 나오키치의 모습이 보이면 지로는 일부러 학교 뒤편이나 보리밭, 유채밭 속으로 숨어 버렸다. 찾다 못한 나오키치가 난처한 발걸음으로 혼자 돌아가는 걸 확인한 후에야 지로는 혼자 느긋하게 집으로 돌아가곤 하는 것이었다.

하지만 신기하게도 지로가 소사실에서 자는 일은 한 번도 없었다. 그것만큼은 오하마도 끝내 허락하지 않았기 때문이었다.

"여기서 자는 날엔 어머니가 지로를 학교에 보내지 않을 거예요. 오하마 엄마도 더는 만나지 못하게 된다구요."

지로가 늦도록까지 돌아가지 않고 미적댈 때마다 오하마

는 지로를 설득해 혼다가 근처까지 바래다주곤 했다. 오하마는 혹시라도 지로가 소사실을 들락거린다는 걸 알게 되면 오타미가 진짜로 학교에 보내지 않을지도 모른다고 늘 걱정이었던 것이다.

가끔씩 지로는 정말이지 집에 가고 싶지 않은 날이 있었다. 그런 날은 오하마와 헤어진 후 곧장 외갓집으로 가 버렸다. 그리고 짧게는 사흘, 길게는 닷새씩이나 외갓집에 머물며 학교를 오갔다.

처음 지로가 외갓집으로 바로 갔던 날에는 작은 소동이 났었다. 저녁때가 되도록 지로가 돌아오지 않자 오타미는 화가 나서 직접 학교로 찾아갔다가 벌써 갔다는 오하마의 말을 듣고는 놀라지 않을 수 없었다. 오하마는 오하마대로 애가 어디로 사라져 버린 줄 알고 발을 굴렀다.

다행히 별다른 기별도 없이 혼자 찾아온 지로를 수상하게 여긴 외할아버지가 혼다가에 사람을 보내 알려 줬기에 망정이지 하마터면 큰 소동이 일어날 뻔했다. 그 후로도 지로는 툭하면 집으로 가지 않고 외갓집으로 향했다. 점차 혼다가와 마사키가 모두 그런 일에 익숙해졌다. 나중에는 식사 시간에 상 앞에 끼어 앉은 지로를 뒤늦게 발견한 외할머니가 이렇게 말할 정도였다.

"아니, 지로 아냐? 또 언제 온 거야? 넌 대체 어느 집 애냐?"

그때서야 외갓집 식구들은 지로가 온 걸 알아채고 다들 웃곤 했다. 다만 오직 한 사람, 오타미만이 한숨을 내쉬는 것이었다.

"오하마의 젖을 먹이지만 않았어도 이렇게 되진 않았을 텐데."

오하마를 향한 오타미의 원망은 날로 깊어갔다. 마음속으로는 말썽만 일으키는 지로가 집에 없는 게 은근히 반가웠던 할머니가 오타미의 편을 들었다.

"어떻게 빨리 정리를 해야지 자꾸만 폐를 끼치는 것 같아 사돈댁 보기가 창피하구나. 집안에 어른이 없는 것도 아닌데, 어린 손자 놈 하나 제대로 관리하지 못하다니, 내 체면이 말이 아니야."

슌스케는 두 사람이 그런 말을 할 때마다 단호하게 말했다.

"차라리 잘됐어요. 외갓집에서야 못된 짓도 할 수 없을 테니, 당분간은 하고 싶은 대로 내버려 두는 게 좋겠어요."

그렇게 반년이 흘렀다. 지로는 학교와 혼다가, 마사키가를 근거지로 세 무리의 각기 다른 친구들을 만들었다. 아이들은 지로를 중심으로 똘똘 뭉쳐 자기네들끼리만 어울려 놀았다. 다른 아이들은 그 누구도 지로 무리를 얕보지 못하게 되었다.

지로는 천성적으로 몸집이 크지 않은 편이었다. 하지만

성질이 사나워서 누구한테 지는 꼴을 못 보는 성미였다. 게다가 몸도 나이에 비해 다부져서 자기가 옳다고 생각되면 상대방이 누구든 가리지 않고 이길 때까지 싸웠다. 서너 살 많은 형들도 그런 지로의 성격을 알고는 함부로 건드리지 못했다.

더구나 지로가 몸집도 자기보다 훨씬 크고, 싸움도 제일 잘하는 기타로를 때려눕힌 후로는 학교에서 지로의 이름을 모르는 아이가 없게 되었다. 특히나 같은 또래 아이들 사이에서 지로는 확실한 우두머리로 우뚝 서게 되었다.

몸부림

기타로는 마을에서 조그마한 음식점을 하고 있는 쇼하치의 장남으로 교이치와 같은 삼 학년이었다. 하지만 학교에서 키가 제일 컸고, 힘도 제일 센 아이였다. 아버지인 쇼하치도 마을 사람들 누구도 상대가 되지 않는 건달 같은 사람이었는데, 기타로는 그런 아버지를 닮았는지 사나운 아이였다. 게다가 자기 아버지가 마을에서 제일 센 사람이라는 걸 알게 되고부터는 예사로 다른 아이들을 괴롭히거나 큰소리를 치면서 으스대곤 했다. 그래서 교이치 같은 순둥이들은 같은 학년임에도 불구하고 기타로가 근처에 나타나기만 해도 겁을 잔뜩 집어먹고 말도 제대로 못 붙일 정도였다.

지로는 마음속으로 기타로를 아주 싫어했다. 교이치가 기타로만 보면 벌벌 떠는 것도 못마땅했다. 그러나 덩치가 자기보다 배는 더 큰 기타로에게 함부로 덤빌 수도 없는 노릇이어서 속으로는 언제나 이를 갈면서도 기타로가 시키는 대로 따르는 수밖에 없었다.

그러던 어느 날, 지로가 평소처럼 수업이 끝나고 오쓰루와 함께 소사실에 들러 주먹밥을 먹고 있을 때였다. 기타로가 불쑥 창밖에서 얼굴을 들이밀더니 명령조로 말했다.

"야, 주먹밥 나도 하나 줘."

지로는 오쓰루와 얼굴을 마주본 채 아무 대꾸도 하지 않았다. 밥통에는 주먹밥이 몇 개 더 남아 있었지만, 기타로에게 주고 싶은 마음은 눈곱만큼도 없었다.

"빨리 달라니까!"

기타로가 위협했다. 몸통을 반쯤이나 들이밀며 당장이라도 주먹밥 하나를 낚아챌 것처럼 손까지 마구 휘저었다. 지로는 재빨리 밥통을 들고 안쪽으로 물러나면서 기타로를 노려보았다.

"이 새끼, 어디 두고 보자."

기타로가 화를 내며 창틀에서 물러났다. 그러더니 모래가 반쯤 섞인 흙을 한 줌 방 안으로 혹 끼얹는 것이었다. 지로와 오쓰루의 머리는 말할 것도 없고 주먹밥도 흙투성이가 되고 말았다. 화가 머리끝까지 치민 지로가 말없이 밥통을 오쓰루에게 넘겨주었다. 잠시 씩씩대던 지로가 벌떡 일어나 창문을 타넘었다.

"야, 이 나쁜 놈아!"

기타로는 꼬맹이 지로가 창문을 넘어 자신에게 달려들 줄은 생각지도 못하고 운동장 쪽으로 어슬렁거리며 걸어가고 있었다. 지로는 돌멩이처럼 날아가 기타로의 허리를 그대로 들이받았다. 불시에 당한 기습에 기타로가 앞으로 거꾸러졌다. 하지만 상대가 지로인 걸 알고는 바로 일어나 지로에게 달려들었다.

"이 새끼, 어디서 나한테 덤벼! 맛 좀 봐라."

기타로의 주먹이 지로의 뺨을 후려갈겼다. 정통으로 얻어맞은 지로는 그대로 땅바닥에 나뒹굴었다. 기타로는 의기양양한 폼으로 넘어져 있는 지로의 가슴을 무릎으로 짓눌렀다. 그뿐만이 아니었다. 두 손으로는 지로의 손을 눌러서 땅바닥에다 대고는 마구 짓뭉개는 것이었다.

"어때, 아프지? 아프지?"

지로는 버둥거리며 용을 써 보았지만 기타로의 압박에서 도저히 벗어날 수가 없었다. 발길질도 닿지 않고, 답답한 지로는 침이라도 뱉어 보았지만 아무 소용도 없었다.

한참을 버둥거리던 지로는 이대로는 안 되겠다 싶어 힘을 빼고 가만히 있었다. 어떻게든 일어나야 한다는 생각이 굴뚝같았지만 뾰족한 수가 없었다. 답답하고 분했지만 울지는 않았다. 기타로는 위에서 빙글거리며 지로를 놀렸다.

"야, 항복하고 싶지? 빨리 항복한다고 말해. 이번 한 번만은 봐줄 테니까. 대신 내일부터 나한테 주먹밥을 가져와야 해."

순간 지로는 절대로 지지 않겠다고 이를 앙다물었다. 그러자 가슴을 뭉개든, 손등에 구멍을 뚫든, 어디 네 마음대로 해봐라, 하는 배짱이 생겼다. 몇 시간이라도 상관없이 이렇게 누워서 기타로 녀석이 지칠 때까지 기다릴 작정이었다. 대신 일어나기만 하면 무슨 수를 써서라도 때려눕히고야 말겠다고 이를 갈았다. 지로는 아예 눈도 감아 버렸다. 이번에는 기타로가 당황한 것 같았다.

"야, 인마! 빨리 항복한다고 말해! 눈 뜨고 말하란 말이야!"

지로는 아무런 대꾸도 없이 계속 눈을 감고 있었다. 기타로가 무릎을 조금 턱 쪽으로 옮기며 더 세게 짓눌렀다. 지로가 눈을 떴다. 기타로의 허연 무릎이 눈앞에 보였다. 순간 지로는 고개를 쳐들고 기타로의 무릎을 있는 힘껏 물어 버렸다. 물컹한 살이 입에 가득 차는 것 같았다. 지로는 에라, 모르겠다, 먹이를 물고 흔드는 개처럼 더욱 힘을 주어 기타로의 무릎을 이그지그 물고 놓지 않았다.

기타로가 달을 보고 짖는 개처럼 길게 비명을 지르며 뒤로 벌렁 나자빠졌다. 기회를 놓치지 않고 지로가 잽싸게 일어났다. 입안에 찝찔한 맛이 느껴져 침을 뱉었다. 시뻘건 피였다! 지로의 입가에도 피가 묻어 있었다. 주위에 있던 아이들이 소리를 지르며 와글거리기 시작했다. 기타로는 피투성이가 된 무릎을 붙들고 황소처럼 울고 있었다. 지로는 가슴이 덜컥 내려앉았다. 다리도 후들거렸다. 큰일이 벌어졌구나, 겁이 더럭 났다. 하지만 지로는 마음속으로 몇 번이고 외쳤다.

'난 잘못한 거 없어! 잘못한 거 없단 말이야!'

그때 애들이 웅성거리는 걸 이상히 여긴 선생님 한 분이 교무실 창문을 열고 소리쳤다.

"무슨 일이야? 왜들 거기 모여 있어?"

선생님의 목소리에 지로는 더욱 어찌할 바를 몰라 그 자리에 뻣뻣하니 굳어 버렸다.

"어머나, 기타로! 무슨 일이야? 선생님, 큰일 났어요! 기타로가 다쳤어요!"

오하마의 다급한 목소리였다. 아마도 아이들의 소란스런 움직임을 보고 달려온 모양이었다. 지로는 오하마의 목소리를 듣는 순간 저도 모르게 슬그머니 아이들 틈을 비집고 나와 교문 쪽으로 달아나 버렸다.

급한 김에 교문 밖으로 뛰쳐나오긴 했지만, 지로는 어디로 가야 좋을지 몰라 잠시 멈칫거렸다.

'어디로 가지? 집으로 갔다간 욕만 들을 테고, 외할아버

지 댁으로 가도 이번엔 아무도 내 편을 들어주지 않을 거야.'

사실 지로는 몹시 놀란 상태였다. 싸움이라고 해 봤자 서로 몇 대 쥐어박는 정도였지 피를 철철 흘리는 건 상상도 못 해 보았다.

'기타로는 어떻게 되는 걸까? 다리를 잘라야 할까? 그렇게 된다면 나는 어떡하지? 아냐, 난 잘못한 거 없어. 기타로가 먼저 나쁜 짓을 하고 때리기도 먼저 때렸어!'

하지만 지로는 자기가 아무리 잘못이 없다고 소리쳐 봐도 이제 모든 사람들이 자기를 미워하고 혼낼 것 같았다. 지로는 어디로 갈지 정하지도 않은 채 사람이 없는 논두렁길을 골라 걸었다. 걷다 보니 도착한 곳은 신사 뒤편 숲이었다. 지로는 그때서야 오늘이 아빠가 돌아오는 날이란 걸 깨달았다.

'맞아, 아빠라면 틀림없이 내 편이 되어 주실 거야.'

그때서야 마음이 조금 놓인 지로는 숲 속에 숨어서 아빠가 돌아올 때까지 기다리기로 했다. 시간은 더디게 흘렀다. 지로는 불안과 안심 사이를 시계추처럼 오가면서 애타게 아빠를 기다렸다. 하지만 아빠가 돌아오는 시간이 되려면 너무 많이 남아 있었다. 지로는 혹시라도 그사이에 마을 사람들이 달려오는 건 아닐까, 기타로의 아빠인 쇼하치가 식칼을 들고 숲을 헤치며 나타나지 않을까 불안해서 도저히 견딜 수가 없었다.

'숨어 있기엔 역시 집이 제일 안전해. 몰래 집으로 돌아가서 아빠가 올 때까지 이 층에 숨어 있어야겠어.'

지로는 숲을 빠져나와 주위를 찬찬히 살펴보았다. 다행히 마을 사람들도, 식칼을 든 쇼하치도 보이지 않았다.

아빠와 쇼하치

지로가 집으로 돌아와 이 층에 숨어 있은 지 한 시간쯤 지났을 때, 오하마가 숨을 헐떡이며 찾아왔다. 그리고 오타미와 오랫동안 무엇인가 이야기를 나누더니, 잠시 후엔 함께 어디론가 가는 눈치였다.

이 층에 숨어서 동정을 살피고 있던 지로는 엄마와 오하마가 함께 나가는 것을 보고 다시 아래층으로 내려왔다. 안채에는 교이치 혼자서 소년잡지를 뒤적이고 있었다.

"엄마 어디 갔어?"

"너네 담임선생님 만나러 가셨어. 쇼하치 아저씨네도 간다고 했어."

"거긴 왜 가?"

"사과하러 가신댔어. 너, 아까 기타로랑 싸웠지?"

"기타로가 먼저 나쁜 짓 했어. 기타로가 나한테 어떻게 했는지 알아?"

"나도 다 들었어. 하지만 너도 잘못한 거야. 기타로를 물었잖아."

"그게 뭐 어때서? 물지 않았으면 내가 숨이 막혀 죽었을지도 모른다고."

"그렇지만, 그런 짓을 하면 기타로가 나중에 무슨 짓을 할지 몰라. 그래서 엄마가 사과하러 가신 거야."

"칫!"

지로는 골이 잔뜩 난 표정으로 코웃음을 쳤다. 그러나 마음 한구석에선 자기가 먼저 사과하는 게 좋지 않을까, 라는 생각이 자꾸만 고개를 들었다. 물론 기타로가 무서워서 그런 것은 아니었다. 하지만 자기가 생각해도 기타로를 물어 뜯어 피까지 나게 한 것은 너무 심한 짓이었고, 또 눈썹이 짙고, 눈알도 부리부리한 쇼하치 아저씨가 칼을 들고 쫓아오면 어쩌나 불안했던 것이다.

다행히 저녁 식사 때까지는 아무도 돌아오지 않았다. 덕분에 지로는 이 층에서 내려와 실컷 밥을 먹을 수 있었다.

오타미는 날이 저물고도 한참 지난 후에야 돌아왔다. 오하마도 함께였다. 한 발 차이로 슌스케도 도착했다. 세 사람은 함께 저녁을 먹었는데 지로는 이 층에 숨어서 세 사람이 나누는 대화를 엿듣고 있었다.

처음엔 주로 오하마가 이야기했다. 오늘 싸움이 시작된 경위부터 시작해 어떻게 끝이 났는지를 대충 설명했는데 별로 틀린 말은 없었다. 하지만 제일 중요한 주먹밥 이야기는 쏙 빼놓고 하지 않았다. 오하마는 그저 지로와 오쓰루가 사이좋게 노는 것을 보곤 기타로가 장난삼아 흙을 던졌다는 식으로 이야기하는 것이었다. 지로는 그까짓 일 때문에 그토록 처절하게 싸운 것은 아니어서 조금 억울한 심정이었지만, 생각해 보면 주먹밥 이야기를 했다간 두 번 다시 오하마 엄마의 주먹밥을 먹지 못할 테니 그건 어쩔 수 없는 것 같았다. 그리고 자신도 주먹밥에 대해선 아무한테도 이야기하지 않기로 결심했다.

오하마의 이야기가 끝나자 이번엔 오타미가 쇼하치의 집에 다녀온 이야기를 했다.

"아무래도 쇼하치 씨는 가만 안 있을 것 같아요. 말로만 사과해선 안 된다는 거예요. 말은 안 했지만 돈을 바라는 눈치였어요."

"그래? 사과했으면 그걸로 끝이지, 돈은 무슨 돈이야?"

슌스케는 별일 아니라는 듯 덤덤하게 말했다.

"그랬다간 일이 더 커질지도 몰라요. 우리 집에 찾아오겠다는 식으로 말하는데 어찌나 겁이 나던지."

"오면 오는 거지, 뭘 그렇게 놀래? 발단은 기타로가 못된 짓을 한 것 때문이잖소. 그러니 따지고 보면 오히려 쇼하치가 우리한테 사과하러 와야 맞는 거지."

그 말을 들은 오하마가 조심스레 말했다.

"맞아요, 나리 말씀이 옳아요. 하지만 나리, 돈으로 잘 마무리될 수 있는 일이라면 도련님을 위해서라도 우선 그렇게 하시는 편이 더 좋지 않을까요?"

"지로를 위해서?"

"네, 지로를 위해서요. 쇼하치 그 사람은 동네에서도 소문난 망나니라 혹시라도……. 그리고 기타로 그 아이도 제 아빠를 닮아서 그런지 학교에선 당할 애가 없거든요."

"보복이라도 당할까 봐 그러는 거요?"

"네. 이대로는 지로 도련님이 안심하고 학교에 다닐 수 없을 거예요."

"하긴, 그런 게 걱정이 될 수도 있겠지. 하지만 난 지로를 위해서라도 돈으로 적당히 해결하고 싶진 않아요. 당신들은 지로가 기타로에게 입힌 상처만 걱정하는 모양인데, 아, 물론 나도 사람을 물어뜯은 건 잘한 짓이 아니라고 봐요. 하지만 지로는 자기보다 훨씬 센 녀석과 싸우기 위해서는 그 방법밖에 없다고 생각했을 거야. 지로는 나름대로 목숨을 걸고 싸운 거라구. 그렇다면 혼내기는커녕 칭찬해 줘야 마땅한 일 아닌가? 지로는 나쁜 짓을 한 게 아니야. 용기를 내서 못된 녀석과 싸운 거지. 그런데 지로를 칭찬해 주지는 못할망정 돈까지 지불하면서 사과하자는 거, 그건 말도 안 되는 일이야."

슌스케의 말투는 여느 때와 다르게 아주 위엄이 있었다.

지로는 아빠가 하는 말뜻을 다 이해할 순 없었지만, 아빠가 자기편이란 것은 분명하게 알 수 있었다. 슌스케의 말이 이어졌다.

"만약 지로가 쇼하치나 기타로가 무서워서 학교에 가지 않겠다고 버틴다면 곤란한 일이긴 하지. 하지만 난 지로 그 녀석이 겁쟁이라고는 한 번도 생각해 본 적이 없어요. 하지만 지금 지로가 무슨 생각을 하고 있는지는 알 수 없으니까, 내가 직접 물어볼게. 우선 지로 이야기를 들어 봅시다. 정 안 되겠으면 지로에게 돈을 줘서 쇼하치에게 사과하라고 보내면 돼."

"뭐라구요?"

"그렇게까지……."

오하마와 오타미가 동시에 외쳤다. 하지만 지로는 '흥, 내가 무서워할까 봐?' 하는 배짱이 생겨나는 느낌이었다. 그리고 지금까지 무섭기만 했던 쇼하치의 부리부리한 얼굴도 전혀 무서울 게 없다는 생각도 들었다. 잠시 후 오하마가 이층에 숨어 있던 지로를 불렀다. 지로는 뭔가 좀 우쭐한 기분으로 슌스케 앞에 앉았다.

"오늘 너 아주 엄청난 짓을 저질렀더구나. 쇼하치 아저씨가 널 혼내 주러 오겠대."

"올 테면 오라구 해. 나, 나쁜 짓 한 적 없어!"

"나쁜 짓은 아니었어도, 쇼하치 아저씨 무섭지 않아? 쇼하치 아저씨는 힘도 세고, 동네에서 싸움도 제일 잘하는데."

지로는 약간 망설이다가 이렇게 말했다.

"아빠는 쇼하치 아저씨가 아빠한테 나쁜 짓을 해도 용서해 줄 수 있어?"

"어……, 용서 못하지. 하지만 아빠도 힘으로는 쇼하치 아저씨를 이기진 못해."

"그럼, 아빠가 진다는 말이야?"

"응, 아마 질 거야. 어쨌든 아빠보다 세니까."

지로의 마음속이 갑작스레 착잡해졌다. 슌스케는 지긋한 눈길로 지로의 표정 변화를 살피다가 이렇게 말했다.

"하지만 아빠는 지더라도 항복은 안 할 거야."

"항복하지 않으면 어떻게 할 건데?"

"싸우다가 죽는 거지, 뭐."

슌스케가 침통한 목소리로 대답했다. 표정도 그동안 한 번도 보지 못했던 진지한 표정이었다. 지로는 처음 보는 아빠의 굳은 표정에 어쩔 줄 몰랐다. 지로는 눈을 내리깔고 말없이 다다미를 내려다보았다. 지로의 마음속에선 그때 두 가지 생각이 서로 싸우고 있었다. 첫 번째 생각은 자기를 위해 아빠는 쇼하치와 싸우다가 죽을지도 모른다, 나는 대체 얼마나 무서운 짓을 저지른 것일까, 라는 후회였으며 두 번째 생각은 죽어도 쇼하치 같은 못된 인간에게 지고 싶지 않다는 생각이었다.

"지로, 어떻게 할까? 그냥 항복하는 게 좋을까?"

슌스케가 여전히 침통한 목소리로 물었다. 지로는 가슴이 무너지는 심정이었다. 하지만 항복이라니!

"아니, 난 항복 같은 거 안 할 거야."

"항복하지 않으면 너도 죽을지 몰라."

"괜찮아, 나도 아빠랑 같이 싸우다가 죽을 거야! 하지만……"

거기서 지로의 말이 뚝 끊겼다. 슌스케는 말없이 지로를 바라보았다. 지로가 고개를 들어 아빠를 마주보는데 눈에선 굵은 눈물이 주르르 흘러내렸다. 입술도 실룩거렸다. 마침내 지로는 어깨를 들썩이며 소리 내어 울었다. 슌스케가 지로의 어깨를 감싸 안았다.

"괜찮아, 울지 않아도 돼. 울면 진짜로 지는 거야. 착한 사람이 진다는 건 말도 안 돼. 쇼하치 아저씨가 와도 아빠는 틀림없이 이길 테니 두고 봐. 쇼하치 아저씨가 못된 짓을 하기 전에 아빠가 이겨 버릴 거야. 지로처럼 물어뜯지 않고서도 얼마든지 이길 자신이 있어."

지로의 마음을 확인한 슌스케의 얼굴에는 뭔가 벅찬 감정이 일렁거렸다. 지로 또한 여전히 눈물을 흘리고 있었지만 마음은 날아갈 것처럼 후련했다. 지로에게도 아빠와 굳게 맺어진 것 같은 느낌은 실로 가슴 벅찬 것이었다.

그날 밤, 아홉 시가 조금 지나서 쇼하치가 찾아왔다. 술을 좀 마신 것처럼 보였다. 지로는 그때 이미 잠자리에 누워 있었는데 안채에서 들려오는 낯선 소리에 벌떡 일어났다. '틀림없이 쇼하치 아저씨다!' 지로는 가슴이 마구 뛰었다. 지로는 후다닥 문 쪽으로 다가가서 귀를 기울였다.

"아니, 그럼 도대체 어떻게 하자는 말씀이오? 나이만 어리면 자기보다 나이 많은 놈에게 무슨 짓을 하든 상관없다, 이 얘깁니까?"

우렁우렁한 쇼하치의 목소리.

"그런 뜻이 아니잖소. 그렇게까지 이야기했는데 아직도 못 알아들으시는군."

아빠의 가라앉은 목소리.

"그래요, 난 잘 모르겠수다. 나리처럼 똑똑한 사람들이 하는 말은 너무 어려워서 나 같은 건 어디 알아먹을 수가 있어야 말이지요."

"그럼 하나만 물어봅시다. 만일 지로가 물지 않았다면 어떻게 됐을 거 같소?"

"어떻게 되긴 뭐가 어떻게 됩니까? 서로 상처 입지 않고 잘 끝났겠지."

"서로 상처 입지 않고 잘 끝났을 거다, 그걸 지금 말이라고 합니까? 만약 그랬다면 기타로는 더 기고만장해져서 지로를 괴롭혔을 테고, 지로는 일 년 내내 기타로 앞에서는 꼼짝도 못했을 거요. 쇼하치, 당신도 한번 잘 생각해 봐요. 무룰을 좀 물리는 것하고, 평생 비겁한 기억을 갖게 되는 것하고 어떤 게 더 비참할 것 같소? 당신도 이 마을에선 힘깨나 쓴다는 사람이니 내가 무슨 말을 하는지 못 알아듣겠다고는 못할 거요."

쇼하치는 대꾸하지 않았다. 슌스케도 묵묵히 앉아 있었다. 침묵은 꽤 오랫동안 계속되었다. 지로는 어떤 일이 벌어질지 몰라 긴장한 나머지 연방 침을 삼켰다. 정적을 깨고 슌스케의 목소리가 다시 들렸다. 아까보단 훨씬 부드러운 음성이었다. 그리고 쇼하치를 타이르려는 듯 말투도 달라져 있었다.

"기타로가 상처 입은 것을 보면 부모로서 당연히 화도 나겠지. 나도 지로가 개처럼 사람을 물어뜯었다는 소리를 듣고 기분이 좋진 않았으니까."

지로는 개처럼 사람을 물었다는 말에 자기도 모르게 목을 움츠리며 손바닥으로 입가를 어루만졌다. 슌스케의 말이 이어졌다.

"그렇기 때문에 우리 집사람이 자네 집에 들러 사과를 했고, 또 약값이야 당연히 낼 작정이었어. 한데 자네가 먼저 예의 없이 돈을 내놓으라는 식으로 말하는 이상, 약값이고 뭐고, 주고 싶은 생각이 싹 달아나는구먼. 이거, 내가 괜히 고집을 부리는 거라고 생각하지 말게. 나 역시 지로가 소중하기 때문이야. 지로는 자기가 잘못한 게 없으니까 질 줄 뻔히 알면서도 자네 아들에게 죽을 각오로 덤볐어. 부모인 나로서는 지로의 그런 마음을 짓밟고 싶지 않아. 만일 내가 자네 위협에 못 이겨 돈까지 주면서 사과했다는 걸 알게 되면 지로가 어떤 생각을 하겠나? 또 아버지의 이런 모습을 보고 자란 아이가 앞으로 커서 어떤 사람이 되겠나? 자, 쇼하치, 우리 아이들만큼은 협박이나 돈으로 속이지 말자구. 최소한 무엇이 옳고 그른지는 가르쳐야 할 게 아닌가. 그게 자네와 나의 도리야."

잠깐의 정적, 그리고 우는 건지 고함을 지르는 건지 분간할 수 없는 괴상한 목소리로 쇼하치가 외쳤다.

"나리!"

지로는 기겁을 하며 미닫이문에 귀를 바싹 대고 온 신경을 집중했다.

"무슨 말씀인지 잘 알겠습니다. 술김에 앞뒤 생각 없이 찾아와서 죄송합니다. 방금 하신 나리의 말씀은 정말 잊지 않겠습니다. 저뿐 아니라 기타로를 위해서라도 잊지 않겠습니다. 나리, 부디 오늘밤에 있었던 일은 다 잊어버리시고 앞으로도 잘 보살펴 주십쇼."

지로의 가슴이 마구 방망이질 쳤다.

"자네가 그렇게 말하면 내가 더 미안해지잖아. 비 온 뒤에 땅이 굳어진다는 속담이 있어. 어쨌든 오늘밤은 정말 기분 좋군. 잘 해결된 뜻에서 술이나 한잔하자구."

그 후로 이어진 어른들의 떠들썩한 술자리를 뒤로하고 다시 자리에 누운 지로는 몸과 마음이 전보다 훨씬 강해진 것 같은 느낌이 들었다. 느긋한 마음으로 누운 채로 기지개를 한 번 쭉 켰다. 마음도 더할 나위 없이 가벼워졌다. 그렇게 상쾌해진 마음속에 아빠의 얼굴이 떠올랐는데, 이제까지의 아빠와는 완전히 다른, 다정할 뿐만 아니라 강하고 용감한 얼굴이었다.

안채에선 슌스케와 쇼하치의 목소리에 섞여 오타미와 오하마의 웃음소리도 가끔씩 들려왔다. 지로는 어른들의 말소리를 들으며 스르르 잠에 빠져들었다.

그렇다면 지로는 그 일로 말미암아 정말 강하고, 착한 소년이 되었던 것일까. 자기보다 훨씬 센 기타로를 이겼고, 또 아빠로부터 여러 가지 칭찬을 듣고 아빠의 믿음을 얻은 것은 지로에게도 분명 작은 일은 아니었다. 그러나 아무리 힘든 상황이었다고 해도 개처럼 사람을 물어 상처를 입힌 것을 두고 진정으로 강해졌다고 말할 수는 없다.

하지만 어쨌든 그 일은 지로의 인생에서 결코 잊을 수 없는 중요한 사건이요 추억거리였다. 그리고 그 일이 지로에게 어떤 의미로 가슴에 새겨졌는지는 차차 확인하게 될 것이다.

젊은 닭의 가르침

놀이 친구들

"지로는 정말 강해!"

그다음 주 월요일에 학교에 갔을 때 지로의 소문은 학교 전체에 쫙 퍼져 있었다. 반 친구들은 지로를 빙 둘러싸고 한 마디씩 했다. 그동안 별로 친하지 않던 아이들까지 지로와 함께 놀고 싶어 했다. 친구의 수는 점점 불어났다. 아마도 지로와 함께 놀면 기타로처럼 못된 형들에게 괴롭힘을 당하지 않을 거라고 생각했기 때문인 것 같았다.

지로는 원래 성격도 그런 편이었지만, 그 일 이후로는 자기보다 약한 친구들을 괴롭히는 짓은 절대로 하지 않았다. 나아가 힘이 약한 친구들을 도와주는 일을 스스로 떠맡고 나섰다. 우는 친구가 보이면 즉시 달려가 이렇게 말하는 것이었다.

"누가 그랬어? 내가 혼내 줄게. 어서 말해 봐."

그리고 잘잘못을 떠나 힘이 약한 친구가 당하는 걸 보면 상대를 가리지 않고 달려들었다. 그래서 선생님께 혼나는 일도 잦아졌다. 정의감이 너무 지나친 상태라고나 할까. 이처럼 그 일이 있은 후 지로가 더 강해지고 겁이 없어진 것은 분명했지만 그것이 다 좋은 것은 아니었던 셈이다.

지로는 집 안에서 얌전하게 놀기보다는 밖에서 친구들과 날뛰며 노는 걸 더 좋아했다. 작은 몸집 탓에 씨름만은 마음대로 되지 않았지만, 달리기나 헤엄, 나무 오르기, 돌 던지기 같은 놀이에서는 아무에게도 뒤지지 않았다. 특히 나무 오르기는 원숭이만큼이나 재빨랐고, 헤엄을 칠 때면 물고기처럼 오랫동안 잠수했다. 이 밖에도 지로는 뭔가를 잡는 데는 선수였다. 잠자리, 붕어, 미꾸라지 등 종류를 가리지 않았다. 그리고 겨울만 빼고 어디를 가든 거의 맨발로 돌아다녔고, 여름에는 학교에서 수업을 받을 때를 제외하곤 언제나 벌거숭이로 돌아다녔다.

"지로는 학교를 다니더니 오히려 더 야만인이 돼 가는 것 같아요."

어느 날 외할아버지가 혼다가에 찾아왔을 때 슌스케는 웃으면서 그렇게 말했다. 사실 지로는 아무리 봐도 문명인으로 보이진 않았다.

밖에서 노는 것만으로도 하루해가 짧았던 지로는 교이치처럼 매일 일정한 시간 동안 숙제를 하거나 공부하는 일이 드물었다. 교과서에 손때가 잔뜩 묻고 여기저기 닳아서 떨어져 나가긴 했지만, 공부를 열심히 해서가 아니라 교과서를 동그랗게 말아 친구들과 서로 때리는 장난을 쳤기 때문에 그리 된 것일 뿐이었다.

하지만 신통하게도 지로의 성적은 나쁜 편이 아니었다. 오십 명쯤 되는 반에서 오륙 등 정도는 꾸준히 유지했다. 만약 지로가 조금만 더 열심히 공부한다면 일 등이 되는 것은 시간문제처럼 보였다. 다만 행동발달에 관한 점수에선 한 번도 '수'를 받아 보지 못했다. 대부분 '우'였고 가끔은 '미'나 '양'도 받았다. 그런 날엔 지로도 기가 잔뜩 죽었는데, 하루는 성적표를 손톱으로 긁고 '우'라고 써서 가져간 날이 있었다.

물론 오타미는 성적표를 보자마자 지로를 심하게 야단쳤다. 하지만 오타미보다 더 화를 낸 사람은 슌스케였다.

"비겁한 놈 같으니라구!"

슌스케는 들고 있던 담뱃대로 별안간 지로의 어깨를 내리쳤다. 지로 평생에 그때처럼 겁이 났던 적은 없었다. 그리고 혼자 있게 되었을 때 지로는 그 일에 대해 차분히 생각해 보았다.

'아빠는 내가 아무리 심한 장난을 쳐도 때린 적이 없었는데, 성적표를 조금 긁어낸 걸 가지고 저렇게 화를 내시는 걸까? 비겁한 놈이라니, 그게 무슨 뜻이지?'

지로는 이해할 수가 없었다. 하지만 그 뒤로 아빠에게 더러 꾸지람을 들으면서 깨닫게 된 것이 있었는데 그것은 아빠가 꾸지람을 할 때는 한 가지 공통점이 있다는 사실이었다. 아빠가 화내는 이유는 언제나 정해져 있었다. 그것은 바로 지로가 나쁜 짓을 하고도 그런 적이 없다고 속이려 들 때였다.

처음 성적표를 받던 날, 오하마가 소사실로 지로를 불렀다. 상에는 주먹밥과 단무지뿐 아니라 지로가 제일 좋아하는 달걀부침도 올라와 있었다. 하지만 오하마의 표정은 그리 밝지 못했다. 지로가 신나게 달걀부침을 먹는 걸 보면서 오하마가 말했다.

"교이치는 늘 일 등만 하는데 지로는 어떻게 된 거죠?"

지로는 창피한 생각이 들어 고개를 숙이고 말았다. 그러나 오하마의 성적에 대한 집착은 뜻밖이라 할 만큼 강했다. 성적표를 받는 날은 물론이요, 거의 매일처럼 오하마는 교이치와 지로의 성적을 비교하고 지로를 다그쳤다. 지로로선 여간 부담스러운 일이 아니었다. 그렇게 오하마를 따르던 지로가 잔소리를 듣는 게 싫어져서 소사실에 가는 걸 점점 줄일 정도였다.

지로가 예전처럼 소사실에 자주 가지 않게 된 데엔 물론 다른 이유도 있었다. 매일 친구가 늘어났고, 특히 기타로를 이긴 후부터는 인기가 더욱 많아져 늘 자기가 하고 싶은 대로 친구들을 이끌고 다니며 놀기에 바빴던 탓이었다. 그 무렵 지로에겐 친구들과 함께 노는 것이 최고의 즐거움이었다. 그 좋던 외갓집도, 그 정답던 소사실도 같은 또래의 친구들과 노는 즐거움에는 못 미쳤던 것이다. 친구들과 노는 재미에 새롭게 눈떴다고나 할까. 그 순간만큼은 엄마와 아빠, 할머니와 형제들, 그리고 오하마와 외갓집에 대해서도 완전히 잊어버렸다. 지로는 산과 들을 뛰노는 짐승이나 새처럼 자유롭고 즐거웠다.

그렇게 세월이 흘러갔다. 지로는 이 학년이 되었나 싶더니 또 어느 새 삼 학년이 되었다. 친구들의 수도 따라서 늘었고, 놀기에도 하루해는 너무 짧았다. 이제 지로가 집에서 눈치나 보며 지내는 시간은 거의 없었다.

슌조를 데리고 학교에 가다

그런데 세상일이란 확실히 자기 마음대로만 굴러가지는 않는 법인지, 이 학년이 될 때까지 하루하루가 즐거웠던 지로의 생활은 삼 학년이 되자마자 전혀 생각지도 않았던 일로 산산조각이 나고 말았다.

그 일이란 바로 막내 슌조가 그해에 입학을 하게 된 일이었다. 슌조도 나이가 되면 학교에 다니게 될 것이라는 사실은 지로도 이미 잘 알고 있던 일이었다. 그런데 그게 왜?

순조의 입학식이 끝나고 식구들이 다 함께 막내의 입학을 축하하는 찰팥밥을 먹을 때만 해도 지로는 그저 맛있는 걸 먹을 수 있어 좋았을 뿐이었다. 식사가 끝나자 오타미가 삼 형제를 따로 불러 자기 앞에 나란히 앉혔다.

"오늘은 엄마가 너희들에게 특별히 할 얘기가 있으니까, 잘 들어 봐."

그날 오타미는 전국시대의 무사였던 모리 모토나리에 관한 이야기를 들려주었다.

모토나리는 죽기 전에 아이들을 머리맡으로 불러 화살을 하나씩 쥐여 주곤 그것을 부러뜨려 보라고 했다. 다들 쉽게 화살을 부러뜨렸다. 그러자 이번에는 한 다발로 묶어 놓은 화살을 부러뜨려 보라고 했다. 아이들은 누가 더 힘이 센지 겨뤄 보는 것이라 생각하며 있는 힘을 다 썼지만, 아무도 부러뜨린 아이가 없었다. 그 모습을 지켜보던 모토나리는 이렇게 이야기했다.

"형제도 이와 마찬가지다. 내가 죽은 후 너희들이 뿔뿔이 흩어지면 당장 적에게 질 수밖에 없다. 그러나 마음을 합치고 함께 행동하면 절대로 지지 않는다."

오타미는 모토나리의 일화를 들려주곤 웃음 띤 얼굴로 교이치에게 물었다.

"어때? 아주 좋은 얘기지? 무슨 뜻인지 알겠어?"

교이치는 고개를 끄덕였다.

"지로도 알아들었어?"

지로도 교이치를 따라 고개를 끄덕였다. 하지만 오타미의 눈에는 그게 교이치처럼 진심으로 하는 것 같아 뵈질 않았다. 한편 지로의 입장에선 엄마가 교이치에겐 "알겠어?"라고 물었던 반면, 자기에겐 "알아들었어?"라고 물었던 게 좀 마음에 걸려서 그랬을지도 모른다.

오타미는 아무래도 지로의 눈치가 이상하다 여겼는지 지로의 얼굴을 찬찬히 바라보았다. 지로는 이번에는 엄마가 슌조에게 물어보겠지, 싶어 기다리고 있는데 웬일로 엄마는 여전히 자기만 쳐다보고 있다. 지로는 의아한 눈길로 엄마를 마주 보았다. 잠시 후 오타미가 다시 입을 열었다.

"엄마가 무슨 말하는지 알았으면 너희들도 앞으로 사이좋게 지내야 돼. 내일부터는 셋이 나란히 학교에 갔으면 좋겠구나. 슌조는 처음 학교에 가는 거니까 혼자서는 힘들 거야."

지로는 그 말도 또 이상하게 들렸다. 자기가 입학했을 때는 이런 일이 없었기 때문이었다. 자기와 동행해 준 사람도 물론 없었다. 당연히 혼자 가는 걸로 다들 생각하는 것 같았는데 슌조한텐 왜 이러지? 하지만 뭐 어때. 교이치가 있는데. 당연히 교이치 형이 슌조를 데리고 다니겠지, 라고 생각한 지로는 창밖으로 시선을 돌렸다. 그때 오타미가 짜증이 좀 섞인 목소리로 말했다.

"지로, 넌 왜 자꾸 엄마가 말하는데 다른 델 보는 거야? 엄마 하는 말, 알아들었어? 네가 슌조를 데리고 학교에 가야 한단 말이야."

지로는 자기가 잘못 들은 줄로만 알았다. 형을 놔두고 왜 자기한테 시키는지 도무지 이해가 되지 않았다. 지로는 생각지도 않게 슌조를 떠맡게 된 것이 억울해서 입을 삐쭉거리며 눈을 흘겼다. 오타미가 다시 말했다.

"교이치 형은 오 학년이라 늦게까지 학교에서 복습을 해야 하니까 학교가 끝나면 슌조를 데려오는 것도 네가 맡아야 해."

지로는 더 이상 듣고만 있을 수가 없어 덤벼들 듯이 외쳤다.

"내가 슌조보다 더 늦게 온단 말야. 슌조는 오전에 끝나지만 난 이제 삼 학년이니까 오후에 끝난다구."

지로는 자기 말이 이치에 어긋나는 것도 아니어서 엄마가 이해할 걸로 믿었다. 그러나 오타미는 조금도 뜸을 들이지 않고 대답했다.

"그야 알지. 그러니까 되도록 나오키치를 보낼 거야. 하지만 나오키치 아저씨도 바쁠 때가 있잖아. 아저씨가 못 가는 날은 네가 데려와야 해. 슌조는 네가 끝날 때까지 소사실에서 기다릴 거야. 오하마 아줌마에게도 미리 얘기해 뒀어."

지로는 그 말을 듣고 입을 다물어 버렸다. 더 이상 대꾸할 말이 없어서가 아니라 어이가 없을 정도로 화가 치밀었기 때문이었다.

'나한텐 맨날 소사실에 가지 말라고 해놓고선……'

그동안 엄마가 했던 말들이 떠올랐다. 괜히 억울해지면서 눈물이 날 것 같았다. 하지만 왜 자기에겐 소사실에 가지 말라고 했으면서 슌조는 가도 되느냐고 대들었다간 마치 자기가 소사실에 가고 싶어 하는 것처럼 들릴까 싶어 아무 말도 하지 못했다.

지로가 잠잠해지자 오타미는 이젠 다 결정되었다는 듯이 슌조에게도 한마디 했다.

"슌조도 엄마 말 알았지? 앞으로 지로 형하고 사이좋게 지내야 돼. 매일 학교에 같이 가야 하니까."

결국 이튿날부터 지로는 슌조와 함께 등교하게 되었다. 슌조와 함께 시간에 맞춰 집을 나섰고, 슌조와 함께 시간에 맞춰 집으로 돌아왔다. 집에 돌아와서는 숙제부터 하라는 말을 귀가 따갑게 들었고, 심부름도 자주 시켰기 때문에 친구들과 마음껏 논다는 것은 이젠 먼 옛날 일처럼 되어 버렸다. 지로에겐 이것이 얼마나 큰 고통이었는지 새삼 말할 필요도 없다.

그런데 지로의 불행은 친구들과 놀 시간이 줄어드는 것으로 그치지 않았다. 사실 지로는 친구들 사이에서 '꼬마'라는 별명으로 불릴 만큼 같은 또래 친구들보다 키가 작았다. 두 살이나 어린 슌조와 비교해도 고작 이 센티미터밖에 차이가 나지 않았다. 이 점을 잘 아는 지로는 등하굣길에 슌조와 나란히 걷는 게 정말이지 싫었다. 마을 할머니들은 둘이 나란히 걷는 모습을 보곤 이렇게 말했다.

"쟤들 좀 보구려. 저리도 사이가 좋을까. 저렇게 나란히 걷는 걸 보면 누가 형이고, 누가 동생인지 도무지 모르겠단 말야."

지로는 그런 말을 들을 때마다 창피하기도 하고, 억울하기도 했다. 그럴 때마다 지로는 슌조와 사이좋게 지내라는 엄마의 말을 떠올리며 한 대 후려 패 주고 싶은 마음을 간신히 다잡곤 했다.

지로는 조금이라도 더 크게 보이려고 머리를 똑바로 치켜든 채 뒤꿈치를 들고 걸었다. 또 유리문이 달려 있는 집 앞을 지나갈 때면 유리에 비치는 자기의 키와 슌조의 키를 비교하곤 했다. 그때마다 지로는 마음만 심란해졌다.

지로는 조금이라도 슌조와 떨어져서 걸으려고 했다. 하지만 슌조는 지로가 떨어지려고 할수록 더 찰싹 달라붙는 것이었다. 억지로 떼어 놓으면 그 자리에 서서 울어 버리기 일쑤였다. 슌조는 집에 있을 땐 지로의 말 따위는 들으려 하지 않았는데, 밖에만 나오면 겁쟁이가 되어 지로에게서 떨어지려고 하지 않았다.

지로는 처음 한 주는 그래도 엄마가 시키는 대로 슌조를 잘 데리고 다녔다. 그러나 날이 갈수록 불편하고 속이 부글부글 끓어서 도저히 참을 수가 없었다. 어느 날 지로는 하굣길에 순조에게 물었다.

"너, 아직도 길 몰라?"

"이제 알아."

순조가 왜 그러냐는 표정으로 대답했다.

"그럼 앞으로 혼자 다녀. 난 좀 가 볼 데가 있어."

"싫어!"

순조가 다급하게 지로의 소매를 붙들었다. 그러나 지로는 이미 마음을 굳힌 뒤였다. 힘껏 순조의 팔을 뿌리치고 학교 쪽으로 정신없이 달려가 버렸다.

학교 근처엔 친구들 대여섯 명이 지로가 오기만을 기다리고 있었다. 오랜만에 친구들과 어울려서 노는 것이라 그런지 시간이 어떻게 가는 줄도 몰랐다. 하지만 마음속엔 한 번씩 이런 생각이 들었다가 사라졌다.

'설마 순조를 혼자 가게 했다고 아빠가 담뱃대로 때리지는 않을 거야. 엄마는 맨날 하기 싫은 것만 나한테 시켜. 순조도 이젠 혼자 다닐 때가 됐어.'

생각은 그렇게 했지만 지로는 그날 집으로 돌아갈 용기가 생기지 않았다. 무엇보다 엄마의 얼굴을 볼 자신이 없었다. 그래서 친구들과 헤어지자마자 그 길로 외갓집으로 갔다. 아무래도 당분간은 거기서 학교를 다녀야 할 것 같았다.

레그혼과 토종닭

외갓집에서 지낸 지 대엿새가 지났을 즈음이었다. 그날 저녁, 지로는 정원의 작은 바위에 걸터앉아 석가산 주변에 눈길을 보내고 있었다.

석가산 근처에는 닭 예닐곱 마리가 모이를 쪼고 있었다. 그중에는 수컷 두 마리가 섞여 있었는데 한 마리는 삼사 년째 기르고 있는 흰색 레그혼이었고, 또 한 마리는 일 년이 조금 지난 갈색 깃털의 토종닭이었다.

그동안 지로가 관찰한 바에 따르면 이 토종닭은 어쩐 일인지 늘 무리에 섞이지 못하고 주위에서 서성대기만 했다. 가끔 목을 길게 뽑고 주위를 둘러본 후 천천히 무리를 향해 다가갔다가도 그때마다 레그혼의 공격을 받고 쫓겨나고 말았다. 몇 번인가 토종닭은 목의 깃털을 곤두세우며 달려드는 시늉을 한 적이 있긴 했지만 그것도 잠깐, 늘 흐지부지 달아나 버렸다.

지로는 한참 동안 멍한 상태로 토종닭을 지켜보다가 고개를 숙였다. 자기도 모르게 기타로의 무릎을 물어뜯던 날이 떠올랐던 것이다. 그리고 한 번만 맞서 싸워 보면 상대가 별 것 아니라는 걸 알 수 있는데, 왜 저렇게 번번이 도망만 다닐까, 라는 생각도 들었다. 그리고 지레 겁을 먹고 달아나기만 하는 토종닭이 은근히 미웠다. 바보 같은 녀석이라고 속으로 욕을 퍼부었다. 그러자니 교이치와 슌조를 상대로 싸웠을 때의 일도 연이어 떠올랐다. 엄마의 목소리가 귀에 울리는 듯했다.

"지로, 너 지금 형한테 대드는 거야?"

교이치와 시비가 붙었을 땐 늘 이렇게 지로만 혼이 났다. 슌조와 다툴 때도 마찬가지였다.

"어린 동생을 상대로 그게 무슨 짓이야. 네가 져 줘야지."

지로는 어쩐지 자기가 토종닭과 비슷한 처지인 것 같아 씁쓸해졌다. 그때 갑자기 석가산 쪽에서 꼬꼬댁 소리와 날개 퍼덕이는 소리가 요란하게 들려왔다. 늘 도망만 치던 토종닭이, 이게 웬일, 목깃을 잔뜩 부풀리고 레그혼과 정면으로 맞서고 있는 게 아닌가. 지로의 가슴이 마구 두근거렸다. 얼굴도 붉게 상기되었다.

서로 삼십 센티미터 정도의 거리를 두고 노려보던 닭이 한데 엉겼다가 떨어지기를 반복했다. 레그혼의 연꽃 같은 깃털과 황색 해바라기 같은 토종닭의 깃털이 어지럽게 날렸다. 닭들의 머리에 달려 있는 볏도 크게 떨리고 있었다.

두 번, 세 번, 네 번……, 날개가 요란하게 퍼덕거리고, 두 개의 부리가 맞부딪치며 발톱을 세운 발들이 허공에서 뒤엉켰다. 그때마다 토종닭은 금방이라도 나가떨어질 것처럼 위태롭기만 했다. 한눈에 봐도 토종닭이 약해 보였다.

지로는 자기도 모르게 침이 바싹바싹 말랐다. 아무래도

토종닭이 질 것 같아 안타까웠다. 그러나 토종닭은 여간해 선 뒷걸음질 치지는 않았다.

조금 사이를 두었다가 흰색과 갈색의 날개가 다시 한 번 공중에서 맞부딪쳤다. 이번에는 서로 비슷했다. 그 후 한 치 도 물러서지 않는 몸싸움이 대여섯 번이나 이어졌다.

지로는 목을 앞으로 빼고 숨을 죽였다. 주먹을 쥔 손에 땀 이 배었다. 싸움은 더욱 치열해졌다. 점차 레그혼의 기세가 눈에 띄게 수그러드는 게 보였다. 그럴수록 토종닭의 기세 는 점점 매서워졌다. 토종닭도 몹시 지쳐 보이긴 마찬가지 였지만, 어디서 그런 힘이 났는지 신기한 노릇이었다.

드디어 토종닭의 기세에 더는 버티지 못하고 레그혼은 뒤 뚱거리며 석가산 뒤편으로 도망쳐 버렸다. 토종닭은 끈질기 게 레그혼을 뒤쫓았다. 레그혼이 울타리 밑에 난 구멍을 빠 져나가 밭으로 도망치자 토종닭은 그때서야 추격을 멈추었 다. 그러고는 의기양양하게 석가산 꼭대기로 올라가더니 날 개를 활짝 펴 몇 번 퍼덕인 다음 목을 있는 대로 뽑으며 우 렁차게 홰를 쳤다.

그 모습을 지켜보던 지로가 크게 한숨을 내뱉었다. 지로 의 표정은 무척이나 진지해 보였는데 그 표정 위로 그림자 처럼 희미한 미소가 지나갔다. 너무 희미하고 또 아주 잠깐 뿐이어서 누구도 눈치채지 못할 그런 미소였다. 지로는 자 리에서 일어나 두 팔을 번쩍 치켜들었다. 지로의 동작에 화

답이라도 하듯 석가산 꼭대기의 토종닭도 또 한 번 큰 소리
로 울었다.

지로는 서둘러 안채로 들어갔다. 함께 차를 마시고 있던
외할아버지와 외할머니가 의아한 눈빛으로 지로를 바라보
았다. 지로가 대뜸 말했다.

"나 집에 갈래."

"집에 가겠다고? 왜, 더 있다 가지?"

외할머니가 뜻밖이라는 표정으로 물었다. 외할아버지는
별다른 말씀을 하지는 않았지만 역시 뭔가 이상한 낌새를
알아차린 듯했다. 지로는 지금까지 외갓집에 온 이래 자기
가 먼저 집에 가겠다는 말은 한 번도 한 적이 없었던 것이
다. 특히 이번처럼 아무 허락도 받지 않고 제멋대로 찾아왔
을 때는 언제나 혼다가에서 누군가가 데리러 올 때까지 갈
생각을 안 했던 터라 외할아버지와 외할머니는 이게 무슨
조환가 싶었다.

"이제 집에 가고 싶어졌어요."

마치 화가 난 것 같은 목소리로 지로가 말했다.

"갑자기 집에는 왜 가고 싶어졌는데? 누가 뭐라고 그러
던?"

"아니."

"그럼 누구랑 싸웠어?"

"아니. 아무하고도 안 싸웠어요."

"그럼 왜 집에 가겠다는 거야?"

"집에 안 가고 여기 있는 거, 비겁한 짓이에요. 그러니까 집에 가야 해요."

"허, 참."

외할아버지가 눈을 둥그렇게 떴다.

"누가 그런 말을 해 준 게냐, 아니면 너 혼자 그렇게 생각한 게냐?"

"나 혼자 그렇게 생각했어요."

"거, 참."

외할아버지는 고개를 갸우뚱거리며 잠시 생각하다가 웃으면서 말했다.

"그래, 지로가 아주 철이 들었구나. 훌륭해졌어. 네 말대로 허락도 받지 않고 여기서 지내는 건 비겁한 짓이야. 오고 싶을 땐 외갓집에 다녀오겠습니다, 남자답게 말하고 와야 해. 엄마 아빠 허락을 받아야 한다는 뜻이지. 어쨌든 오늘은 이만 가 보거라. 누가 데려다주지 않아도 괜찮겠어?"

"응, 혼자 갈 수 있어요."

"슌조를 도중에 혼자 놔두고 여기 온 걸 엄마가 알면 야단맞을 텐데."

"괜찮아. 야단맞는 거 이제 하나도 안 무서워요."

"안 무서워? 흐음, 그럼 네가 나쁜 짓을 했다는 건 아는 모양이구나. 나쁜 짓을 해서 야단맞는 건 무서워할 일이 아니지."

"아니에요. 집에 안 가고 이리 도망친 건 잘못했지만, 순조에겐 나쁜 짓 한 적 없어요."

"그래?"

"난 처음부터 혼자 학교에 다녔어요. 순도 혼자 학교에 다녀야 해요."

"흐음, 하긴 네 말도 맞구나."

외할아버지는 눈을 지그시 감고 몇 번씩이나 고개를 끄덕였다. 지로는 잠자코 외할아버지의 다음 말을 기다렸다. 하지만 외할아버지는 계속 눈을 감은 채 생각에 잠겨 있었다. 기다리다 못한 지로는 자리에서 일어섰다.

"할아버지, 할머니, 안녕히 계셔요."

마지막 인사를 마친 지로는 누가 등이라도 떠미는 것처럼 뒤도 안 돌아보고 밖으로 튀어나갔다.

그렇다면 지로는 무슨 생각으로, 또 무슨 결심을 했기에 이렇듯 갑작스레 혼다가로 돌아가려는 것일까.

다리 위의 혈투

싸움 준비

마사키가에서 돌아온 지로는 전과는 완전히 다른 아이가 된 것 같았다. 지로는 더 이상 누구 앞에서도 겁을 내거나 도망치지 않았다. 또 항상 입을 꾹 다문 채 먼저 말을 거는 일이 거의 없었다. 그리고 교이치나 슌조와는 함께 놀려고 하지 않았으며, 그들이 함께 놀자고 다가와도 못 들은 척 피해 버렸다.

당연히 학교에 갈 때나 올 때도 슌조를 데리고 다니지 않았다. 누가 뭐라고 해도 끝까지 말을 듣지 않았다. 아침을 먹고 셋이 학교에 갈 준비가 되면 지로는 일부러 먼저 출발했다. 간혹 학교가 끝나고 소사실에 들르는 때도 있었지만, 슌조를 데려가기 위해서가 아니라 오하마와 오쓰루를 만나고 싶었기 때문이었다. 그래서 혹시라도 슌조가 소사실에 있는 날이면 도망치듯 어디론가 사라져 버렸다.

무엇보다 혼다가 사람들이 지로가 조금 이상해졌다고 의심하게 된 결정적인 이유는 지로가 반드시 저녁 먹기 전까지는 꼬박꼬박 집으로 돌아온다는 점이었다. 예전 같았으면 상상도 못했던 일이었다. 언제나 날이 저물어 설거지까지 다 끝난 후에야 어슬렁거리며 돌아오던 지로였다. 오이토 할멈에게 잔소리를 듣거나, 오타미나 할머니한테서 실컷 꾸지람을 들으면서 허겁지겁 저녁을 먹는 게 일상이었다. 하지만 누가 부르지도 않았는데 마사키가에서 스스로 돌아온 후부터 언제 그랬느냐는 듯이 제때 집에 돌아왔으니 지로의 평소 습관을 잘 알고 있는 혼다가 사람들은 수상하게 생각할 수밖에 없었다.

　지로의 달라진 모습은 그뿐만이 아니었다. 저녁을 먹은 후에는 누가 시키지 않아도 방에 들어가 숙제를 했다. 또 집에 있는 동안에는 엄마나 할머니로부터 잔소리 들을 만한 짓을 저지르지 않았다. 보는 사람이 있든 없든 늘 한결같았다. 전에는 남의 눈을 피해 몰래 못된 장난을 치며 좋아했다가 나중에 들켜서 혼이 나곤 했는데, 이젠 더 이상 꾸중 들을 일 따위는 스스로 하지 않았다.

　그렇다면 혼다가 사람들은 이제 지로도 착한 아이가 되었다며 안심했을까. 실제로는 정반대였다. 왜냐하면 지로가 먼저 입을 여는 경우는 한 번도 없었고, 교이치나 슌조마저 상대하지 않았으며 게다가 전에 없이 자기가 옳다고 생각되

는 일이면 상대방이 엄마든, 할머니든 겁내지 않고 자기주
장을 끝까지 굽히지 않았기 때문이었다.

그래서인지 할머니의 눈엔 지로가 더욱 마음에 안 들었
다. 오타미는 할머니처럼 지로를 미워하진 않았지만, 왠지
지로의 그런 태도가 섬뜩하게 느껴져 슌스케가 돌아오기 무
섭게 하소연했다.

"여보, 지로를 정말 어떻게 해야 좋을지 모르겠어요. 예전
엔 혼을 내면 겉으로라도 말을 듣는 척했는데, 요즘은 한 마
디도 지지 않고 자기 할 말을 꼬박꼬박 다 하네요."

그러나 슌스케는 별 걱정을 다 한다는 듯이 대답했다.

"걱정하지 마. 남을 속이지 않는 것만 해도 어디야? 틀린
말만 아니라면 그냥 들어주라구."

말은 그렇게 했어도 슌스케 또한 오타미의 말을 전혀 무
시할 수는 없었다. 그래서 지로를 불러서 이것저것 말을 시
키면서 넌지시 지로의 생각을 떠보았다. 지로는 아빠에게
자신의 속마음을 털어놓았다.

"아빠! 나, 비겁한 사람은 되고 싶지 않아요."

이 한 마디를 듣고 슌스케는 지로에 대한 걱정이 싹 가셨
다. 그리고 지로가 예전처럼 이렇다 할 걱정거리도 만들지
않았기 때문에 더욱 안심이 되었다. 지로는 아빠 앞에서만
큼은 말이나 행동이 예전과 별로 다르지 않았다. 그러니 슌
스케로서는 오타미의 걱정이 너무 지나치다고 생각했다.

지로는 툭하면 외갓집에서 봤던 어린 토종닭의 당당한 모습을 눈앞에 떠올렸다. 토종닭은 바로 자기였고, 흰색 레그혼은 교이치와 슌조였다. 만에 하나 앞으로 그 둘과 싸워야 할 때가 오면 지금까지 참아왔던 불만을 한꺼번에 다 털어내겠다고 다짐했다. 그리고 지로는 마음속으로 이렇게 생각했다.

'이번엔 무슨 일이 있어도 지지 않아. 엄마나 할머니가 말려도 소용없어. 또 옛날처럼 나만 혼낸다면 그땐 정말 가만있지 않을 거야. 대신 내가 잘못한 일이라면 절대로 싸우거나 화를 내지 않겠어. 그런 짓을 하면 아빠는 또 나를 비겁한 놈이라고 담뱃대로 때리실 거야. 그리고 평소에 나쁜 짓을 해선 안 돼. 정당한 이유로 싸워도 내가 잘못해서 싸움이 일어났다고 생각할 테니까. 나쁜 짓을 하지 않도록 조심해야겠어.'

그러니까 지로는 결국 고작 형제간의 싸움에 대비해서 행동을 조심했던 셈이다. 좀 어이없는 경우이긴 했지만 언제나 이치에 맞지 않는 이유로 오타미나 할머니에게 시달려왔다고 생각한 지로의 입장에서 본다면 어쩌면 당연한 일이었는지도 모른다.

지로가 이렇게 싸움에 대비해 만반의 준비를 하고 기회만 엿보고 있는데 공교롭게도 이번에는 싸울 만한 계기가 도무지 생겨나질 않았다. 전에는 거의 매일이다시피 말다툼 정도는 늘 벌어졌는데 일주일이 지나고 열흘이 지나도 그런 일이 일어나질 않았다. 하지만 그것도 생각해 보면 그다지 이상한 일이 아니었다. 지로가 교이치나 슌조에게 먼저 말을 건 적이 없었고, 교이치나 슌조도 할머니로부터 무슨 말을 들었던지 되도록이면 지로에게 다가오지 않았다. 그러니 싸우고 싶어도 기회가 생기지 않았던 것이다.

처음에는 지로도 애가 탔다. 무슨 일이 있어도 자기가 먼저 싸움을 걸지는 않으리라 다짐했기 때문에 더욱 애가 탔다. 그러나 열흘이 지나고, 스무 날이 지나는 동안 조금씩 긴장이 풀리기 시작했다. 사람의 마음은 참으로 이해하기 힘들어서 제아무리 원망하던 사람도 눈에 보이지 않으면 자연히 그 미움이 사라지고, 또 미움이 사라지면 그 사람에 대한 원망도 사라지는 것이었다. 더군다나 교이치나 슌조가 예전처럼 자기를 무시하기는커녕 오히려 무서워하는 것처럼 보였기 때문에 지로의 기분이 한결 느긋해졌다. 자연히 싸우고 싶다는 마음도 줄어들었다.

하지만 지로는 거기서 나아가 교이치나 슌조와 사이좋게 지내야 한다는 생각은 전혀 하지 않았다. 언젠가 기회만 되면 모든 걸 걸고 마음껏 싸워 보고 싶다는 생각은 여전히 간절했다. 그러는 사이, 여름이 찾아왔고 매실이 물들기 시작했다.

다리 위에서

무더위가 막 시작될 무렵의 어느 날이었다. 지로는 학교
가 끝나자 늘 같이 다니던 친구들과 함께 마을 묘지로 향했
다. 묘지 근처에 있는 커다란 매실나무에 매실이 잔뜩 열린
걸 눈독 들여오던 차에 함께 따 먹기로 했던 것이다. 매실은
한 입 깨물 때마다 오만 상을 찡그릴 정도로 시었다. 그래도
아이들은 그걸 따 먹으며 좋다고 시시덕거렸다. 그때 뒤늦
게 따라온 한 친구가 큰 소리로 외쳤다.

"지로, 큰일 났어! 니네 형이 다리 위에서 얻어맞고 있
어!"

지로는 숨을 헐떡이는 친구를 힐끗 쳐다보곤 시큰둥하게
대꾸했다.

"무슨 상관이야. 내버려 둬."

"막 얻어맞고 있다니까! 다리 밑으로 떨어질지도 몰라."

"괜찮아. 형은 울보라서 잘못했다고 빌 거야."

지로는 신경 쓰고 싶지 않다는 듯 계속 딴청을 피다가 그
래도 궁금했는지 그 애한테 물었다.

"그런데 누구한테 맞고 있어?"

"오 학년 형들이야. 둘인데 이름은 몰라."

"둘이라구? 한 명을 둘이서 패고 있단 말야?"

지로는 매실을 씹다 말고 심각한 표정으로 물었다.

"그렇다니까. 빨리 가 봐. 교이치 형이 너무 불쌍해."

지로가 나뭇가지에서 훌쩍 뛰어내렸다. 둘이서 한 명을 괴롭힌다는 말이 지로의 정의감에 불을 지른 모양이었다.

"나, 갔다 올게."

지로가 달려가자 친구들도 우르르 따라 뛰기 시작했다.

"우리도 가 보자!"

"지로, 같이 가!"

묘지를 둘러싼 거망옻나무 숲을 빠져 나오면 곧 논두렁길이 나오고, 거기서 이백 미터쯤 더 가면 흙으로 쌓은 다리가 나왔다. 그 다리 위에 교이치를 가운데 두고 앞뒤로 두 아이가 서 있었다. 지로는 다리 가까이 다가가 상황을 살펴보았다. 다른 친구들도 차례로 도착했다. 지로 곁으로 예닐곱 명이나 되는 아이들이 한 덩어리가 되어 숨을 헐떡이며 다리 위에서 벌어지고 있는 일을 바라보았다.

교이치는 울고 있었다. 소리는 내지 않았지만, 고개를 한껏 숙이고 손등으로 연방 눈물을 닦고 있었다. 교이치를 둘러싼 두 녀석은 기타로와 한패였다. 기타로처럼 자기보다 약한 아이들을 괴롭히는 것으로 소문난 나쁜 녀석들이었다. 한 명은 키다리였고, 또 한 명은 땅딸보였다. 둘은 웬 녀석들이 몰려 온 것을 알고는 힐끗 쳐다봤다. 그러나 자기들보다 모두 나이가 어린 애들이라는 걸 알고 안심했는지 다시 교이치를 집적거렸다.

"이유가 있다면 어디 한번 대 봐!"

키가 큰 녀석이 그렇게 말하면서 교이치의 머리통을 쥐어 박았다. 땅딸보도 옆에서 거들었다.

"이 새끼, 공부 좀 한다고 잘난 척했지?"

둘은 번갈아 가며 교이치를 놀리고 때렸다. 지로가 보기에 그다지 아프지는 않을 것 같았으나 아주 기분 나쁘게 만드는 짓거리였다. 교이치는 아무런 대꾸나 저항도 못하고 그저 계속 울기만 할 뿐이었다.

지로는 한동안 그 모습을 지켜보다가 드디어 결심이 섰는지 "저것들을 그냥!" 중얼거리며 다리 위로 썩 나섰다. 그리고 교이치를 한쪽으로 떠다밀며 대신 자기가 두 녀석 사이에 끼어들었다.

"왜 우리 형을 때리는 거야?"

둘은 지로의 얼굴을 보더니 조금 놀란 듯 서로 시선을 주고받았다. 지로가 기타로의 무릎을 물어뜯은 사건은 벌써 이 년 전 일이었지만, 학교에서 모르는 사람이 없었던 것이다.

"왜 우리 형을 때리는 거냐고!"

지로가 바락 악을 썼다. 부릅뜬 지로의 눈이 이글거렸다. 두 녀석은 지로보다 한 뼘은 더 커 보였지만 지로의 기세가 워낙 드세 조금 질리는 모양이었다.

"이 새끼가 잘난 척이나 하고 우리를 무시해서 그랬다,

왜 인마!"

키다리가 뭐 잘못 됐냐는 식으로 대꾸하자 땅딸보도 한마디 거들었다.

"이 자식은 매일 우리를 속이고 도망이나 치고, 아주 비겁한 놈이야."

지로는 만약 교이치가 그랬다면 비겁한 짓 맞다, 싶었지만 그렇다고 고개를 끄덕일 수야 없었다.

"놀고 싶지 않으면 안 노는 거지, 그게 어때서 때리고 난리야?"

"야, 같은 반끼리 안 놀면 돼? 왜 우리한테만 그러는 거냐고!"

"그럼 같은 반이라고 다 놀아야 돼? 놀고 싶지 않으면 안 노는 거지."

"왜? 그 이유를 대 봐."

"그런 게 어딨어. 이유 같은 건 몰라!"

"몰라? 그럼 까불지 마. 우린 교이치에게 물어봐야겠어."

두 녀석은 지로를 밀치고 다시 교이치를 향해 섰다.

"둘이서 한 명을 괴롭히는 건 진짜 비겁한 짓이야!"

지로는 감싸듯이 교이치를 앞을 막아섰다. 두 녀석은 자기들보다 어린 지로에게 밀리고 싶지 않았지만 그렇다고 기타로를 물어뜯은 놈한테 함부로 덤벼들기도 꺼림칙해서 우물쭈물 지로를 노려보기만 했다. 지로도 두 녀석을 상대하기엔 사실 속이 좀 켕기는 판이었는데 상대가 주춤거리는 걸 보고는 이쯤 하면 됐다 싶었다. 또 어서 그 자리를 벗어 나고 싶은 것도 사실이었다. 지로는 교이치의 손을 꽉 잡고 말했다.

"형, 집에 가자."

지로가 두 강적을 물리치고 위험에 빠진 아군을 구해서 뚜벅뚜벅 걸어오는 것을 본 지로의 친구들이 "와아!" 함성 을 지르며 손뼉을 쳐 댔다. 뻘쭘해진 건 두 녀석이었다. 나 이도 적고 덩치도 작은 애한테 꼼짝 못 하고 당하다니, 체 면이 말이 아니었다. 씩씩대던 키다리가 갑자기 달려오더니 지로의 뒤통수를 냅다 후려갈겼다.

눈에 불이 번쩍한 지로, 친구들이 보고 있는데 그냥 맞고 만 있을 수는 없는 노릇! 지로는 키다리의 허리를 붙들고 늘어졌다. 좁은 다리 위에서 '꼬마'와 '키다리'의 싸움이 벌 어졌다. 다리 밑은 마름새싹과 보랏빛의 작은 수초들이 양 탄자처럼 깔려 있는 저수지였다.

"던져 버려! 던져 버리라구!"

뒤에 서 있던 땅딸보가 마구 소리를 질렀다. 그러나 허리 를 붙들린 키다리는 제대로 힘을 못 쓰고 지로의 등짝을 후 려 패기만 했는데 그것도 정통으로 맞히지 못하고 그저 한 덩어리가 되어 이리 왈칵, 저리 왈칵 밀려다니기나 하는 꼴 이었다.

답답하게 지켜보던 땅딸보가 지로에게 달려들었다. 둘은 힘을 합쳐 지로를 떼어 내려고 안간힘을 썼다. 지로는 죽으라고 키다리의 허리춤을 잡고 놓지 않았다. 아니, 땅딸보의 옷자락까지 말아 쥐고 결사항전이었다. 이젠 셋 중 한 명이라도 물속에 처박히게 되면 영락없이 다함께 떨어질 판이었다.

둘은 지로의 손을 떼 내려고 온몸을 닥치는 대로 내리치거나 손가락을 비틀었다. 하지만 지로의 끈기를 당할 수는 없었다. 지로는 눈을 꼭 감고 거칠게 숨을 몰아쉬면서도 끝까지 손을 풀지 않았다.

한 덩어리가 되어 헉헉거리는 세 녀석의 거친 숨소리가 다리 위에 가득 찼다. 바로 그 순간, 지로가 으아악, 소리를 지르며 마지막 힘을 짜내 두 녀석을 끌고 다리 밑으로 풍덩 빠져 버렸다. 고요했던 수면에 물보라가 일면서 수초들이 미친 듯이 출렁거렸다.

넋이 빠져 지켜보던 아이들이 우르르 다리 위로 몰려들었다. 교이치도 새파랗게 질린 얼굴로 아래를 내려다보았다. 물결만 일렁일 뿐 아무것도 없었다. 아이들은 꼴깍 침을 삼켰다. 잠깐의 정적, 그리고 푸우 하는 거친 숨소리와 함께 세 녀석이 거의 동시에 물 위로 솟구쳤다.

지로는 수초가 잔뜩 달라붙은 얼굴을 손으로 훔쳐 내며 다리 위를 흘끗 한번 쳐다보고는 재빨리 물가로 헤엄쳐 나왔다. 그러고는 차례로 올라오는 키다리와 땅딸보를 노려보았다. 완전히 젖어서 몸에 찰싹 달라붙은 옷자락에선 물방울이 뚝뚝 떨어졌다.

셋은 갈대 새싹이 우거진 물가에서 서로를 쏘아보며 한참을 서 있었다. 그러나 누구 한 사람 상대방에게 먼저 덤벼들지는 않았다.

"너, 이 새끼 두고 보자."

땅딸보가 한 마디 던지고는 먼저 자리를 떴다. 키다리도 곁눈질로 지로를 노려보면서 그 뒤를 따라갔다. 두 녀석이 둑 위로 올라가 완전히 사라질 때까지 지로는 그 자리에서 꼼짝도 하지 않았다.

"지로, 어서 나와!"

친구 하나가 소리를 질렀다. 드디어 지로가 움직였다. 지로의 온몸에서는 물이 뚝뚝 떨어졌다. 그 모습을 바라보던 친구들은 앞다투어 달려가서 지로를 맞이했다. 그러고는 누가 먼저랄 것도 없이 지로의 옷을 벗겨 물을 짜기 시작했다. 교이치는 엉겁결에 따라오긴 했지만 못내 쑥스러운 얼굴로 한쪽에 가만히 서 있기만 했다.

지로는 팬티 바람으로 친구들 앞에 서서 마을 쪽으로 걷기 시작했다. 젖은 겉옷은 어깨에 척 걸치고서. 어느 결엔가 누가 시작했는지도 모르게 노래가 터져 나왔다. 아이들은 발맞춰 걸으며 목청껏 노래를 불렀다. 교이치는 아이들보다 좀 뒤처져서 눈을 내리깔고 천천히 따라왔다. 지로의 눈엔 그 모습이 왠지 좀 불쌍해 보였다.

이상한 일

마을에 들어서자 교이치는 먼저 집으로 돌아갔고 지로는 남았다. 옷이 젖은 채로 집에 갔다간 왜 젖었는지 이유를 말해야 했고, 혹시라도 싸운 게 들통 나면 또 혼이 날 게 뻔했기 때문에 옷이 마를 때까지는 어차피 갈 수도 없었다. 지로는 친구들과 어울려 신나게 놀다가 저녁 먹을 때쯤 집으로 향했다.

'교이치 형이 설마 오늘 있었던 일을 말하지는 않았겠지. 괜히 말했다간 자기만 창피해질 테니까.'

그렇게 생각하자 싸운 일도 들킬 이유가 없어 지로는 여유 있게 대문을 밀고 들어섰다. 안채로 올라가기 전에 우물가에서 발부터 씻고 있는데 오이토 할멈이 황급히 쫓아왔다.

"아이구, 용감한 우리 지로 도련님이 오셨네. 어서 씻고 와요, 모두 기다리고 있으니까."

할멈은 너스레를 떨며 지로의 윗도리를 만지작거렸다.

"거의 다 말랐구먼."

지로는 점점 더 영문을 모르겠는 심정이었다.

"그래도 꿉꿉한 옷을 입고 있으면 몸에 해로우니까 어서 벗어요."

'물에 빠진 걸 다 안다는 거야? 그런데 왜 이렇게 친절하지? 대체 어떻게 된 거야……'

지로는 속으로 중얼거리며 어정쩡하게 서 있었다. 그러자 오이토 할멈이 직접 지로의 웃옷 단추를 풀어 주면서 말했다.

"오늘 큰일 했다지요? 지로가 장하다고 할머니가 맛있는 걸 주실 거야."

지로는 오이토의 말이 무슨 뜻인지 다 알 수는 없었으나 자기에게 그다지 나쁜 일은 아닌 듯해서 윗도리를 벗어 주고는 안채로 올라갔다. 안채의 풍경도 평소와는 달랐다. 상을 다 차려 놓고도 주인공을 기다리는 듯 밥을 먹고 있는 사람이 아무도 없었다. 할머니가 제일 먼저 지로를 발견하곤 말했다.

"아이구, 우리 지로 왔구나. 오늘 형을 도와줬다면서? 아주 잘했어. 어디 다친 데는 없구? 다리에서 떨어졌다던데."

지로의 눈이 동그래졌다. 낮에 있었던 일을 다 알고 있다는 말인데 나무라기는커녕 칭찬을? 아무래도 더 크게 혼내기 위해 일부러 비아냥거리는 것만 같았다. 지로 생각엔 칭찬받을 만한 일을 한 적이 없는데, 다른 사람도 아닌, 식구들 중에서 자기를 가장 탐탁지 않게 여기는 할머니가 칭찬을 다 하다니. 지로는 적잖이 당황했다. 그때 옆에 있던 오타미도 웃으면서 말했다.

"할머니가 칭찬해 주셔서 기분 좋지? 하지만 할머니는 네가 이겼다고 칭찬하시는 게 아냐. 싸움에서 이겼더라도 정당한 이유 없이 싸웠다면 그건 칭찬받을 일은 아니지. 하지만 오늘은 네가 정당한 이유로 싸웠기 때문에 칭찬하시는 거야. 엄마도 오늘 같은 일로 싸우는 거라면 얼마든지 칭찬해 줄 거야. 무슨 말인지 알겠어?"

지로는 그제야 앞뒤 사정을 알게는 되었지만 여전히 그 이유가 아리송했다. 기타로를 물어뜯었을 때는 오늘보다 더 정당한 이유가 있었지만, 그때는 왜 아무도 자기를 칭찬해 주지 않았던 건지 궁금해졌다.

하지만 어쨌든 칭찬받는다는 건 기분 좋은 일이었다. 형인 교이치보다 자기가 더 용감하다는 것을 할머니와 엄마도 분명히 알게 되었을 거라는 생각에 가슴이 설레기까지 했다.

저녁을 먹는 내내 식구들은 지로의 활약에 대해 이야기했다. 평소 사이가 좋지 않았던 나오키치까지 지로를 몹시 추켜세웠다.

"지로에게 걸리면 아무리 힘센 녀석도 당해 내질 못할 거야. 워낙 몸이 빠르고 꾀가 많으니까."

오이토 할멈도 빠질세라 거들었다.

"지로는 배짱이 아주 좋아요. 아버님을 쏙 빼닮으신 것 같아요. 키는 슌조 도련님과 비슷하지만, 여간 야물어야 말이지."

키 얘기에서 팍 상했던 감정이 아빠와 닮았다는 말에서 확 풀리고, 지로는 붕붕 나는 기분이었다. 오늘 같은 날 아빠가 집에 있었더라면 얼마나 좋았을까, 그게 아쉬웠다. 그래도 돌아오는 토요일에 아빠 앞에서 다시 한 번 얘기가 나올 것을 생각하면 벌써부터 어깨가 으쓱거려졌다.

저녁을 먹은 후 지로는 공부방에서 숙제를 했다. 교이치도 옆에 있었다. 지로는 어쩐지 자기가 먼저 말을 걸고 싶어졌다.

"오늘 있었던 일, 형이 말한 거 맞지?"

"응, 내가 말했어. 지로는 옷이 흠뻑 젖었잖아. 혹시라도 엄마한테 옷이 젖었다고 혼날까 봐 미리 말했어."

지로는 고개를 끄덕이며 교이치를 바라보았다. 교이치가 얄밉지도 않았고, 겁쟁이라고 놀리고 싶지도 않았다. 숙제를 다 한 후 잠자리에 누워서도 지로는 자기 옆에 누워서 곤히 잠든 교이치의 옆얼굴을 여러 번 훔쳐보았다. 그리고 마음속으로 생각했다.

'교이치 형은 할머니의 귀여움을 독차지하고 있지만, 할머니처럼 나쁘진 않은 것 같아. 앞으로는 교이치 형하고 싸우지 말아야겠어.'

그러자 지금껏 느껴보지 못했던 포근한 기운이 온몸을 기분 좋게 감싸는 것이었다. 지로는 그 달콤하고 안락한 느낌에 몸을 내맡기고 편안하게 잠이 들었다.

그날 이후 지로의 마음속에선 오랫동안 미워했던 한 사람이 깨끗이 지워져 버렸다. 지로 자신도 알 수 없는, 아주 뜻밖의 일이었다. 할머니와 엄마한테 칭찬받은 것도 이상한 일이었지만, 지로에겐 그보다 훨씬 더 이상하고 신기한 일로 생각되었다.

지로의 마음속에 이제 막 자라기 시작한 그 열매는 과연 어떤 씨앗으로부터 싹이 텄을까. 신비로운 일이었다. 지로는 때때로 자신의 변화를 의아해하며 생각에 잠겨 보는 것이었지만 어린 인생은 아직 그 뜻을 완전하게 알려 주지는 않았다.

아니, 어쩌면 아직도 마음속에 남아 있는 순조에 대한 미움이 그걸 방해했는지도 모른다. 그랬다. 교이치에 대한 미운 마음이 사라진 자리만큼 순조에 대한 지로의 미움은 더욱 커졌다.

주판 소동

의심

토요일이 돌아왔다. 지로는 수업을 마치자마자 같이 놀자
는 친구들의 말을 모두 뿌리치고 서둘러 집으로 돌아왔다.
아빠가 오시기 전에 숙제를 다 끝내 놓고 느긋한 마음으로
지난 번 일을 아빠께 자랑스레 얘기할 작정이었다.

슥슥싹싹, 지로의 손이 움직일 때마다 나는 연필 소리만
이 가만히 들리는 공부방에 오이토 할멈이 겁먹은 표정으로
나타났다.

"지로 도련님, 엄마가 불러요. 빨리 안채로 가 봐요."

"나 지금 숙제하는데."

"숙제는 나중에 하고 어서 가 봐요. 엄마가 화가 단단히
났어."

지로는 자기가 무슨 잘못을 저지른 것이 아니어서 겁날
것도 없었고 무슨 일인지 궁금하기도 해서 안채로 갔다. 오

타미 앞에는 교이치와 순조가 이미 불려와 있었다. 분위기가 싸늘했다.

"지로도 여기 앉아."

오타미의 목소리는 나직했다. 심상찮은 분위기에 지로가 조심스레 교이치 옆에 앉자 오타미는 잠시 세 아이를 번갈아 쳐다보더니 지로를 향해 말했다.

"사람은 누구나 잘못을 저지를 수 있어. 하지만 자기가 잘못했다고 정직하게 말하면 괜찮지만, 그것을 숨기는 건 나쁜 짓이야. 숨기는 건 거짓말이고, 거짓말은 도둑질과 똑같은 거야."

지로는 그런 것 정도는 굳이 누가 말해 주지 않아도 이미 잘 알고 있었다. 하지만 엄마의 표정이 너무 심각했기 때문에 무슨 일 때문에 저러는지 알 수가 없어 슬슬 걱정이 되기 시작했다. 꽤 길게 뜸을 들인 오타미가 드디어 본론을 꺼내 놓았다. 별채 선반 위에 올려 두었던 할아버지의 주판 쩰대 중 하나가 부러졌다는 것이었다.

지로는 엄마가 말하는 그 주판이 모두 상아로 만들어졌으며, 할아버지가 그 주판을 보물처럼 아껴서 절대 다른 사람들 손에 닿지 않도록 보관하고 있다는 것을 오래전부터 들어서 알고 있었다. 그렇기 때문에 만일 그것이 누군가에 의해 부서졌다면 할아버지가 얼마나 화를 낼 것이며, 또 한바탕 소동이 벌어질 거라는 것도 충분히 알고 있었다.

하지만 어쨌든 자기와는 전혀 관계가 없는 일이라 어쩐지
김이 새는 기분이었다. 지로는 할머니 때문에라도 가급적이
면 별채 쪽으로는 발걸음을 하지 않으려 했고, 그 주판이 어
떤 모양을 하고 있는지 여태껏 한 번 본 적조차 없었던 것
이다. 설령 할아버지가 억지로 보여 준대도 싫다고 할 판이
었다.

"할아버지는 너희들 중 한 명이 주판을 가지고 장난치다
가 그랬을 거라고 생각하셔. 엄마도 그렇게 생각하고. 장난
감처럼 갖고 놀지 않았다면 그렇게 부러지진 않았을 테니
까."

오타미는 이번에도 지로를 빤히 쳐다보며 말했다. 하지만
지로는 태연했다. 아니, 태연했다기보다는 엄마가 하는 말
이 터무니없다는 생각이 들어 시큰둥했다.

'흥, 누가 주판 따위를 장난감으로 가지고 놀아? 그딴 건
하나도 재미없을 텐데.'

그런데 과연 누가 한심스럽게 주판이나 가지고 놀았을
까? 교이치 형일까, 슌조일까? 라고 생각하자 지로는 갑자
기 비웃음이 터져 나올 것 같았다. 하지만 지금 웃었다간 무
슨 일이 벌어질지 몰라 천장을 올려다보며 새어 나오려는
웃음을 간신히 참고 있었다.

오타미는 그런 지로의 거동을 유심히 지켜보다가 불쑥 물
었다.

"지로, 넌 누가 그랬는지 알고 있는 모양이구나?"

목소리는 부드러웠다. 지로는 여전히 보일락 말락 비웃음을 머금은 채 대답 대신 엄마를 마주보았다.

"알고 있지? 알고 있으면 빨리 말해 봐. 할아버지껜 엄마가 대신 말씀드릴게."

오타미의 목소리는 더욱 부드러워졌다. 그러자 지로는 왜 자기한테 그러는지 화가 나서 내뱉듯이 대답했다.

"난 할아버지 주판 같은 거 본 적도 없어!"

"할아버지 주판을 본 적이 없다구? 너 또 거짓말 할 거야?"

"진짜야!"

"애가 점점……. 할아버지 주판을 본 적도 없다니, 정말 한 번도 본 적이 없어? 말이 되는 소리를 해, 제발!"

오타미는 한숨을 내쉬며 말을 끊었다. 지로는 엄마의 눈을 정면으로 응시하면서 꼼짝도 하지 않았다. 잠시 침묵이 흘렀다. 오타미는 속으로 화를 꾹꾹 누르는 모양이었다. 윽박지르기만 해서는 지로에게 통할 리가 없다고 생각한 오타미가 짐짓 상냥한 웃음을 띠면서 말했다.

"음……, 엄마가 재미있는 이야기 하나 들려 줄 테니 잘 들어봐. 옛날에 미국이라는 나라에……."

오타미는 미국의 워싱턴이라는 사람이 소년시절에 겪었던 일화를 들려주었다. 워싱턴은 아버지가 귀하게 여기던 나무를 실수로 베어 버린 적이 있었는데, 그 사실을 알고 화가 잔뜩 난 아버지에게 다가가서 정직하게 말하고 용서받았다는 내용이었다. 오타미는 끝으로 이런 말을 덧붙였다.

"워싱턴은 미국에서 처음으로 대통령이 된 사람이야. 훌륭하게 된 사람들은 모두 어렸을 때부터 워싱턴처럼 정직했단다. 정직하지 못한 사람은 아무리 공부를 잘해도 훌륭해질 수가 없어. 엄마는 그래서 너희들이 공부를 열심히 하는 것도 기쁘지만 정직한 사람이 되는 게 더 기쁘단다. 무슨 말인지 알았지?"

지로는 그런 이야기가 뭐 그렇게 대단한 건지 이해가 안 간다는 표정을 지었다. 자기가 잘못한 일을 잘못했다고 말하는 게 뭐가 그리 대수라는 건지 도무지 납득이 안 되는 거였다.

그때 지로의 머릿속에 불현듯 떠오른 생각이 있었다. '만약 자기가 잘못해 놓고서 솔직하게 잘못했다고 말하는 게 그토록 대단한 일이라면, 다른 사람이 잘못한 일을 자기가 했다고 뒤집어쓴다면 그건 훨씬 더 대단한 일이겠네?'라는 생각이었다.

얼마 전 다리 위에서 교이치를 구해 준 후로 남을 위해 어려운 일을 하는 것이 무척 훌륭한 일이라는 것을 나름대로 깨달은 지로였다. 그 일 이후로 교이치가 예전처럼 얄밉지 않았기 때문에 만일 주판을 깨뜨린 장본인이 교이치라면 자기가 대신 야단을 맞아도 상관없다는 생각까지 들었다.

'하지만 만일 순조가 그랬다면……'

물론 충분히 그럴 수도 있었다. 하지만 지로는 교이치라면 모를까, 순조를 위해선 대신 혼나고 싶은 생각이 조금도 없었다. 또 한 번 교이치를 위해서, 내가 그랬다고 말할까 싶다가도 혹시라도 순조가 범인일지도 모른다고 생각하면 그런 마음이 싹 사라졌다. 지로가 속으로 갈팡질팡하고 있는데 오타미가 다시 지로에게 말했다.

"지로야, 넌 워싱턴처럼 훌륭한 사람이 되고 싶지 않아?"

그 말을 듣는 순간, 지로는 화가 머리끝까지 솟구쳤다. 엄마는 이미 자기를 범인이라고 딱 정해 둔 것이 아닌가! 억울해서 견딜 수가 없었다. 거기다가 다리 위 사건으로 생긴 공명심도 고개를 들었고 엄마의 지겨운 잔소리에도 넌덜머리가 나는 판이라 지로는 될 대로 되라는 심정으로 말해 버렸다.

"그래, 내가 부쉈어."

오타미의 눈빛이 순간 번쩍했다. 그러나 애써 화를 삭이는 눈치였다. 부드러운 표정을 짓는 게 쉽지 않은지 입술도 조금 실룩거렸다.

"그렇지? 네가 그런 거지? 엄만 처음부터 알고 있었어. 근데 왜 빨리 말 안 했어?"

이번에는 지로의 눈빛이 순간적으로 번쩍였다. 대답할 말이 선뜻 떠오르지 않았다. 지로는 입술을 지그시 깨물었다.

"그리고 어쩌다 깨뜨렸어? 그 사정을 말해 봐."

지로는 더욱 할 말이 없어졌다. 자기가 했다고 말했으면 됐지 또 무슨 말을 해야 한다는 건지! 지로는 짜증이 잔뜩 실린 표정으로 뜰 쪽으로 시선을 돌렸다.

"빨리 말 못 해? 할아버지가 기다리고 계시잖아."

오타미의 목소리가 날카로워졌다. 하지만 본 적도 없는 주판을 어떻게, 왜 부숴뜨렸는지, 갑작스레 꾸며 낼 수는 없는 노릇이었다. 지로는 입을 꾹 다물고 뚱한 표정으로 앉아 있기만 했다. 그때 갑자기 오타미가 지로의 뺨을 찰싹 후려쳤다.

"정직하게 대답하는가 싶더니, 또 무슨 거짓말을 꾸며 대려고 이러는 거야! 넌 정말, 도대체 어떻게 생겨먹은……."

오타미는 떨리는 목소리로 외치며 두 손으로 지로의 어깨를 붙들고 마구 흔들어 댔다. 지로는 오타미의 손길에 몸을 내맡긴 채 얼음처럼 차가운 눈으로 오타미를 쏘아보다가 악을 썼다.

"나도 몰라! 모른다고!"

"몰라? 네가 부숴 놓고 왜 부서졌는지 모른다고?"

"그래, 몰라! 사실은 내가 안 부쉈단 말야!"

오타미는 순간 기겁을 하며 지로의 어깨를 잡았던 손을 놓았다. 그리고 아주 무서운 것을 본 사람처럼 새파랗게 질려서 지로의 눈을 바라보았다. 잠시 그렇게 얼어 있던 오타미가 울부짖듯이 소리쳤다.

"너 정말 엄마한테 왜 이래! 그렇게 하려면 네 멋대로 살아!"

오타미의 눈에서 눈물이 주르륵 흘러내렸다. 교이치는 눈앞에 벌어진 일이 믿기지 않는 듯 넋이 나간 표정이었다. 슌조는 금방이라도 울음을 터뜨릴 듯한 표정으로 오타미와 지로를 번갈아 힐끔거렸다.

돌처럼 굳은 표정으로 앉아 있던 지로가 벌떡 일어나더니 밖으로 뛰쳐나갔다.

자백

지로는 곧장 장작을 쌓아둔 광으로 달려갔다. 가슴은 여전히 벌떡거렸다. 혼자만 외톨이가 된 것 같은 슬픔이 가득히 밀려왔다. 지로는 어두침침한 광 한쪽 구석에 쓸쓸히 주저앉았다.

'왜 난 보지도 못했던 주판을 내가 부쉈다고 거짓말했을까?'

곰곰이 생각해 보니 자기가 왜 그런 말도 안 되는 짓을 했는지 도대체 이해가 되지 않았다. 생각하면 생각할수록 바보 같은 짓을 했다는 자책감에 화가 났다. 나중에는 그런 자신이 너무 불쌍해서 계속 눈물이 나왔다.

'아빠가 오면 어떡하지? 틀림없이 주판에 대해 물어볼 텐데. 그땐 뭐라고 대답하나…….'

아빠가 도착할 시간은 다가오는데 뭘 어째야 좋을지 생각은 나지 않고 지로는 답답한 가슴을 쥐어뜯었다.

'아빠한테만은 거짓말하고 싶지 않아. 그런데 이미 내가 깨뜨렸다고 말했으니, 이제 와서 내가 안 그랬다고 말해도 아빠는 믿지 않으실 거야.'

생각할수록 머릿속이 더욱 복잡하게 얽혔다. 가만히 앉아만 있어도 맥이 다 풀려 버리는 것 같았다. 지로는 한숨만 푹푹 내쉬었다.

그때 문 쪽에서 희미하게 덜그럭거리는 소리가 들렸다. 누가 온 줄 알고 지로는 자세를 고쳐 앉았다. 그러나 한참을 기다려도 광으로 들어오는 사람은 없었다. 만사가 귀찮아진 지로는 장작더미를 기대고 벌렁 드러누웠다. 그런데 또 한 번 덜그럭거리는 소리가 났다. 이상한 생각이 든 지로가 살며시 소리 나는 쪽으로 가 보았더니 절반쯤 열린 문 뒤에 슌조가 숨어 있는 게 아닌가.

지로와 눈이 마주친 슌조는 황급히 고개를 숙였다. 그러고는 집게손가락을 빼물고 미적미적 지로 쪽으로 다가왔다. 몹시 부끄럼이라도 타는 듯 몸을 비비 틀면서 다가오는 슌조를 보자 지로는 힘이 쭉 빠졌다. 한 대 쥐어박고 싶은 마음도 함께 사라져 버렸다.

순조는 웬만큼 다가오더니 멈추고는 가끔씩 눈을 치뜨며 지로의 눈치를 살폈다. 그러다가도 지로의 눈과 마주치면 황급히 고개를 돌리고 몸을 뒤트는 것이었다. 문득 지로는 주판을 깨뜨린 범인이 순조일지도 모른다는 생각이 들었다.

"왜 그래? 뭐, 할 말이라도 있어?"

순조는 여전히 몸만 비비 꼴 뿐 대답이 없었다.

"할 말 없으면 저리 가! 얻어맞기 전에."

그러자 순조가 응얼거리며 무슨 말인가를 했는데 도무지 알아들을 수가 없었다. 지로는 자리에서 일어나 순조에게 다가갔다. 그러고는 좀 부드러운 어조로 구슬리듯 말했다.

"할 말 있으면 빨리 해 봐."

순조는 고개를 숙인 채 나막신으로 봉당의 흙을 가만히 문지르기만 했다.

"주판, 누가 깨뜨렸는지 알지?"

그래도 순조는 대답이 없었다.

"알고 있으면 빨리 말해 봐. 아무한테도 말 안 할게."

순조는 지로의 얼굴을 똑바로 바라보다가 다시 고개를 떨구었다.

"네가 부쉈어?"

순조는 고개를 숙인 채 바깥으로 시선을 옮겼다. 지로는 답답한 나머지 주먹이 올라가려는 걸 꾹 참고 다시 말했다.

"네가 그런 것 맞지? 그래도 난 정말 아무한테도 말 안
할 거야."

순조는 그제야 가까스로 입을 열었다.

"저기 있잖아……."

"그래, 빨리 말해 봐."

"내가 나빴어."

"네가 그런 거야?"

"응."

지로는 이젠 됐어, 하고 생각했다. 가슴이 콩닥콩닥 뛰었
으나 마음을 가다듬고 다시 한 번 물었다.

"언제 그랬어?"

"어저께."

"학교에서 오자마자 그런 거지?"

"응."

"어쩌다가 그랬어?"

"주판을 굴리다가 떨어뜨렸어."

"툇마루에서?"

"응."

"할아버지 주판, 새 거야?"

"아냐, 그렇게 새 건 아냐. 근데 주판알은 되게 깨끗해. 약
간 누런색이야."

"주판은 커?"

"응, 좀 커, 이만했어."

그러면서 순조는 두 손을 맞대어 삼십 센티미터 가량 벌려 보였다. 그러고는 둘 사이에 침묵이 흘렀다.

지로는 이상하게도 더 이상 순조가 미워지지 않았다. 그렇다고 좋아졌다고도 말할 수 없었다. 어쨌든 측은해 보였고, 그래서 괴롭히고 싶다는 마음은 눈곱만큼도 생기지 않았다. 지로는 슬쩍 순조의 어깨에 손을 얹고 말했다.

"됐어. 이제 가 봐. 정말 누구한테도 말 안 할 테니까 너도 아무한테도 말하면 안 돼."

순조는 조금 안심한 것 같은, 하지만 여전히 걱정스러운 표정으로 지로를 빤히 보았다.

"형, 계속 여기 있을 거야?"

"응, 아빠 올 때까지 여기 있을 거야."

"좀 있으면 저녁 먹어야 하는데."

"그까짓, 밥 같은 건 안 먹어도 돼."

지로는 약간 통명스럽게 대답하곤 순조를 광 밖으로 밀어냈다. 순조는 몇 번씩 뒤돌아보며 머뭇거리다가 마지못해 안채로 올라갔다.

또다시 혼자 남게 된 지로는 광문을 닫고 오늘 있었던 일을 가만히 생각해 보았다. 방금 전까지만 해도 어두운 곳에 혼자 버려진 듯해서 외롭고 쓸쓸했는데, 지금은 아무렇지도 않았다. 그뿐만 아니라 앞으로 무슨 일을 겪든 하나도 무섭지 않을 것 같았다.

'아빠한테도 주판은 내가 깨뜨렸다고 말해야겠어. 그럼 아빠도 내가 부순 것으로 생각할 거야. 차라리 야단맞는 게 거짓말쟁이로 불리는 것보다 훨씬 나아.'

지로는 그렇게 마음을 다잡았다. 물론 지로의 그런 마음이 나쁘다고는 할 수 없겠지만, 그렇다고 무조건 착한 일도 아니었다. 당시의 지로는 아직 어려서 자신의 행동 중에 무엇이 잘못인지를 잘 깨닫지 못하고 있었다. 단지 지로는 여태까지와 달리 슌조가 자기보다 훨씬 약하게 보였고, 비로소 자신이 슌조의 형이 된 것 같은 우쭐한 기분이 들어 슌조의 잘못을 대신 뒤집어쓰고 야단맞는 것 정도는 괜찮을 것 같다고 생각했을 뿐이었다.

하지만 그런 기분도 그리 오래가진 못했다. 해가 서서히 기울어지면서 그렇지 않아도 어두컴컴한 광은 앞이 잘 분간되지 않을 만큼 깜깜해졌다. 지금쯤 저녁 먹을 시간이 됐을 텐데 가족들 중 누구 한 사람 지로를 부르러 오는 사람이 없었다. 지로는 마음이 불안해졌다. 그렇다고 이제 와서 자기 발로 걸어 나갈 기분은 도저히 나지 않았다.

'조금만 더 기다리면 아빠가 오실 거야. 아빠는 날 이런 데다 그냥 내버려 두지 않을 거야. 아빠가 올 때까지만 기다리면 돼.'

지로는 다시 한 번 마음을 추슬렀다. 아빠를 생각하자 어느 정도 마음이 가라앉는 것 같았지만, 그것도 잠시뿐이었다.

'아빠가 오늘 있었던 일을 듣게 된다면 뭐라고 생각하실까? 만일 아빠까지 나를 여기 그냥 내버려 둔다면…….'

그런 생각이 들자 다시 한없이 쓸쓸한 외톨이가 된 심정이었다. 그러자 가슴 속에 얼음을 집어넣은 것처럼 오싹해졌다.

'그럴 리 없어.'

지로는 고개를 절레절레 흔들었다. 그래도 여전히 마음 한구석에서 불안감이 스멀거렸다. 불안한 생각들은 떨쳐 버리려고 노력할수록 오히려 더 끈질기게 달라붙었다.

그러는 사이에 날은 완전히 저물었다. 주위는 칠흑 같은 어둠에 파묻혔고, 슌스케가 돌아올 시간도 이미 훌쩍 지나 버렸다. 그때까지도 광 주변에는 사람이라곤 얼씬도 하지 않았다.

'역시 아빠도 날 버렸어…….'

지로는 깊은 한숨을 내쉬었다. 이젠 슬프지도 않았다. 될 대로 되라는 기분이었다.

'내버려 둘 테면 두라지. 난 아무렇지도 않아. 이틀이든 사흘이든 혼자 견딜 수 있어. 밥도 먹고 싶지 않아.'

그러는 동안에도 시간은 계속 흘러가고 있었다.

거짓이냐, 진실이냐

하지만 아무리 고집 센 지로일지언정 다른 사람도 아닌 아빠의 사랑마저 의심하고 싶지는 않았다. 지로는 결국 이런 생각을 하기에 이르렀다.

'아빠는 틀림없이 날 부르려고 했을 거야. 하지만 할아버지가 소중히 여기는 주판이 깨져 버렸으니 아빠도 마음대로 날 부를 수는 없었을지도 몰라. 지금쯤 어른들은 무슨 얘기를 하고 있을까?'

지로는 별채의 상황이 너무나 궁금했다. 한참을 망설인 끝에 지로는 소리 나지 않게 살그머니 광문을 열고 밖으로 나갔다. 그리고 고양이처럼 발소리를 죽여 안채와 별채 사이의 정원수 뒤에 몸을 숨겼다. 별채 쪽에서 수군거리는 말소리가 희미하게 들려왔다.

"에미한테서 대충 이야기는 들었습니다. 하지만……."

아빠의 목소리였다.

"그래서 뭘 어떻게 하겠다는 말이냐?"

이번에는 할머니 목소리.

"뭘 어떻게 하다니요?"

"지로 말이다. 설마하니 저렇게 내버려 둘 생각은 아니겠지?"

"그럼요. 지로가 그랬다면 물론 단단히 혼을 내야겠죠. 그렇지만…….”

“애비는 지로가 한 짓이 아니라고 생각하는구먼.”

“글쎄요, 저도 아직은……. 아무래도 분명치가 않아서요.”

“분명하고 아니고가 어딨어? 제 입으로 제가 그랬다고 했다는데.”

“예, 말은 그렇게 했다는데, 어쩌다 그랬냐고 재차 물었더니 대답을 못하더래요. 그러다가 다시 자기가 한 짓이 아니라고 했다는 거예요. 그 점이 아무래도 좀…….”

“바로 그래서 지로가 교활하다는 거야. 넌 왜 지로만 보면 감싸려 드는 게냐?”

“감싸려는 게 아니에요. 어머니도 알다시피 지로 고집이 보통 세야 말이죠. 그만큼 한 번 제 입으로 시인한 걸 다시 안 그랬다고 할 아이가 아니거든요. 그런데 자기가 했다고 그랬다가, 또 안 했다고 그러는 걸 보면 어째 좀 이상하다는 생각이 들어요.”

지로는 자기도 모르게 침을 꿀꺽 삼켰다. 아빠가 어떻게 저리도 자기 마음을 환하게 꿰뚫고 있는지 신기할 정도였다. 꼭 자기 마음속에 들어와 본 것처럼 얘기했다.

“그럼 지로가 일부러 거짓말까지 해가면서 자기가 하지도 않은 일을 했다고 우긴다는 거냐? 그건 말이 안 돼.”

“제 말이 그 말이에요. 그래서 저도 좀 생각을 해 봤는데…….”

"생각해 봤다니, 뭘 말이냐? 혹시 지로가 대신 잘못을 뒤집어썼다는 게야? 아이고, 지로 그 녀석이 잘도 그랬겠구나. 그런 생각을 할 만큼 기특한 녀석이라면 걱정도 않겠다."

"그야 모르죠. 어쩌다 보니 자기도 모르게 그만 억지를 쓰고 있는지도 모르는 거고……."

"아니, 왜 억지를 쓰면서까지 지로가 남의 잘못을 뒤집어쓰냔 말이다. 아무리 생각해도 넌 왜 그렇게 지로만 감싸고 도는지 알다가도 모르겠다. 네 말마따나 지로 고집이 보통은 아니지. 정말 이 녀석이 아이가 맞나 싶을 정도로 고집이 세. 하지만 남의 잘못을 대신 뒤집어쓸 만큼 착하진 않아. 교이치나 슌조라면 몰라도 지로가 손해 보는 짓을 할 리가 없어. 그런데 억지를 쓰면서까지 남의 잘못을 대신 뒤집어쓰려고 했다니, 너야말로 억지를 쓰는구나."

지로는 이를 악물며 주먹을 꽉 움켜쥐었다. 며칠 전에 교이치를 도와줬을 때만 해도 착한 아이라는 둥, 용감한 아이라는 둥, 칭찬이 늘어지더니 지금은 고집불통에다 자기 밖에 모르고 남을 위해선 아무것도 하지 않는 나쁜 아이로 몰아세우다니! 할머니가 자기를 싫어하는 건 알고 있었지만, 이 정도인 줄은 몰랐다. 지로는 분한 마음을 억누를 수가 없었다. 저도 모르게 이로 뿌드득 소리를 냈다. 그리고 분하고 억울할수록 아빠가 뭐라고 대답할지 더욱 궁금해졌다.

하지만 슌스케는 더 이상 아무 말도 하지 않고, 침묵을 지

켰다. 별채의 장지문 틈으로 사람 그림자만이 조용히 어른
거렸다. 한참 만에야 할아버지의 음성이 들렸다.

"지로는 지금 어디 있는 게냐?"

"장작 쌓아 둔 광에 숨어 있는 것 같습니다."

"지금까지 거기 혼자 있었다는 게야?"

"예, 아직 저녁도 먹지 않았어요."

"흐음, 단단히 틀어진 모양이군. 차라리 이리 불러와서 자
초지종을 들어보는 게 어떻겠냐?"

"글쎄요……."

"부르지 않는 게 좋다는 뜻이냐?"

"그런 건 아니구요. 우선 제게 맡겨 주시죠. 저도 오늘은
아직 지로 얼굴도 못 봤으니까요."

"지로를 야단치겠다는 게 아니다. 생각해 보면 별채에는
얼씬도 하지 않던 녀석이 내가 잠깐 자리를 비운 사이에 여
기로 들어와서 주판을 깨뜨렸다는 건 나도 잘 이해가 안 돼.
그러니 섣불리 혼을 낼 수도 없는 노릇이고."

"예, 무슨 말씀인지 잘 압니다. 제가 광으로 가서 지로를
한번 보고 오겠습니다."

"그게 좋겠다. 그렇더라도 아범아……."

할아버지는 진지한 목소리로 덧붙였다.

"주판을 깨뜨렸다고 이런 말을 하는 건 아니지만, 엄하게
나무라야 할 때는 엄하게 나무라야 해. 흐지부지 넘어가면

지로는 물론이고, 우리 가족들에게도 좋지 않다."

"명심하겠습니다."

슌스케의 그림자가 움직이기 시작했다. 지로는 황급히 일어나 광으로 뛰어가 몸을 숨겼다. 잠시 후 슌스케가 초롱을 들고 나타났다.

"지로! 바보 같은 짓은 이제 그만하지?"

슌스케는 거침없이 광 안으로 쑥 들어오더니 초롱불을 지로 코앞에 들이 밀었다.

"언제까지 여기 숨어 있을 작정이냐? 그런다고 망가진 주판이 다시 새 것이 될 순 없어. 네가 깨뜨렸다면 깨뜨렸다고 용서를 구해. 만약 네가 한 짓이 아니라면 아니라고 분명히 말하든가. 부쉈다고 했다가, 또 아니라고 하면서 이런 데 쭈그리고 앉아 있는 건 비겁한 짓이야."

지로는 정말이지 아빠에게만큼은 비겁한 아이라는 말을 듣고 싶지 않았다. 그러나 비겁한 아이가 되지 않기 위해서는 깨뜨렸다고 해야 하는 건지, 아니라고 해야 하는 건지 좀처럼 판단을 내릴 수가 없었다.

지로가 아무 대답도 하지 못하고 쩔쩔매자 슌스케가 고함치듯 말했다.

"솔직히 말해 봐! 네가 한 짓이냐, 아니냐? 아빠한테만 말해 봐!"

순간 지로는 슌조가 광문 뒤에서 고개를 푹 숙인 채 서 있는 듯한 착각이 들었다. 지로는 마음을 굳혔다. 그리고 아빠의 얼굴을 똑바로 보며 단호하게 말했다.

"내가 깨뜨렸어요."

지로의 목소리는 아주 침착했다. 슌스케는 의심 섞인 눈초리로 초롱불에 비춰지는 지로의 눈을 유심히 들여다보면서 말했다.

"아빠한테 거짓말하는 건 아니지? 거짓말하는 아이를 아빠는 제일 싫어해."

지로는 자기도 모르게 고개를 숙였다.

"좋아, 아빤 네 말을 믿겠다. 그럼 할아버지한테 잘못했다고 사과하러 가야 해. 그렇지만 아직 밥도 안 먹었으니 밥부터 먹자. 할아버지껜 그다음에 가도 괜찮아."

지로는 다정한 아빠의 목소리를 듣자 눈물이 왈칵 쏟아졌다.

"못난 녀석. 이제 와서 우는 녀석이 어디 있어?"

하지만 지로의 눈물은 그치지 않았다. 슌스케도 더 이상은 말하지 않았다. 그리고 오랫동안 그 자리에 선 채 지로를 묵묵히 바라보았다.

슌스케는 지로가 한 말을 정말 믿었을까. 물론 완전히 믿지는 않았다. 반드시 어떤 이유가 있을 것이라고 생각했다. 다만 그 이유는 차차 알게 될 것이므로 우선은 지로를 믿어주기로 한 것이다.

주판 소동은 그렇게 진짜 범인은 밝혀지지도 않은 채 마무리되었다. 지로는 결국 자기가 저지르지도 않은 일을 뒤집어쓴 것인데, 과연 지로는 그 일로 한 번도 후회하지 않았을까.

물론 여러 번 후회했다. 첫째로 아빠에게 거짓말을 한 것 때문에 마음이 아파서 그랬고, 두 번째로는 할아버지, 할머니, 엄마에게 차례로 꾸중을 들었기 때문에 그랬다. 특히 자기가 잘못해 놓고도 끝까지 발뺌하려고 했다는 말을 들었을 땐 너무나 분하고 억울해서 이를 악물어야 했을 정도였다.

그러나 그렇게 후회하면서도 한편으로는 마음 한구석이 편안해지는 것도 느꼈다. 지로는 그 이유까지 확실히 알 수는 없었다. 그저 두루뭉술한 마음속의 뿌듯함 같은 것이었다고나 할까.

그리고 그날 이후 순조는 지로가 하는 말이라면 뭐든지 따랐고, 둘은 점점 친해졌다. 그 덕에 지로는 집에서 노는 것도 그럭저럭 재미있다는 사실도 알게 되었다.

사실 따지고 본다면 지로가 순조의 잘못을 대신 뒤집어쓴 그 일은 꼭 잘한 일이라고 할 수만은 없다. 왜냐하면 사람들이 살아가는 세상을 올바른 곳으로 만들기 위해서는 죄를 지은 자 대신 아무 죄도 없는 사람이 벌을 받는 일은 없어야 하기 때문이다. 그러나 죄를 저지른 사람을 불쌍히 여기는 마음만은 매우 소중한 것이 아닐 수 없다. 그런 동정심이야말로 죄를 저지르는 사람들의 마음을 돌려놓을 수 있는 진정한 힘이기 때문이다.

지로가 슌조의 잘못을 대신 뒤집어쓴 이유는 슌조를 불쌍히 여겼기 때문인데, 그로 말미암아 슌조의 마음마저 부드러워지고 형제간의 우애가 싹텄다면 그 동정심의 힘은 확인된 것이나 다름없지 않겠는가.

어쨌든 이런 우여곡절을 겪으면서 지로는 교이치와 슌조 누구와도 싸우고 싶다는 생각을 더 이상 하지 않게 되었다.

하지만 지로에겐 할머니가 남아 있었다. 할머니에 대한 지로의 감정은 주판 소동을 계기로 더욱 골이 깊어졌다. 이제 혼다가에서 지로가 유일하게 미워하는 사람은 할머니뿐이었다.

할머니의 차별

반찬

주판 소동이 끝난 지도 한 달이 지났다. 이제 지로는 더 이상 허락 없이 외갓집으로 도망치지도 않았고, 하굣길에 친구들과 어울려 노느라 해가 저물어서 돌아오는 날보다는 곧장 집으로 오는 날이 더 많아졌다. 집으로 돌아온 뒤에는 교이치나 슌조와 함께 동화책을 읽거나 조용히 숙제를 했다. 때론 밭과 화단에 물을 주는 일과 청소를 돕기도 했다.

그러는 사이에 지로는 그동안 몰랐던 교이치와 슌조의 좋은 점을 알게 되었다. 또한 자기도 모르는 사이에 형제들의 그런 좋은 점들을 흉내 내 보기도 했다. 특히 교이치는 성격이 다정해서 세밀한 데까지 신경을 써주었기 때문에 지로의 거친 성격을 부드럽게 변화시키는 데 큰 도움이 되었다.

지로가 조금씩 변하는 모습을 보고 제일 기뻐한 사람은 역시나 오타미였다. 오타미는 지로의 변화가 전적으로 자신의 교육 덕분이라고 믿었다.

'아이들은 끊임없이 엄마가 타이르고 정성을 쏟아야 해. 잠시라도 한눈을 팔면 또다시 예전으로 되돌아갈지 몰라. 잘하고 있을 때 더욱 신경을 써 줘야지.'

그렇게 생각한 오타미는 별다른 이유도 없이 툭하면 지로를 불러서 이것저것 이야기를 들려주곤 했다. 지로는 그런 오타미의 관심이 달갑지 않았다. 달갑기는커녕 귀찮기만 했다. 이야기도 어쩌면 저렇게 재미없는 것만 골라서 할까, 싶을 때도 있었다. 그래도 예전보다는 잔소리가 훨씬 줄었고, 가끔씩 생각지도 않은 칭찬을 해 줘서 전과는 비교할 수도 없을 만큼 엄마와 사이가 좋아진 건 사실이었다.

다만 딱 한 가지, 할머니와의 관계가 문제였다. 할머니 때문에 별채 자체가 싫었다. 별채를 볼 때마다, 심지어 마음속에 떠올리기만 해도 지로의 마음은 금방 어두워졌고, 분노가 울컥 치밀어 올랐다. 다 할머니 때문이었다.

할아버지는 말씀도 별로 없었고, 지로를 특별히 혼내거나 칭찬하는 경우도 거의 없어서 좋고 싫고 할 것도 없었다. 그러나 할머니는, 설령 얼굴은 보이지 않더라도 미닫이문 저편에 앉아 있을 거라는 생각만 들어도 속이 부글부글 끓어오를 정도로 미웠다.

할머니 역시 지로를 미워했다. 할머니가 손주를 미워하는 경우는 드물기는 하지만, 불행하게도 지로의 할머니가 하필 그런 경우였다. 별다른 이유도 없이 할머니는 지로가 미웠다. 그 미움이 무엇 때문에 시작되었는지는 할머니도 잘 알지 못했다. 태어날 때의 생김새 때문이기도 했는가 하면 오하마 집에서 자라느라고 자주 보지 못해 정이 들 기회가 없어서 그렇기도 했다. 아니면 할머니의 마음 자체가 뭔가 알지 못하는 이유 때문에 비뚤어져 있는 것인지도 몰랐다. 어쨌든 그런 온갖 이유들이 모두 섞여서 더 이상 돌이킬 수 없는 상태가 되어 버린 것이었다.

지로는 다른 그 어떤 이유보다 할머니가 음식을 가지고 차별할 때 가장 견디기 힘들었다. 그때마다 지로는 마음에 큰 상처를 입었다. 그 상처는 쉬 아물지 않았고 또 그런 차별이 계속되는 한 점점 커질 성질의 상처였다.

할머니는 간식을 줄 때 교이치와 슌조에게만 주고, 지로는 교묘히 따돌렸다. 그뿐만 아니라 오타미가 외출하여 당신이 직접 식사를 챙기는 경우에는 아주 노골적으로 지로를 차별했다. 같은 밥상에서 맛있는 반찬은 모두 교이치와 슌조 앞으로 밀어 놓거나, 따로 담아 줄 경우에는 지로 앞에 표가 날 만큼 적게 담긴 그릇이 놓이는 것이었다. 그럴 때면 지로는 정말 폭발할 것만 같았다. 오타미도 그렇지는 않았다. 오타미 역시 간혹 지로가 나쁜 짓을 저질렀을 때는 벌칙으로 간식을 주지 않거나 한 끼 굶기는 경우가 있었지만, 그 외엔 공평했다.

어느 날 오타미가 볼일이 생겨서 친정 마사키가에 가고 없을 때였다. 그날은 마침 고기장수가 오는 날이었다. 할머니는 저녁 반찬을 만들기 위해 소고기를 한 근 샀다. 아이들도 그 사실을 알았기 때문에 저녁 시간만 기다렸다.

그러나 기다리고 기다리던 저녁때가 되어 밥상 앞에 앉았을 때 지로는 하마터면 소리를 지를 뻔했다. 자기 접시에는 우엉과 곤약과 파무침만 잔뜩 담겨 있을 뿐, 소고기는 달랑 두 점뿐이었다. 한눈에 보기에도 교이치와 슌조의 접시에는 우엉이나 곤약보다 소고기가 훨씬 더 많았다.

지로는 맛있는 소고기를 먹을 생각에 하루 종일 들떠 있던 게 억울했다. 화가 났고, 슬펐고, 할머니가 미웠다. 이런 고기 따위, 차라리 안 먹고 말거야! 지로는 고기 접시는 밀어 놓은 채 단무지만 가지고 보란 듯이 밥을 마구 퍼먹었다. 할머니는 지로가 하는 양을 가만히 보고 있다가 지로가 그새 밥 한 공기를 다 비우자 빈정거리듯 말했다.

"지로는 소고기 싫은가 보지?"

"아니."

"그럼 왜 안 먹니?"

"먹기 싫어."

"먹기 싫어? 이상한 일도 다 있네. 배라도 아픈 게야?"

"아니."

"하긴 배가 아팠다면 밥이나 단무지를 그렇게 쓸어 넣었겠니."

그 말을 듣고 지로는 젓가락을 내팽개치며 빈 공기에 물을 가득 부었다. 그러자 할머니가 또 말했다.

"웬일로 오늘은 한 그릇만 먹냐?"

"더 먹고 싶지 않아."

한 마디 내뱉고 지로는 얼굴을 돌렸다. 꾹 다문 입술이 연방 실룩거리고 있었다.

"아니, 뭐가 또 그렇게 마음에 안 드누, 후후후."

할머니가 비웃는 것처럼 말했다. 지로는 고개를 외로 꼰 채 가만히 앉아 있었다. 하지만 옆얼굴에 느껴지는 식구들의 시선을 그대로 견디기엔 너무나 힘들었다. 지로는 최대한 아무렇지도 않다는 표정을 지으려고 노력했지만, 도저히 그렇게 할 수가 없었다. 지로는 더 이상 참지 못하고 벌떡 일어났다. 그러고는 발을 쿵쿵 구르며 나가 버렸다.

"저 녀석 좀 보게. 뭐가 또 마음에 안 들어서 심통을 부리는 게야?"

뒤에서 할머니의 목소리가 날아왔다.

"내버려 둬. 심통난 놈은 심통난 대로 지내야지, 하는 수 없어."

할머니는 매듭을 짓듯이 기어이 한마디 더 하고야 입을 다물었다.

지로는 공부방으로 가서 책상 앞에 앉았다. 속이 부글부글 끓어서 미칠 것 같았다. 공부하고 싶은 생각은 조금도 나지 않았다. 지로는 필통에서 칼을 꺼내 책상을 콱콱 찍어 댔다. 그래도 도무지 화가 풀리지 않았다. 마침 교이치의 책상 위에 펼쳐져 있는 동화책이 눈에 띄었다. 마법을 써서 사람을 괴롭히는 못된 마녀할멈에 대한 이야기가 실려 있다는 게 떠올랐다. 지로는 동화책을 들고 휘리릭 책장을 넘기며 마녀할멈을 그린 삽화를 찾아서는 주저 없이 마녀할멈의 얼굴을 칼로 몇 번이나 찔렀다.

그러고도 분이 풀리지 않아 씩씩대고 있을 때 교이치와 슌조가 공부방으로 들어왔다. 지로는 황급히 책장을 덮고 칼도 슬그머니 내려놓았다.

"그 책 읽어 봤어?"

교이치는 지로의 눈치를 살피며 조심스레 말을 걸었다.

"으응."

"혼자서 읽을 수 있겠어? 읽을 수 있으면 너 가져. 난 벌써 다 읽었으니까."

"응, 한자가 좀 많지만 그래도 읽을 수 있어."

그러자 교이치는 자기 책상에서 다른 동화책 두어 권을 더 꺼내서 지로에게 건네주며 말했다.

"이 책도 너 가질래?"

교이치는 저녁상에서 벌어진 일에 대해 알 건 다 알고 있었다. 교이치 역시 할머니의 행동을 부당하게 느꼈지만 그렇다고 자기가 할머니께 대들 수는 없다고 생각했다. 대신 어떻게든 지로의 마음을 위로해 주고 싶었던 것이다.

하지만 지로는 동화책 같은 것으론 마음에 위로가 될 것 같지가 않았다. 아무도 없는 곳에서 실컷 할머니 욕이나 해야 마음이 한결 가벼워질 것 같았다. 지로는 동화책을 내미는 교이치의 손을 물끄러미 바라보았다. 그때였다.

"교이치! 슌조! 잠깐 별채로 건너와."

할머니가 부르는 소리가 공부방까지 건너왔다. 슌조는 냉큼 일어섰지만, 교이치는 지로의 눈치를 살피며 우물쭈물했다. 지로는 시선을 창가로 돌린 채 모른 척하고 있었지만 속에선 다시금 화가 끓어올랐다.

"어서 오라니까."

할머니의 재촉하는 소리에 교이치는 멈칫거리며 마지못해 일어섰다. 그러고는 동화책을 모두 지로의 책상 위에 올려놓고 방을 나갔다.

혼자 남게 된 지로는 돌처럼 꿈쩍도 않고 창밖을 바라보았다. 점점 숨소리가 거칠어졌다. 마침내 지로는 책상 위에 놓인 마녀할멈 동화책을 집어 들었다. 그러고는 마녀할멈이 그려진 책장을 갈기갈기 찢어 버렸다. 그래도 분이 안 풀리는지 마녀할멈의 얼굴과 몸뚱이를 칼로 마구 찔렀다. 그것으로도 모자라 결국에는 동화책 전체를 북북 찢어 다다미 위에 내동댕이쳤다.

과자상자

그로부터 사나흘이 지나 일요일이 되었다. 지로는 전날 밤 아빠와 함께 오랜만에 외갓집에 가서 즐거운 시간을 보내고 일요일 낮에 집으로 돌아왔다. 마침 할머니도 무슨 잔칫집에 다녀오는 길이었는지 가문(家紋)을 새겨 넣은 여름 예복을 입고 안채에서 오타미와 이야기를 나누는 중이었다.

할머니 곁에는 손수건이 덮인 조그마한 종이상자가 놓여 있었다. 지로는 한눈에도 그것이 과자상자라는 것을 알아차렸다. 할머니는 슌스케와 지로를 보곤 숨기듯이 종이상자를 들고 별채로 건너갔다. 지로는 속으로 생각했다.

'아빠가 나중에 시내로 나가시고 나면 또 교이치 형하고 슌조만 별채로 불러서 과자를 주겠지.'

그리고 일부러 들으려고 한 건 아니었는데, 오타미가 슌스케에게 하는 말 가운데 오늘 마을의 어느 부잣집에서 큰 잔치가 있었고, 할머니는 지금 막 돌아왔지만 할아버지는 저녁을 드신 후 온다는 사실을 알게 되었다.

지로는 무슨 꿍꿍이 속인지 서둘러 공부방으로 달려갔다. 교이치와 슌조는 어디 놀러 나간 모양, 방 안은 텅 비어 있었다. 지로는 안심하고 공부방 미닫이문을 조금 열었다. 그리고 문틈을 통해 별채를 살피기 시작했다.

별채 미닫이문은 반쯤 열린 상태였다. 할머니가 평상복으로 갈아입는 모습이 나뭇가지들 사이로 희미하게 보였다. 할머니는 옷을 다 갈아입자 문갑 안에 뭔가를 넣고는 다시 복도로 나와 안채로 건너왔다.

지로는 바로 공부방을 빠져 나와 손님방을 지나 정원으로 내려섰다. 그리고 안채에서 보이지 않게끔 나무들 사이를 비집고 별채로 건너가더니 엉거주춤한 자세로 별채 안을 기웃거렸다. 잠시 후 지로는 좀 전에 할머니가 들고 왔던 과자상자를 품에 숨긴 채 뒤꼍의 채마밭으로 냅다 달려갔다.

밭에 도착한 지로는 주위를 한 번 둘러본 후 품에서 과자상자를 꺼냈다. 과자상자는 끈으로 잘 포장되어 있었다. 지로는 끈을 풀고 상자를 그대로 땅바닥에 내던지고 나막신으로 마구 짓밟아 버렸다. 찌그러진 상자의 네 귀퉁이에서 양갱처럼 끈적거리는 팥색의 앙금이 비어져 나왔다.

아깝다는 생각은 조금도 들지 않았다. 팥색의 끈적거리는 앙금이 흙과 한데 섞여 뭉개지는 것을 보자 마음이 후련해졌다. 지로는 다시 한 번 과자상자를 지근지근 짓밟은 후 양손을 하늘로 번쩍 치켜들고 크게 기지개를 켰다. 그러고는 큰일이라도 해치운 듯이 의기양양하게 집으로 돌아왔다.

하지만 지로의 복수는 너무 빨리 들통이 나 버린 모양이었다. 집에 막 들어서려는 순간, 별채 쪽에서 할머니의 날카로운 목소리가 들려왔다.

"지로, 이 녀석 어디 갔어! 아무나 좀 빨리 와 봐!"

지로는 퍼뜩 걸음을 멈추었다. 우선 집 밖으로 피하고 보는 게 장땡일 것 같았다. 그러자면 정원을 지나 중문으로 나가는 방법과 부엌문으로 빠져나가는 방법, 둘 중 하나를 선택해야 했다. 하지만 다른 사람들 눈에 띄지 않고 그 방법을 쓰기란 불가능했다.

지로는 일단 욕실 뒤편에 숨어 있다가 틈을 보아 집 밖으로 빠져나갈 작정이었다. 욕실 뒤편으로 간 지로는 커다란 은행나무 쪽으로 뛰어가서는 잽싸게 나무 위로 기어 올라갔다. 무성한 은행나무 잎에 몸을 숨기면 아무도 못 찾아낼 것 같았다.

얼마 지나지 않아 나오키치가 욕실 뒤편으로 달려왔다. 이곳저곳 휘둘러보다가 저만치 밭 한가운데에 짓밟혀 뭉개진 과자상자를 발견한 나오키치는 후다닥 그리로 달려갔다.

"아니, 이게 뭐야! 지독하게도 밟아 놨군. 작은 마님, 큰 마님, 큰일 났어요!"

나오키치가 외치는 소리를 듣고 식구들이 모두 밭으로 달려 나왔다. 납작하게 짓뭉개진 과자상자를 보며 모두들 혀를 차며 한마디씩 했다.

"이게 어떻게 된 일이야. 요즘 좀 착해졌나 싶더니……."

오타미가 새파랗게 질린 얼굴로 말했다. 목소리가 가늘게 떨리고 있었다.

"저런, 저런! 아까워라."

오이토 할멈은 아까워 죽겠다는 표정으로 과자상자를 집어 들었다. 그러나 건질 만한 게 없다는 걸 알고는 할머니의 눈치를 한 번 힐끗 살피고 다시 땅바닥에 내려놓았다.

"이번만은 무슨 일이 있어도 아범이 단단히 혼을 내줘야 해."

할머니는 숨을 헐떡이며 슌스케를 무섭게 쏘아보았다. 슌스케는 혼자 뒤쪽에 멀찍이 서서 팔을 낀 채 생각에 잠겨 있다가 할머니의 목소리를 듣곤 눈살을 찌푸렸다.

그때 지로는 은행나무 가지에 걸터앉아 우거진 잎 사이로 사람들을 내려다보고 있었다. 근처에 지로가 없다고 생각한 식구들은 잠시 후 우르르 안채 쪽으로 걸음을 옮겼다. 그제야 지로는 가슴을 쓸어내렸지만 앞으로 어떻게 해야 좋을지가 문제였다. 예전 같았으면 마사키가로 도망치면 그만이었는데, 지금은 그렇게 하는 것이 비겁하다는 것을 알고 있었기 때문에 마음대로 도망칠 수도 없었다.

'용서를 구하려면 아빠가 가기 전에 하는 게 좋겠다.'

지로는 그렇게 생각하며 마음을 다잡았다. 그러나 한편으로는 아빠 때문에 사과하기가 더 힘들어졌다는 생각도 들었다. 마음속으로 갈팡질팡하면서 사람들이 뒷문으로 나가는 것을 보고 있었는데, 맨 뒤에 따라가던 할머니가 멈춰 서더니 소리쳤다.

"지로, 이노~옴!"

은행나무 밑동 옆에 벗어 놓은 나막신을 들켜 버린 것이었다. 지로는 아차 싶었다.

"나오키치, 장대 좀 가져 와! 내 이 녀석을 당장 떨어뜨릴 테니까!"

할머니는 무섭게 눈을 올려 뜨고 나뭇가지 사이로 지로를 노려보았다.

지로는 더 이상 망설일 수가 없었다. 잽싸게 나무에서 뛰어내린 지로는 정원 쪽으로 달아났다.

"나오키치! 슌스케! 빨리 대문을 닫아! 놓치면 안 돼!"

지로는 할머니의 고함 소리를 들으면서 재빨리 정원수를 지나 손님방 툇마루까지 한달음에 뛰어올랐다. 손님방과 안채 사이에는 불상을 모신 방이 하나 있었는데, 그곳은 세 방면이 두꺼운 장지문으로 닫혀 있어 등불을 켜 놓지 않으면 대낮에도 컴컴했다. 지로는 급한 김에 그 방으로 들어갔다. 그리고 불단 근처에 거미처럼 납작 엎드렸다. 선향 냄새가 자욱하게 퍼진 눅눅한 공기가 지로의 콧속으로 왈칵 밀려들었다.

참을성

지로는 어둠 속에서 집 안의 소음에 귀를 기울였다. 부산한 발자국 소리, 소리쳐 부르는 소리, 문 여닫히는 소리들이 아득히 들려왔다.

"대체 이놈이 어디 숨은 거야?"

정원 쪽에서 할머니의 성난 목소리가 들렸다. 곧이어 발소리가 점차 다가왔다. 이윽고 지로가 숨어 있는 방의 장지문이 덜커덕하고 열렸다. 발소리의 주인은 할머니였다. 헉헉거리며 숨을 거칠게 몰아쉬는 소리가 지로의 귀에까지 똑똑히 들렸다. 지로는 이제 다 틀렸다고 생각하면서도 더욱 납작 엎드렸다. 할머니는 그 와중에도 "나무아미타불, 나무아미타불……" 염불을 외면서 성큼성큼 불단 곁으로 다가왔다. 지로는 황급히 발을 오므렸다. 그런데 하필이면 그 동작이 할머니의 발목을 걸어 넘어뜨리는 꼴이 되었다. 할머니는 마른나무처럼 다다미 위로 쓰러지면서 비명을 질렀다.

지로는 용수철처럼 튀어 일어나 손님방을 지나 정원으로 내달렸다. 불단 쪽에서는 당장이라도 숨이 끊어질 것처럼 외치는 할머니의 음성이 지로를 따라왔다.

"아이고, 나 죽네! 누가 빨리 좀 와서 나 좀 일으켜 줘! 아이고, 지로 이 녀석이 할미를 걸어찼어, 걸어찼다고!"

지로는 방향을 못 정해 잠시 망설이다가 중문 쪽으로 몸을 틀었다. 뛰면서 생각했다. 이렇게 된 바에야 외갓집으로 도망치는 수밖에 없다!

고개를 숙이고 중문을 향해 꽁지에 불붙은 짐승처럼 달려 나가던 지로는 중문 바로 앞에서 급정거를 했다. 거기에는 마치 동상처럼 굳은 표정으로 팔짱을 낀 슌스케가 버티고 서 있었다. 지로는 아빠의 눈과 마주치는 순간, 가쁜 숨만 몰아쉬면서 그 자리에 굳어 버렸다.

누구도 먼저 말하는 사람이 없었다. 지로는 발밑을 내려다보기만 했고, 슌스케는 지로의 이마만 뚫어져라 쳐다보았다. 서로 상대방이 먼저 입을 떼기를 기다리는 것 같았다.

그런 사이에 불상을 모신 방에서는 할머니의 비명 소리가 점점 더 커졌고, 할머니의 목소리에 섞여 오타미의 허둥대는 말소리도 간간이 들려왔다.

"지로……."

슌스케가 먼저 말문을 열었다. 무겁게 깔린 목소리였다.

"따라와."

지로는 고개를 숙인 채 슌스케를 뒤따라갔다. 툇마루까지 가서야 여태껏 맨발로 집 안을 휘젓고 돌아다닌 것을 깨달은 지로가 주춤거렸다. 슌스케가 버럭 소리를 질렀다.

"괜찮아! 툇마루는 나중에 네가 청소하면 될 거 아냐!"

디딤돌에 발바닥을 문지르던 지로는 그 서슬에 놀라 툇마루로 성큼 뛰어올랐다. 잠시 후 둘은 덧문이 굳게 닫혀져 가만히 앉아만 있어도 땀이 줄줄 흐르는 이 층 다락방에 마주 앉았다.

슌스케는 여전히 입을 굳게 다물고 있었다. 다만 한 번씩 크게 한숨을 쉴 뿐이었다. 지로는 고개를 숙인 채 애꿎은 무룤만 손가락으로 문지르고 있었다. 아빠가 너무 오랫동안 아무 말도 하지 않는 게 이상해서 지로는 살며시 고개를 들었다. 순간 지로는 숨이 멎을 것 같은 충격을 받았다. 눈을 감은 채 천장을 향해 고개를 든 아빠의 뺨에 눈물 한 줄기가 흐르고 있었다!

지로는 가슴이 찢어질 것 같았다. 아빠가 울다니! 지로는 더는 견디지 못하고 엉금엉금 기어가 슌스케의 무릎에 얼굴을 파묻고 엉엉 울었다.

슌스케는 그래도 말이 없었다. 지로는 꺽꺽대며 울었다. 이윽고 슌스케가 지로의 등을 가볍게 쓰다듬으며 말했다. 꽉 잠긴 목소리였다.

"지로, 정말 더는 참을 수 없었던 거냐?"

지로는 대답할 수 없었다. 아무것도 생각나지 않았다.

"아빠는 널 지금 야단치는 게 아니다."

그 말을 듣고 지로는 더 크게 울었다. 아예 통곡이었다.

"화가 나서 그랬다는 거, 아빤 다 알아. 아빠가 너만 했을 때도…… 할머니는 걸핏하면 음식으로 아빠를 화나게 했어. 하지만 지로……."

슌스케의 목소리에 차츰 힘이 들어가기 시작했다.

"화가 나도 참아야 해. 그런 게 진짜 용기니까. 아빠도 그때 참았어. 도저히 못 참겠다고 생각한 적도 많았지만, 그럴 때는 끼니도 못 잇는 가난한 사람들을 생각하면서 참았어.

그리고…….”

순스케의 목소리가 다시 약간 낮아졌다.

“나를 괴롭히는 사람이야말로 나를 훌륭하게 만들어 주는 진짜 고마운 사람이라고 생각하면서 참은 날도 있었단다.”

지로는 고개를 들고 아빠를 올려다보았다. 어느덧 울음은 많이 잦아들어 있었다. 지로는 축축해진 얼굴을 빛내면서 가만히 아빠의 얼굴을 응시하는 것이었다. 지로가 말했다.

“아빠, 앞으론 꼭 참을게요. 화가 날 때마다 아빠가 한 말 생각하면서 참을게요.”

“그래, 잘 생각했다.”

순스케는 자리에서 일어났다. 그리고 지로를 안아 일으켰다.

“우리 할머니한테 가자. 가서 잘못했다고 용서를 빌어야지.”

두 사람이 안채로 건너갔을 때 할머니는 오타미를 상대로 무엇인가를 한참 열을 내며 이야기하고 있었다. 지로와 순스케가 들어서는 것을 발견한 할머니는 서둘러 입을 다물고 지로를 노려보았다.

지로는 할머니 앞에 무릎을 꿇고 앉았다. 그리고 다다미에 손을 짚고 간단히 말했다.

“잘못했어요.”

그러나 할머니는 지로를 흘겨보기만 할 뿐, 아무 대꾸도 하지 않았다. 슌스케와 오타미도 잠자코 있었다. 잠시 후 할머니의 싸늘한 음성이 들렸다.

"고작 한다는 말이 그 말밖에 없냐."

그러자 슌스케의 커다란 목소리가 방 안을 울렸다.

"지로, 사과했으면 됐어! 그만 방으로 돌아가!"

지로는 그 말이 떨어지기 무섭게 벌떡 일어나 방을 나갔다. 할머니가 새파랗게 질린 얼굴로 슌스케를 돌아보았지만, 슌스케의 굳게 다문 입과 화난 표정을 보고는 슬그머니 고개를 돌렸다. 그리고 쥐어짜듯이 중얼거렸다.

"정말이지 오래 살고 볼 일이야. 손자 녀석 때문에 부처님 앞에서 나가떨어지다니. 내 신세가 어쩌다 이렇게 됐누."

할머니가 주섬주섬 일어나 별채로 돌아갔지만 슌스케는 아무 말 없이 석상처럼 앉아 있었다.

그 일이 있은 후 지로와 할머니는 더욱 데면데면해졌다. 지로는 할머니에게 화가 날 때마다 아빠의 말을 떠올리며 어떻게든 참아 보려 했지만, 그런 결심도 언제 어떻게 무너질지 모르는 일이었다.

그리고 얼마 후 지로는 정말 마른하늘에서 벼락이 떨어지는 듯한 일을 겪어야 했다. 그건 할머니와의 불화 따위와는 비교도 되지 않을 만큼 엄청난 사건이었다.

슬픈 이별

"이번에 새로 짓는 학교, 무지무지 근사하대. 너, 가 봤
어?"

"응, 가 봤어. 벌써 여러 번 가 봤어."

"그래? 난 오늘도 갈 건데."

"그럼 나도 갈래."

"그래, 우리 다 같이 가 보자."

그 무렵 수업이 끝나면 아이들은 곧잘 이런 얘기를 주고
받으며 교문을 나섰다. 얘기인즉 지금 다니고 있는 학교는
너무 오래되어 위험했기 때문에 마을에서는 지난해 가을부
터 학교를 새로 짓기 시작했던 것이다. 새 학교가 이제 곧
준공된다는 소식은 아이들의 가슴을 설레게 하기에 충분했
다.

옛날 학교가 논 가운데 있던 것과 달리 새 학교는 강가

의 전망 좋은 대지에 지어졌다. 뒤편은 울창한 삼나무 숲이었다. 깨끗한 새 건물이 조금씩 완성되어 가는 것을 볼 때마다 아이들은 너무나도 기뻐 가슴이 두근거렸고, 준공식이 가까워짐에 따라 매일 한 번씩 새 학교를 보러 가지 않고서는 왠지 마음이 허전해서 견딜 수가 없었다. 특히 누구보다도 새 학교가 완공되기를 기다리는 사람은 지로였다. 지로는 얼마 전부터 친구들이 다른 놀이를 하자고 해도 억지로 새 학교로 데려가곤 했다. 친구들이 끝까지 가기 싫다고 하면 지로는 혼자서라도 새 학교로 달려갔다. 그리고 건물 구석구석을 살펴보며 혼자 이런저런 생각에 잠기는 것이었다.

지로가 그토록 새 학교에 관심이 많았던 까닭은 다른 아이들이 알지 못하는 이유가 있었기 때문이었다. 그건 앞으로 오하마가 어느 방에서 지내게 될 것이며, 또 방이 어떻게 꾸며질지가 너무 궁금했기 때문인데, 벌써 몇 번을 가 봐도 오하마네가 지낼 만한 곳은 도무지 찾을 수가 없었다. 그럴수록 지로의 궁금증은 더욱 커져만 갔다.

그러나 지로는 그토록 궁금해했던 것을 끝내 알아내지 못한 채, 드디어 새 학교의 준공을 맞이하게 되었다. 준공식은 이듬해 새 학기가 시작되기 직전에 치르기로 결정되었고, 겨울방학 전날, 학교의 비품을 옮기는 작업이 시작되었다.

그다지 먼 거리가 아니어서 특별히 무거운 것들만 짐수레에 싣고, 나머지는 선생님들과 삼 학년 이상의 아이들이 각

자 나눠서 들고 가기로 했다. 그날은 다행히도 날씨가 좋아
서 바람도 차지 않았다. 얼었던 땅이 그새 녹아서 길이 약간
질척거리긴 했지만, 아이들에게 그 정도는 아무것도 아니었
다. 칠판과 책상, 걸상, 그리고 청소도구 등이 아이들의 떠
들어 대는 목소리와 함께 쉴 새 없이 논두렁길을 지나갔다.

지로는 삼 학년이어서 제일 가벼운 짐을 나르게 되었다.
옛날 학교와 새 학교를 제일 열심히 왕복하면서 걸상과 양
동이, 빗자루 등을 옮겼다. 짐 옮기는 일이 거의 끝나고 집
으로 돌아갈 시간이 되었지만 지로는 뭔가 아쉬운 마음에
계속 학교 근처를 서성였다. 게다가 새 학교에서 오하마의
모습을 한 번도 본 적이 없다는 게 마음에 걸려 다시 옛날
학교로 가서 소사실에 들러 보기로 했다.

지로가 도착했을 때 소사실은 이미 텅텅 비어 있었다. 빗
자루 하나 남겨진 것이 없었다. 휑한 소사실 구석에 오하마
가 혼자 맥 빠진 얼굴로 무릎에 턱을 괴고 앉아 있었다.

"오하마 엄마네 짐은 벌써 다 옮겼어?"

"그럼요."

"야, 진짜 빠르다. 내가 도와주려고 했는데."

"그랬어요? 고맙기도 해라. 근데 이젠 아무것도 옮길 게
없으니 어쩌나⋯⋯."

오하마의 느릿한 음성이 평소와는 너무 다르게 느껴져 지
로는 왠지 가슴이 철렁하는 느낌이었다. 지로는 오하마 곁

으로 다가가 짐짓 장난스레 물었다.

"흐응, 오늘 옮겼어?"

"아니, 벌써 일주일 전에 옮겼어요."

"그렇게 빨리? 진짜 빠르다."

"그러게요."

오하마의 대답에는 힘이 하나도 없었다. 지로는 이상한 느낌이 들어 계속 뭔가 말을 이어가지 않으면 안 될 것 같았다.

"새로 지은 학교, 아주 근사해."

"그러게요. 아주 근사해요."

"근데 오하마 엄마네 방은 어딨어? 암만 찾아봐도 어딘지 알 수가 없었어."

"저런, 우리 방까지 찾아봤어요? 하지만 이젠…… 거기서 안 살아요."

"거짓말!"

지로가 놀란 듯이 소리쳤다. 그동안 아무리 찾아봐도 오하마 엄마가 지낼 만한 방이 보이지 않아 속이 상했었는데, 오하마의 입에서 이젠 더 이상 학교에서 살지 않는다는 말이 나오자 뭔가 심상치 않은 일이 일어날 것만 같아 마음이 바짝바짝 타 들어 가는 것 같았다. 오하마는 지로의 얼굴을 찬찬히 들여다보다가 힘없는 목소리로 말했다.

"지로, 이제 우린 학교를 그만뒀어요."

"거짓말!"

지로는 오하마 엄마의 말을 믿고 싶지가 않았다. 금방이라도 눈물이 쏟아질 것도 같았다.

"거짓말 아니에요."

"학교에 소사가 없어지는 게 어딨어?"

"정말이에요. 이제 소사는 없어진대요. 대신 잡역부라는 사람이 학교에서 일할 거예요."

"그럼 오하마 엄마가 잡역부 하면 되잖아."

"글쎄 그게…… 여자는 안 된다는 거예요."

"칫! 그런 게 어딨어. 아, 맞다. 그럼 아저씨가 하면 되잖아."

"그건 또……, 아저씬 나이가 많아서 안 된대요."

"아, 정말, 그럼 누가 한다는 거야?"

"오늘 새 학교에서 일하는 아저씨 있었죠? 그 아저씨 봤어요?"

그러고 보니 카키색 옷차림에, 한 마흔쯤 되어 보이는 키 작은 아저씨가 새 학교 복도를 부지런히 돌아다니는 걸 여러 번 본 기억이 났다. 지로는 그 낯선 남자가 괜히 미워졌다. 그토록 좋아 보이던 새 학교도 싫어졌다.

지로는 말없이 소사실의 낡은 벽과 천장을 한 바퀴 둘러보았다. 벽은 덧칠이 거의 벗겨져 있었고, 천장에는 비가 샌 자국이 군데군데 나 있었다. 낡을 대로 낡은 곳이었지만, 지로에겐 너무나 정다운 풍경이었다. 한없이 쓸쓸한 것 같기도 하고, 부글부글 화가 나는 것 같기도 한 기분 때문에 지로는 할 말이 잘 떠오르지 않았다.

교실 쪽에선 아직도 상급생들이 떠들썩하게 물건을 나르고 있었다. 지로는 그 소리가 귀를 막고 싶을 만큼 듣기 싫어졌다.

"근데 아저씨는 어디 갔어?"

지로는 오하마의 품에 안기면서 물었다.

"여기 없어요."

"오쓰루는?"

"오쓰루도 없어요."

"어디 갔는데?"

"아주 먼 곳으로 갔어요. 석탄을 캐는 산이에요."

"오하마 엄마도 가야 해?"

"그래야죠. 갈 수밖에 없어요."

오하마의 목소리가 가늘게 떨렸다. 지로는 오하마의 두 팔을 잡고 와락와락 흔들다가, 벌떡 일어섰다가, 다시 오하마의 가슴에 얼굴을 파묻었다. 지로는 오하마 엄마의 말을 받아들이고 싶지 않았다. 학교에서 매일 엄마를 만날 수 없는 건 그래도 참을 수 있다고 생각했다. 하지만 학교를 그만두는 것도 모자라 먼 곳으로 떠나가 버린다니!

"엄만 안 가면 안 돼? 우리 집에서 살면 되잖아!"

"지로 생각엔 그렇게 해도 될 거 같아요?"

지로는 자신 있게 대답할 수가 없었다. 어른들의 결정을 돌이킬 수는 없다는 것 정도는 알아차릴 만큼은 지로도 분별이 생겨나 있었던 것이다. 하지만 그렇다고 이대로 엄마가 떠나가 버린다는 건 도저히 받아들일 수가 없었다. 지로가 차마 대답을 못하고 우물거리자 오하마는 지로를 힘껏 끌어안았다.

"지로는 이제 오하마 엄마 없이도 혼자 지낼 수 있죠?"

"그치만 난⋯⋯."

"그럼 안 돼요. 겁쟁이가 되어선 안 돼요."

오하마는 타이르듯 지로에게 말했다. 지로는 겁쟁이라는 말에 오하마의 품을 빠져나오며 큰소리로 말했다.

"아냐, 나 겁쟁이 아냐. 교이치 형이나 슌조에게도 지지 않는다구. 할머니한테도 안 져."

"그래요?"

오하마는 쓸쓸하게 웃었다.

"암, 그래야죠. 도련님은 누가 뭐래도 겁쟁이가 아니에요. 그래서 나도 안심이 돼요. 하지만 할머니한테는 덤비면 안 돼요. 지난번처럼 또 그러면 아빠가 난처해지니까요."

지로는 오하마 앞에 서서 발을 동동 굴렀다. 오하마는 한참 뭔가를 생각하다가 말을 이었다.

"도련님에겐 아빠가 계시잖아요? 그러니 아무것도 걱정

안 해도 돼요. 그리고 나도…… 다시…… 올 테니까요."

"다시 온다구? 정말? 그게 언젠데?"

"되도록이면 빨리 올게요. 그렇지, 지로가 사 학년이 될 때쯤이면 올 거예요."

지로는 잠시 생각했다. 사 학년이 되려면 얼마나 지나야 하나.

"지로 도련님, 이제 그만 집으로 가요. 오하마 엄마는 마사키가에 들러서 외할아버지랑 외할머니께 인사를 하고, 저녁엔 혼다가로 갈게요. 오늘밤은 지로네서 자고 싶어요. 만일 엄마가 좋다고 하시면 오랜만에 같이 자요."

지로는 오하마의 손에 이끌려 마지못해 교문을 나섰다. 몇 걸음 걷던 두 사람은 서로 약속이나 한 듯 학교를 돌아보았다. 이미 학교에선 아무 소리도 들리지 않았다. 깨진 유리창 사이로 석양빛이 물들고 있었다.

폭풍 후

그날 저녁, 혼다가 사람들은 예전 같았으면 상상도 할 수 없었을 정도로, 호들갑스러울 만큼 반갑게 오하마를 맞이했다. 평소 오하마의 얼굴을 보는 것도 싫어하던 할머니까지 밤늦도록 오하마를 붙들고 이야기를 나눴다. 저녁 식사가 끝난 후 지로와 오하마가 함께 정원을 거닐어도 누구 한 사람 쑤군대는 사람도 없었다. 오하마는 지로와 한 방에서 자기로 했다.

"이젠 지로도 다 컸으니까 설마 오하마 품에서 자려고 하지는 않겠죠."

오타미가 웃으면서 말하자 할머니는 마음에도 없는 말로 오하마를 위로했다.

"하룻밤으론 서운할 게야. 웬만하면 이삼일 더 묵고 가지 그러나?"

열한 시가 넘어서야 지로는 자리에 들었다. 지로와 오하마는 처음에는 각자의 이불 속에 따로 누워 있었지만, 어느새 한 이불 속에 나란히 누웠다. 둘은 쉽게 잠들지 못했다. 잠이 드는가 싶으면 또 눈이 떠졌고, 여러 번 볼을 비비거나, 등을 쓰다듬곤 했다. 그때마다 오하마는 지로에게 속삭였다.

"누구보다 훌륭한 사람이 돼야 해요. 그리고 오하마 엄마를 잊어버리면 안 돼……."

지로는 그 말엔 대답하지 않았다. 대답 대신 오하마의 품속으로 더욱 파고들었다.

이튿날 아침 지로는 누구보다 먼저 일어났다. 눈을 뜨자마자 옆자리부터 더듬었다. 하지만 오하마는 거기 없었다. 설렁한 느낌이 등줄기를 훑고 지나가는 듯했다. 자리를 박차듯이 일어난 지로는 오하마의 자리가 깨끗하게 정리된 것을 보자 가슴이 마구 벌렁거렸다. 아직도 세상모르고 잠든 교이치와 슌조의 쌔근거리는 숨소리만이 조용히 들려왔다.

"학교도 이젠 방학이니까 내일은 우리 늦게까지 자요."

간밤에 잠들기 전, 오하마가 했던 말이 떠올랐다. 말은 그렇게 해 놓고 오하마 엄마는 새벽같이 일어난 모양이라고 생각했다. 하지만 가슴은 좀처럼 진정되지 않았다. 지로는 허둥지둥 옷을 입었다. 그러고는 황급히 밖으로 나가 온 집 안을 샅샅이 뒤지기 시작했다. 하지만 오하마의 모습은 끝내 찾을 수가 없었다. 지로는 간밤에 오하마가 꽤 큰 보따리를 가져왔던 것을 생각해 내고, 이번에는 그 보따리를 찾기 위해 다시 한 번 집 안을 뒤졌다. 그러나 보따리 역시 눈에 띄지 않았다…….

맥이 빠진 지로는 안채와 부엌 사이의 툇마루에 앉아 오가는 식구들의 얼굴을 멍하니 쳐다보았다. 하지만 아무에게도 오하마가 어디 있냐고 묻지는 않았다. 남들 몰래 꼭꼭 숨겨 두었던 소중한 그 무엇을 잃어버린 사람처럼 지로는 혼자 속을 태우며 멀거니 생각에 잠겨 있었다. 식구들은 지로의 그런 모습을 보고 눈치들을 챘지만 그러나 누구 한 사람 말을 걸지는 않았다.

아침 식사 시간에도 오하마에 대한 이야기를 입 밖에 내는 사람은 없었다. 오하마에 관한 얘기는커녕 늘 있어 오던 소소한 이야기조차 없었다. 다들 지로의 얼굴만 흘깃거리며 묵묵히 밥을 먹을 뿐이었다.

지로는 식구들의 시선이 불편했다. 마음이 터무니없이 조급해지는가 하면 한없는 쓸쓸함과 까닭 없는 억울함이 밀려들기도 했다. 몸의 어딘가가 견딜 수 없이 가려운데 도무지 어딘지를 몰라 시원하게 긁을 수 없는 답답함 때문에 짜증이 왈칵 솟구치기도 했다. 또 손에 닿는 족족 가리지 않고 내팽개치고도 싶었다. 지로는 무얼 먹는지조차 의식하지 못한 채 아침을 끝냈다. 답답해서 미칠 것 같았다. 또 그것 때문에 숨이 막혀 죽을 것도 같았다. 결국에는 오하마 엄마를 마음속에서 영원히 지워 버리고도 싶었다…….

불안한 짐승처럼 집 안을 맴돌던 지로는 휭 하니 밖으로 나갔다. 그러고는 동네 친구들을 불러 모아 신사 뒤편의 숲으로 향했다. 지로는 오하마는 아주 잊어버린 듯 멋대로 떠들어 댔고 놀이를 할 때면 정신없이 휩쓸려 들었다. 마치 어떤 열기에 사로잡힌 아이 같았다.

하지만 가끔씩 동작을 뚝 멈추고 우두커니 서 있거나, 별안간 땅바닥에 주저앉아 고개를 파묻기도 했다.

"지로, 왜 그래?"

"그렇게 서 있으면 재미없잖아."

"이제 그만 놀고, 집에 가자."

친구들이 마침내 불평을 털어놓기 시작했다. 그때 한 아이가 말했다.

"야, 우리 학교 어떻게 됐는지 가 보자."

그 말에 모두들 두말없이 찬성했다. 지로가 제일 먼저 앞장서서 달려 나갔다. 아이들도 꽥꽥 소리를 지르며 한 덩어리로 몰려가기 시작했다. 아이들은 당연히 새 학교로 가 볼 작정이었다. 한데 앞서 달리던 지로가 갈림길에서 옛 학교 쪽으로 뛰는 것이었다. 아이들이 우르르 멈춰 섰다.

"야, 어디 가는 거야?"

"지로, 이쪽이야, 이쪽!"

아이들이 고함을 질렀다. 지로가 뒤돌아서서 대답했다.

"옛날 학교로 갈 거야. 거기가 더 재미있어."

"무슨 소리야! 다 찌그러진 델 뭣 하러 가?"

지로와 친구들은 개구리처럼 와글거리며 서로가 옳다고 재잘거렸다. 지로는 고집을 꺾지 않았다.

"그럼 나 혼자 가면 될 거 아냐."

지로가 혼자 옛날 학교 쪽으로 휘적휘적 걸어가 버리자 남은 아이들은 불만스런 표정으로 서로의 얼굴을 바라보더니 하는 수 없이 지로를 뒤따르기 시작했다. 학교에 도착할 때까지 투덜대는 소리가 그치지 않았다.

하지만 아무도 없는 옛날 학교에서 마음껏 하고 싶은 장난을 치며 뛰놀다 보니 친구들도 옛날 학교에서 노는 게 더 재미있다는 사실을 알게 되었다. 특히 전쟁놀이가 신났다.

아이들은 먼저 운동장에서 돌을 주워 모았다. 큰 돌은 포탄, 작은 돌은 총알이었다. 학교의 낡은 건물을 적의 요새라 정하고 일제히 공격하기 시작했다. 포탄과 총알이 우박처럼 날아갔다. 유리창이 와장창, 소리를 내며 깨지고 벽에서는 쿵쿵 소리가 나면서 먼지가 피어올랐다. 아이들은 마치 진짜 전쟁을 하는 것 같아 온몸이 짜릿한 흥분으로 달아올랐다.

"돌격!"

지로가 크게 외치자 아이들은 우르르 학교 안으로 뛰어들어갔다. 삐걱거리는 복도를 걸으며 수색대처럼 몸도 납작 엎드렸다. 덜렁거리는 복도 판자 몇 장을 뜯어내곤 참호로 삼았다. 아이들은 참호 속에 숨기도 하고 고개를 내밀고 공격도 했다. 포탄과 총알이 유리창을 깨뜨릴 때 나는 날카로운 소리, 교실 흙벽에 돌이 맞으면서 풀석 피어나는 먼지, 가끔씩 와르르 쏟아져 내리며 구멍이 뻥 뚫리는 벽체…… 진짜 전쟁 같았다. 아이들은 그동안 묘지나 숲에서 하던 전쟁놀이와는 비교도 되지 않을 만큼 재미에 흠뻑 빠져들었다.

애초에 이런 전쟁놀이를 하자고 제안한 것은 지로였다. 지로는 우울한 기분을 달래 보려고 별 생각 없이 그냥 전쟁놀이나 하자고 말했던 것이다. 그런데 처음에는 신나하던 지로는 아이들의 거친 장난이 점점 심해질수록 기분이 차츰 가라앉았다. 그리고 나중에는 자기가 왜 이런 장난을 생각해 냈는지 스스로를 원망하게 되었다.

지로는 모두들 돌팔매질에 정신이 팔려 있는 사이 몰래 교사 밖으로 빠져 나와 소사실로 향했다. 그리고 어제 오하마가 앉아 있던 자리에 앉아 보았다. 아이들이 던진 자갈들이 소사실 근처까지 날아왔다. 그때마다 지로는 가시에 찔리는 것 같은 아픔을 느꼈다.

'어떻게든 이 방엔 돌을 못 던지게 해야 돼.'

지로는 어느새 친구들을 적으로 여기기 시작했다. 마치 소사실을 지켜내라는 특명을 받은 특공대원이라도 된 듯한 착각에 빠졌다.

"와아!"

아이들이 일제히 돌격하기 시작했는지 복도를 달리는 시끄러운 발소리가 요란하게 들려왔다. 그러다 문득 조용해지더니 누군가 외치는 소리가 들렸다.

"야, 지로 없어졌어!"

"어, 정말이네? 지로, 어디 있어?"

"지로, 지로!"

"지로-!"

"지-로-!"

아이들은 일제히 한목소리로 외쳤다. 그러나 지로는 대답하지 않았다. 목소리가 들리는 쪽으로 귀를 기울이다가 발소리가 가까이 다가오자 급히 마루 밑으로 몸을 숨겼다. 곧 아이들이 소사실로 몰려들었다.

"여기도 없는데."

"여기 없으면 학교엔 없는 거야."

"집에 갔나?"

"그래, 집에 갔나 보다."

"쳇! 우리한테 말도 안 하구."

"아무래도 이상한데."

"맞아, 틀림없이 새 학교로 갔을 거야."

"혼자서? 설마."

"아까부터 지로 좀 이상했어. 그러니까 혼자 갔을지도 몰라."

"우리도 가 볼까?"

"그래, 가 보자."

아이들이 몰려가 버린 학교는 다시 잠잠해졌다. 마루 밑에서 기어 나온 지로는 폭풍이 지나간 것처럼 조용해진 교실과 복도를 천천히 걷기 시작했다. 가시밭을 걸어가듯 조심조심 걸었다. 간혹 돌을 밟아 소리가 나면 깜짝 놀라 그 자리에 서 버렸다. 부서진 벽 틈을 비집고 들어온 가을볕조차 더욱 처량하게 보였다.

'오하마 엄마는 이제 여기 없어.'

그 생각은 물이기나 한 듯이 가슴속을 지나 온몸으로 번지기 시작하더니 눈에 이르러서는 눈물이 되어 흘러내렸다.

먼지투성이가 된 마룻바닥에 눈물이 떨어지면서 작은 얼룩
들이 어지럽게 번져 갔다.

주춧돌

그 이튿날부터 지로는 집 밖으로는 한 발자국도 나가지
않았다. 친구들이 밖에서 아무리 불러도 대답하지 않았다.
그렇다고 교이치와 순조를 상대로 놀았던 것도 아니다. 대
부분 혼자 공부방에서 지내기 일쑤였다. 가끔 책상에 기댄
채 연필을 깎거나 공책을 펼쳐 놓고 뜻을 알 수 없는 낙서
를 끼적였다.

지로는 여태까지 편지라는 것에 관심을 가져본 적이 없었
는데, 오하마와 헤어진 다음 날, 집에도 편지가 온다는 것을
알고는 매일 그 시간만 기다렸다. 배달부는 오후 두 시쯤 왔
다. 그 시간이 다가오면 지로는 미리 문간에 서서 편지가 오
기만을 기다렸다. 혹시라도 배달부가 집 앞을 그냥 지나가
거나, 집에 온 우편물 중 오하마의 편지가 없으면 크게 낙심
하곤 다시 공부방으로 들어가 버렸다.

그해가 다 지나도록 오하마의 편지는 도착하지 않았다.
해가 바뀌어 새 학교 준공식도 끝나고, 마침내 신학기가 시
작된 지 오륙일쯤 지났을 때 꼬질꼬질 때가 묻은 엽서 한
장이 도착했다. 오하마가 보낸 것이었다. 하지만 수신인은

지로가 아닌 오타미였다. 간단하게 무사히 잘 도착했다는 내용만 적혀 있었다. 지로는 오타미가 읽어 주는 편지 내용을 듣고 슬픈 마음이 들어 슬그머니 안채를 빠져나왔다.

하지만 며칠 후 오쓰루에게서 신년연하장이 도착했다. 지로는 뛸 듯이 기뻤다. 연하장에는 크고 새빨간 태양과 금빛 구름과 푸른 파도와 '새해 복 많이 받으세요.'라는 글씨가 어지럽게 인쇄되어 있었다. 아무리 봐도 싸구려 엽서였지만, 지로는 그것이 대단한 보물이라도 되는 양, 책갈피에 끼워 넣고 학교에까지 가지고 다녔다.

얼마 후 학년이 바뀌어 지로는 사 학년이 되었다. 새 학교에서 풍기던 싱그러운 목재 냄새도 서서히 사라지고 있었다. 그리고 오하마에 대한 추억도 지로의 머릿속에서 조금씩 희미해져 갔다.

옛날 학교는 다 허물어지고 주춧돌만 남아 있었다. 지로는 잡초 사이로 희미하게 보이는 주춧돌을 볼 때마다 괜히 눈물이 그렁해졌다. 그 주춧돌에 지난날의 그리움이 몽땅 새겨져 있는 것 같았다. 그래서 가끔은 친구들 몰래 혼자 옛날 학교에 들러 소사실이 있었던 자리를 서성거렸다.

어느 날 지로가 주춧돌에 앉아 오쓰루가 보낸 연하장을 꺼내 보고 있을 때였다. 어느새 쫓아왔는지 친구 셋이 지로의 뒤편에 살금살금 다가와서 '와악!' 하고 소리 질렀다.

지로는 무슨 나쁜 짓이라도 하다가 들킨 사람처럼 허둥거리며 오쓰루가 보낸 엽서를 책갈피 속에 숨겼다.

"여기서 뭐 해?"

친구 한 명이 장난스럽게 물었다. 지로는 대답을 못하고 쩔쩔매다가 자리에서 일어나더니 지금까지 앉아 있던 주춧돌을 가리키며 말했다.

"이 돌, 움직일 수 없을까?"

어색함을 감추려고 생각나는 대로 꺼낸 말이었다. 그런데 막상 그렇게 말하고 나니까 주춧돌을 움직이는 게 무슨 큰 일이라도 되는 듯 다들 얼굴에 긴장감이 도는 것이었다.

"이렇게 큰 돌을? 이걸 들어서 뭐하게?"

"누구 힘이 더 센지 알아 보려구."

"그럼 지로는 이 돌 움직일 수 있어?"

"아니, 한번 해 봤는데, 꿈쩍도 안 해."

"그럼 좋아. 어디 내가 한번 해 볼게."

그중 한 명이 나서며 돌 밑에 손을 집어넣었다. 하지만 돌은 꿈쩍도 하지 않았다. 차례로 다른 아이들도 한 번씩 힘을 써 봤지만, 돌은 역시나 움직이지 않았다.

"이렇게 큰 돌은 혼자는 못 들어. 우리 다 덤벼도 어려울 거야."

"아냐, 우리가 한꺼번에 들어 올리면 조금은 움직일지도 몰라."

"좋아, 해 보자!"

세 명의 친구들이 제각각 돌의 귀퉁이를 잡았다. 지로도 함께 붙잡으려다가 무슨 생각을 했는지 가만히 선 채 옆에서 지켜보기만 했다. 아이들이 영차, 영차 소리를 지를 때마다 돌이 조금씩 움직이기 시작했다. 돌이 한 번 움직일 때마다 돌 밑으로 틈이 벌어졌고, 틈이 차차 크게 벌어지자 엉클어진 명주실 같은 풀뿌리가 돌 밑에서 허옇게 드러나 보였다.

그 풀뿌리를 보는 순간, 지로는 그 작은 뿌리에 지난날 소사실에서 겪었던 모든 추억들이 한데 엉겨 있는 듯한 느낌을 받았다.

'저러다가 돌을 놓아 버리면 다시 깔려 죽고 말 거야!'

갑자기 조바심이 난 지로가 다급하게 소리를 질렀다. 마치 무슨 비명 같았다.

"그만해! 다 같이 미는 건 반칙이야!"

그러나 아이들은 여간해선 그만두려 하지 않았다. 그러자 지로는 더욱 큰 소리로 외쳤다.

"그만하라니까! 그런 건 힘겨루기가 아니잖아."

그러고는 옆에 있던 친구의 엉덩이를 발로 걷어찼다. 그 바람에 나란히 서 있던 세 명이 동시에 옆으로 쓰러졌다. 지로는 쓰러진 친구들을 그대로 두고 서둘러 가방을 둘러메더니 논두렁길을 달려가기 시작했다.

"저게 우릴 바보로 아나!"

"우리하고 노는 게 싫어졌나 봐."

"그럼 우리도 안 놀면 되잖아."

세 아이는 지로의 뒤에 대고 투덜거렸지만 모두가 맥이 빠진 표정이었다.

그 일이 있은 후 채 열흘도 안 지나 주춧돌마저 남김없이 옮겨졌다. 그리고 5월이 되자 학교가 서 있던 곳은 모조리 논으로 바뀌었다. 이제 오하마 엄마의 추억을 되새길 만한 것은 그 무엇도 남아 있지 않았다. 그래도 지로는 며칠에 한 번씩은 옛날 학교가 있던 자리를 서성이곤 했다. 그러나 날이 갈수록 학교가 어디 있었는지조차 모를 정도로 변해 버린 풍경 때문에 지로가 서성이는 횟수도 점차 줄어들었다.

하지만 지로는 사 학년이 될 때쯤 돌아오겠다던 오하마의 약속만큼은 오랫동안 잊지 않았다. 삼 학년이 끝나고 사 학년으로 올라갈 무렵, 이제 곧 오하마를 만날 수 있으리라, 한껏 기대에 부풀었는데 사 학년이 되고서도 몇 달이 지나도록 오하마는 소식이 없었다. 지로의 기대도 서서히 엷어져 갔다. 또 소중하게 간직했던 오쓰루의 엽서도 점차 구겨지고 손때가 묻어 지저분해지자 책상 서랍에 넣어 둔 채 꺼내보지 않게 되었다. 이렇게 오하마에 대한 추억은 지로의 마음에서 천천히 잊혀 갔다.

하지만 어쩌면 생각하기에 따라서는 오하마에 대한 추억을 잊는 것이 지로를 위해 더 잘된 일일지도 모른다. 마음속의 방황으로 어린 영혼이 더 이상 힘들어하지 않아도 되고, 오하마와의 추억으로 말미암아 가족들을 미워하는 일도 더 이상은 생기지 않을 것이기 때문이다. 그러나 또 한편으로는 지로의 일생에서 오하마의 웃음 띤 얼굴과 따뜻한 격려가 더는 기억되지 못하는 것은 커다란 불행일지도 모른다. 왜냐하면 먼 훗날 지로가 자신의 어린 시절을 되돌아봤을 때 기쁨보다는 슬픔이, 입가에 맴도는 미소보다는 씁쓸한 상실의 기억이 먼저 떠오른다면 그것은 지로에게 있어서 커다란 아픔일 테니까.

오하마와의 이별은 지로가 인생에서 처음 겪는 큰 슬픔이었다. 이 슬픔이 그를 더욱 성숙시켰는지, 아니면 더 연약하게 만들었는지, 당장에는 알 수 없는 노릇이었다.

그러나 몇 가지 사실만은 당장이라도 분명하게 말할 수 있다. 첫째, 그날 이후 지로는 친구들과 어울려 떠들썩하게 노는 것보다 혼자 무엇인가를 곰곰이 생각하거나, 조용한 친구들과 어울리는 날이 많아졌다는 것이다. 둘째, 그동안 자신이 옳다고 믿거나 하고 싶은 일이라면 무슨 수를 써서라도 반드시 해내고야 말았던 지로가 그날 이후론 가족들마저 지로가 지로가 아닌 것 같다고 여길 정도로 양보하거나 체념하는 일이 많아졌다는 것이다.

그렇다고 해서 지로가 오하마와의 이별로 인해 겁쟁이가 되었다고 함부로 결론 내려서는 안 된다. 누구에게도 질 수 없다는 지로 특유의 용기와 민첩함은 여전히 그의 마음 한 구석에 단단히 뿌리를 내리고 있었다. 오히려 예전보다 훨씬 더 강해지고 튼튼해졌다. 철없이 날뛰던 때와 비교해서 말한다면 마음속에 간직해 두는 법을 배운 것이라고 말해야 옳다. 여전히 지로는 필요하다고 생각되면 당장이라도 담대한 용기로 부당한 일과 맞서 싸울 준비가 되어 있었다.

하지만 먼 훗날 지로가 그런 용기와 민첩함, 담대함을 어떻게 사용할지는 여전히 시간의 신비함 속에 감춰져 있을 터이므로, 지로는 다만 그런 시간 속으로 한 걸음 걸어 들어간 것일 뿐이다.

(하권에서 계속)